詩가 태어나는 자리

詩가 태어나는 자리

황
동
규

문학동네

나의 분신(分身)들이여,

이곳에 와 나를 지켜보시라.

책머리에

혼돈이 질서에 선행(先行)한다. 질서보다 혼돈이 밝히기 힘들 듯 작품이 만들어진 '현재'를 재현하기란 힘들다. 아마 남의 몫일 것이다. 그러나 재현의 가능성만 보인다면 나 남이 어디 따로 있겠는가.

그 가능성을 찾아 이 글을 썼다. 이 글이 『문예중앙』에 연재된 1991~1993년은 나에게 중요한 시기였다. 시집 『미시령 큰바람』이 만들어진 시기이기도 했고, '극(劇) 서정시' 이론이 정리된 1992년의 시론 「알레고리와 상징의 밀회」가 씌어진 시기이기도 했다. 무엇보다도 이 글이 씌어지는 동안 십여 년 끈 연작시 『풍장(風葬)』의 끝이 자리잡기 시작했던 것이다.

이 글이 1994년 봄 중앙일보에서 『나의 시의 빛과 그늘』이라는 이름으로 출판된 후 지금까지 칠 년간 『풍장』의 완성은 물론 새로운 시집 두 권이 나왔고 큰 수술을 한번 겪었고 『황동규 시전집』 두 권이 묶여지기도 했다. 그리고 이 글의 마지막을 이루는 에피소드의 주인공

아버님이 작고하시기도 했다. 이 글을 쓴 일의 추억이 너무 멀어지기 전에 손을 보기로 마음먹게 되었다.

이 글이 나에게 만들어준 것은 일종의 고해 효과였다. 한번 속을 털어놓은 후의 홀가분함과 허전함, 이것이 후에 시인을 '외계인'으로 보면서도 외계인의 것이 아닌 구체적인 삶의 긍정을 보여주는 『외계인』을 낳았고, 그 삶의 긍정이 장소와 시간에 구애받지 않는 『버클리풍의 사랑노래』를 낳았으며, 최근에 와서는 예수와 불타의 만남을 노래하는 맥락에 다다르게 했다. 그러는 동안 견딜 수 없는 외로움이 외로움을 견딜 수 있는 외로움인 홀로움으로 바뀌는 황홀도 낳았다. 앞으로도 이 고해는 나에게 계속 새 길을 열어주리라고 생각한다.

새로 책을 준비하며 잘못된 부분을 바로잡고 필요한 부분을 고쳤다. 그리고 작년에 대산재단에서 연 세계문학 세미나에서 발표한 「동서양 틈새에서 글쓰기」를 첨가했다. 마지막 교정을 위해 다시 읽어보니 「동서양 틈새에서 글쓰기」가 책 앞으로 나와야 좋을 것 같다는 생각도 든다. 그러나 이 책은 차례가 따로 없을 것이다. 작품 제작 순서보다는 비슷한 계열의 작품들을 모아 살핀 부분이 많기 때문이다. 하지만 이 글 전체가 초기에서 후기로 흐르고 있고, 동서양 틈새에서 몇십 년 쉬지 않고 고민하며 시를 쓴 한 시인의 시적 자서전이라는 생각을 버릴 수가 없다. 잘 가라, 이상한 자서전이여, 앞으로 나머지는 후일담이 될 것이다.

2001년 봄

황동규

1994년판 서문

지난 10월부터 쓰기 시작한 일기를 마음먹고 컴퓨터 화면으로 꺼내 보면, 10월 11일자에 시인 이성복이 문학 강연차 학교에 들렀다가 내 연구실을 방문한 일이 적혀 있다. 이런저런 얘기를 하다가 돌연 그는 말했다. 선생님, 저는 링에서 그만 내려가고 싶어요. 내려가 긴장을 풀고 좀 쉬고 싶어요. 시인이 되고부터 십삼사 년간 계속 긴장된 생활을 하다 보니 시인임을 의식하지 말고 얼마 동안 살고 싶다는 말이었다. 나는 일단 링에서 내려가면 다시 긴장을 견디기 위해 올라가기 힘들걸, 했다. 그런 말을 하며 나 자신은 속으로, 이젠 링에서 내려가 좀 쉬고 싶어요라고 말할 선배가 나에게도 있었으면, 하고 생각했다. 그런 선배가 없었기 때문에 이 책을 썼을 것이다. 내 작품이나 고민을 가지고 가 의논할 선배가 오랫동안 없었던 것이다. 선배가 있었다면 아마 이 책을 엮는 대신 의기투합하여 같이 신체적인 여행을 자주 하여 앞으로 쓸 시의 밭을 더 크게 일궈놓았을 것이다.

드문 것이라 해서 자동적으로 가치를 가지는 것이 아님을 전제로 한다면, 이 책은 세상에 따로 유례를 찾기 힘든 책이리라. 시를 곁들인 자서전도 아니고 그렇다고 엄격한 자작시 해설도 아니다. 한 개인의 정신세계 자술서도 아니다. 나는 그저 이 나라의 험준한 변환기를 살아가며 쉬지 않고 시를 써온 한 인간의 '시 세계 염탐기'라고 부르고 싶다. 염탐은 드러내어 변화를 일으키기 위한 장(場)이다. 해방은 변함에 있는 것이고 이 책이 손을 들어 가리키고 있는 곳은 적으나 크나 해방을 향한 것이다.

서론 「알레고리와 상징의 밀회(密會)」를 책 끝머리에 붙인다. 내 시 이해뿐만 아니라 이 글 이해에 '적극적인' 도움이 될 것이다.

인쇄되어 나온 책을 정작 들추면 당장 마음 무거워지겠지만, 교정쇄를 막 읽고 지금 이 글을 쓰는 순간은 그 동안 그래도 이 글을 쓰며 열심히 살았다는 생각이 든다. 『문예중앙』의 정중수 학형의 부추김이 없었다면 아마 이번 노동은 없었을 것이고 이 노동현장 기록도 태어나지 않았을 것이며 그 동안 나는 그만큼 덜 열심히 살았을 것이다. 감사한다.

1994년 봄

황동규

| 차례 |

1. 「시월(十月)」과 그 언저리

「시월(十月)」은 젊은이의 작품이다.

"지난날 가졌던 슬픈 여정(旅程)들을, 아득한 기대를" 같은 구절을

어떤 신인이 작품 보아달라고 나에게 가져온다면

틀림없이 밑에 붉은 줄을 긋고

더 구체적인 경험을 마음속에서 찾아보라고 충고할 것이다.

한마디로 말해 멋부린 부분이다.

지금이라도 손보고 싶지만

그럴 경우 전체적인 분위기가 깨질 것 같아 내버려둔다.

나는 이미 「시월」의 세계에서 멀리 떠나온 것이다.

바다! 유년 혹은 소년 시절을 바닷가에서 보내지 않은 사람이 처음으로 바다를 만난 체험을 되살릴 수 있을까? 축대 허리까지 차서 출렁거리는 저 무한대 크기의 꿈틀거림. 처음으로 만나는 바다가 대개 항구의 바다이기 때문이어서 그렇겠지만, 물 속으로 기어들어가다 말고 엎드려 있는 기이한 모습의 방파제와 닻 내린 선박들의 어딘가 헐벗은 모습들. 그리고 바다와 대비되기 때문일까, 내륙에서보다 더 훤히 트이어 있는 하늘. 처음 보는 물새들은 뭍의 새들처럼 사람을 피하는 기색이 없이 천연스럽게 날아다녔다. 그리고 여기저기 심어놓은 것 같은 섬들. 그 사이로 헤엄쳐 가던 조그만 통통배들. 저녁에는 바다 뒤로 해가 떨어지며 순간순간 변하는 색깔을 파도 하나하나에 주기도 했다. 그 최초의 느낌을 말로 표현하기는 거의 불가능하다는 생각이 든다. 후기-구조주의자들 혹은 후기-모더니스트들이 원(原)체험의 신비화라고 매도한다면 박수쳐주고 싶다.

이즈음처럼 오염되고 대형화된 항구와는 전혀 다른 풍경인지도 모른다. 그러나 지금도 바다라는 말을 떠올리면 항구도 집도 드문 동해 바다보다는 1940년대 말 처음 인천에서 만난 바다와 두 해 후 부산에 피난 가서 또 한번 처음 송도에서 만난 바다가 하나의 바다가 되어 늘 마음속에 떠오르곤 한다. 위의 풍경에 한 가지만 더 곁들인다면 열두세 살의 내 두 팔로는 도무지 가늠되지 않았던 저 긴 수평선이다. 그 수평선 때문에 어느 곳의 바다를 만나든 그때의 감동들이 늘 겹쳐져서 마음이 뭉클해지는 내면의 풍경이 만들어지곤 한다.

환경 문제가 대두될 때도 나는 언제나 마음속에 바다를 떠올리곤 한다. 일부 문학인들이 떠들어대는 시나 문학의 죽음이란 것도 결국 경고의 목소리로 신문이나 잡지에 실리는 바다의 죽음 혹은 지구의 죽음과 같은 항렬의 것이리라. 오염이 계속되면 바다는 죽을 것이고 결국 지구도 죽을 것이다. 그러나 그때까지 시인들은 한편으로는 자연 보호에 마음을 계속 쓰며 또 한편으로는 바다 혹은 지구에서 계속 새로운 모습을 발견하여 바다와 지구를 버릴 수 없는 존재로 만들 것이다. 의미있는 지구를 노래할 것이다. 그러나 다시 반복하건대 정작 바다, 혹은 지구와, 나의 처음 만남을 글로 표현하기란 불가능할 것이라는 고전적인 슬픔이 먼저 깃들인다.

시 해설 나그넷길 첫머리를 바다와 만난 경험으로 시작하는 이유는 이 글을 쓰는 지금 나 자신에게도 확실치 않다. 처음으로 시를 만난 충격을 적을 수도 있고, 처음으로 여자에게서 사랑을 느낀 이야기를 할 수도 있을 것이다. 그러나 바다는 처음부터 나에게 지우려야 지울 수 없는 이미지를 주었고, 아마도 그 때문에 지난 십 년 동안, 그리고 앞으로도 예측할 수 없는 수년 동안, 바다와 만나는 의식(儀式)에서 출발하는 연작시 『풍장(風葬)』에 매달려왔고, 또 계속 매달려 있을 것이라는 운명적인 예감이 드는 것이다.

수많은 편지와 강연록, 일기, 그리고 전문가들과의 치밀한 인터뷰를 통해서 자기가 쓴 작품들에 대한 작가 자신의 쓰게 된 동기, 의도, 퇴고, 반응에 대한 기록이 풍부한 외국의 시인 작가들과는 달리 우리나라 시인이나 작가들은 대개 작품만을 남기고 간다. 아니 어떤 시인에 대해 글을 쓰기 위해 채 세상 뜨기 전에도 참고하려고 찾아보면 작품뿐이고, 단편적인 인터뷰 기사가 몇 있을 뿐이다. 나부터가 시의 초고나 내 문학에 대한 인터뷰와 작품 평들은커녕 편지조차 제대로 모아놓지 않고 있으니 더 부연해서 무엇하랴. 깨끗해서 좋다. 그러나 삶 자체가 원래 깨끗한 면과 더러운 면이 두루 섞인 복합체이기 때문에 한 작가를 총체적으로 이해하는 데는 작가 자신도 때로는 자기 작품 해설을 위한 증인의 하나로 불러내야 할 것이다. 가장 중요한 증인의 하나가 될지도 모른다. 그리고 그의 증언에는 해당 작품 해설뿐 아니라 그의 시론(詩論)과 시대에 대한 해설도 묻어나올 것이다.

그러나 자작시 해설 연재를 청탁받고 나는 한참 망설였다. 과연 내가 과거를 미화하려는 지극히 인간적인 유혹에서 초연할 만큼 최소한의 원숙의 경지에 이르렀는가? 그리고 작품에 대한 작가의 말은 상당 부분 체로 걸러서 들어야 하는데 우리나라 풍토에 제대로 된 체가 얼마나 많이 있겠는가? 얼마 전까지만 해도 시인이나 작가의 작품을 쓴 의도를 작품 이해에 그대로 사용하는 것은 신비평(新批評) 용어로 '의도의 오류(intentional fallacy)' 라고 해서 특히 금기시(禁忌視)했었다. 신비평이 퇴조하면서 그 금기가 많이 풀린 것은 사실이지만, 그렇다고 해서 작가의 의도를 근거로 해서 작품의 이해나 평가를 하려 드는 자세는 의도만 좋으면 어떤 일을 해도 좋다는 태도와 맞물리게 된다. 의도만 고매하다면 작품의 성취 자체는 그리 문제될 것 없다면 작가로서는 일단 신나는 일이겠지만 진짜 시를 사랑하는 사람 그 누구가 그런 행태에 고개를 끄덕이랴? 여하튼 이런 망설임 끝에 그래도 해설에 가까운 자술서를 작성하기로 결심했다. 내가 다른 시인의 작품 이해를 위해 사용했던 방법과 정열을 내 작품 이해를 위해 쓸 수만 있다면, 약간의 자기 미화나 읽는 이의 거리를 덜 둔 글읽기가 무슨 큰 문제가 되겠는가? 그러나 결국 이 글이 내가 바다와 처음 만난 체험의 불가능한 되살림과 비슷한 시도의 하나가 될지도 모른다는 사실이 이 글의 마지막 피리어드까지 나를 괴롭히리라는 운명론이 별이 가려진 흐린 하늘처럼 나를 덮어누른다. 그러나 감행해보자, 날이 채 밝기 전 먼 여행을 떠나듯이.

시 여행의 첫 기착지로 마침 같은 작품을 가지고 약 십 년 간격으로 두 차례나 산문 혹은 해설을 써본 적이 있는 「시월(十月)」을 잡을까 한다. 이 글을 시작하려는 지금이 마침 음력 시월이다. 그 작품은 1958년 2월, 그러니까 대학 일학년 끝머리에 서정주 선생의 추천으로 『현대문학』지에 실린 소위 나의 문단 데뷔작이다. 시를 읽고 먼저 두 산문을 훑어보자.

시월

1

내 사랑하리 시월의 강물을
석양이 짙어가는 푸른 모래톱
지난날 가졌던 슬픈 여정(旅程)들을, 아득한 기대를
이제는 홀로 남아 따뜻이 기다리리.

2

지난 이야기를 해서 무엇하리
두견이 우는 숲새를 건너서
낮은 돌담에 흐르는 달빛 속에
울리던 목금(木琴) 소리 목금 소리 목금 소리.

3

며칠내 바람이 싸늘히 불고
오늘은 안개 속에 찬 비가 뿌렸다.
가을비 소리에 온 마음 끌림은
잊고 싶은 약속을 못다 한 탓이리.

4

아늬,
석등 곁에
밤 물소리

누이야 무엇하나
달이 지는데
밀물지는 고물에서
눈을 감듯이

바람은 사면에서 빈 가지를
하나 남은 사랑처럼 흔들고 있다.

아늬,
석등 곁에
밤 물소리.

5

낡은 단청 밖으로 바람이 이는 가을날, 잔잔히 다가오는 저녁 어스름. 며칠내 며칠내 낙엽이 내리고 혹 싸늘히 비가 뿌려와서…… 절 뒷울 안에 서서 마을을 내려다보면 낙엽지는 느릅나무며 우물이며 초가집이며 그리고 방금 켜지기 시작하는 등불들이 어스름 속에서 알 수 없는 어느 하나에로 합쳐짐을 나는 본다.

6

창 밖에 가득히 낙엽이 내리는 저녁
나는 끊임없이 불빛이 그리웠다.
바람은 조금도 불지를 않고 등불들은 다만 그 숱한 향수와 같은 것에 싸여가고 주위는 자꾸 어두워갔다.
이제 나도 한 잎의 낙엽으로, 좀더 낮은 곳으로, 내리고 싶다.

가을 노래

가을이다. 하늘은 더 높이 올라가고 땅의 것들은 낮게 더 땅 가까이 내려 앉는다. 학교 연구실 옆 돌언덕에서 장마에 휩쓸려 내려온 돌들도 처음부터 거기에 있었던 것처럼 침착해졌다. 파인 흙에도 자연스러운 색이 자라났다. 돌 옆으로 방금 마른 낙엽 하나가 떨어져 내린다.

시간은 늘 한쪽에서 다른 쪽으로 흐르는 긴 강물로 느껴졌었다. 우리 하나하나의 시간들도 흐르는 강물로 느껴졌었다. 큰 강물은 못 되어도, 예를 들어 김포평야 곳곳에서 만나게 되는 준용 하천들처럼 흐르는 듯 안 흐르는 듯 흘러가는 것으로 생각했었다. 이제 그 시간들이 위에서 밑으로 떨어지는 것으로 보이기 시작하는 것이다.

하늘과 나무와 땅이 시야에 들어온다. 시간이 나뭇가지 끝에서 몇 번 머뭇대다가 마음을 정한 듯 미련을 버리고 땅 위로 떨어진다. 몇 번 구르다가 돌 옆에 자리잡고 머문다. 이제 그대로 삭거나 청소부가 와서 모아놓고 마지막 불을 사르리라.

시간이 흐르다가 떨어지는 때, 저녁이 저녁다운 때가 왔다. 계절의 저녁과 하루의 저녁이 약속 없이, 그러나 약속한 것처럼, 만나서 서로 깊어지는 때다. 퇴근길에 약속이나 있었던 듯이 불현듯 교외로 나가는 버스를 타고 종점에 내린다. 잠시 걷노라면 언덕을 넘어서고 변두리 마을의 이른 불빛이 눈에 들어온다. 아무런 생각도 없이 생각이 깊어진다. 숨을 깊이 쉬면 가슴도 깊어진다.

아직 아스팔트 길에서 먼 조그만 절 문간방에 혼자 앉아 있는 나를 꿈꾸어본다. 바람 한 점 없이 느티나무와 오리나무의 낙엽들이 떨어지고 있다. 그것은 가을이 오면 서울이 지금에 비하면 절처럼 조용해지던 이십 년 전을 생각나게 해준다. 그때 쓴 시 「시월」의 마지막 부분이 떠오른다.

낡은 단청 밖으론 바람이 이는 가을날, 잔잔히 다가오는 저녁 어스름. 며칠내 며칠내 낙엽이 내리고 혹 싸늘히 비가 뿌려와서…… 절 뒷울 안에 서서 마을을 내려다보면 낙엽지는 느릅나무며 우물이며 초가집이며 그리고 방금 켜지기 시작하는 등불들이 어스름 속에서 알 수 없는 어느 하나에로 합쳐짐을 나는 본다.

창 밖에 가득히 낙엽이 내리는 저녁
나는 끊임없이 불빛이 그리웠다.
바람은 조금도 불지를 않고 등불들은 다만 그 숱한 향수와 같은 것에 싸여가고 주위는 자꾸 어두워갔다.
이제 나도 한 잎의 낙엽으로, 좀더 낮은 곳으로, 내리고 싶다.

좀더 낮은 곳으로, 더 낮아서 우리가 흔히 낮을 것으로 생각하는 것들도 의미를 가지게 되는 곳으로, 내리고 싶은 것이다.

뒤돌아보면 서울 하늘은 시끄러운 불빛으로 휘황하다. 진짜 가을은 이제 마음속에만 있는 것일까.(1978)

가을의 깊이

「시월」을 쓰던 때를 생각하면 마음의 한가운데가 환해진다. 겁(怯)은 남의 것이라 생각하며 삶과 문학에 덤벼들던 때였다. 돼지뼈 감자국에 소주면 저녁내 행복했고 주머니 속에 갓 뜯은 담뱃갑 하나만 손에 만져지면 돈이 없어도 마냥 흡족했다. 담배를 끊은 지 어언 칠 년이 넘었지만, 담배 배우던 시절의 손의 감촉들을 지금도 잊을 수가 없다.

이즈음도 마찬가지지만 그때도 나에게는 떠돌이 버릇이 있었다. 버스를 타고 책 몇 장 읽으면 도심을 벗어나 종점이 되곤 했다. 지금은 다 집들로 메워졌지만 그때는 교외에 제법 논밭도 있었고, 마을도 있었고, 초가집과 우물, 그리고 느릅나무 같은 커다란 잎갈이나무들이 있었다. 버스 종점에서 내려 마을을 지나 조금 걸으면 골짜기가 나타나고 골짜기 속에는 조그만 절 혹은 암자가 낡은 단청을 한 채 서 있곤 했다. 사람 사는 들이 있고 그 위에 골짜기, 그리고 그 골짜기 속에 절 혹은 사당이 있는 것이 우리 심성의 기본 의식 가운데 하나라는 것을 알게 된 것은 훨씬 뒤의 이야기지만. 그리고 들을 벗어나면 강물과 만나게 되는 것이다.

이 시는 화자(話者)가 강가에서 시작해서 마을로 들어갔다가 절로 올라가고, 다시 마을로 내려오는 구조를 가지고 있다. 지금 매연 속에 도시 근처를 흐르는 강들에서는 좀처럼 보기 드문 일이 되었지만, 가을 강물의 극치는 석양 무렵이다. 계절의 저녁과 하루의 저녁이 정취 있게 만나는 곳이 바로 강이고, 강가의 모래밭인 것이다. 무전여행 비슷하게 혼자 떠돌다가 약간 지쳐 만나는 가을강이 특히 그렇다. 차가움과 아직 남아 있는 따스함이 함께 자리하고 있는 곳, 그곳을 가기 위해 때로 학교 공부를 빼먹고 도심을 빠져나간 일들이 생각나곤 한다.

떠돌이하다가 친구의 시골집에도 갔고 민박도 했다. 그런 마을들에 울리던 목금(木琴) 소리는 원뜻대로 실로폰 소리가 아니라 그야말로 아직 채 태어나지 않은 우리나라의 나무악기 목금 소리였던 것이다. 우리나라 마을 집들을 정겹게 두르고 있던 낮은 돌담의 선(線)에 어울리는 가락이 연주되었을 것이다. 이 부분은 상상력이 가장 많이 동원된 곳이다. 두견이도 뻐꾸기과(科)에 속하는 두견새라기보다는 밤새들의 울음소리 전부를 대신해서 쓴 것 같다. 전체적으로 보아 따뜻한 면이 강조된 상상력이다.

그 따뜻함 속에 찬 가을비가 내린다. 무엇보다도 두 뺨으로 오는 봄비 소리나 마구 온몸을 몰아치는 여름비 소리와 달리, 가을비 소리는 생각을 많이 하게 해준다. 그 빗소리는 자연스레 골짜기 위에 있는 절, 혹은 절과 비슷한 공간으로 마음을 이끌어가는 것이다. 과거에 정신적인 애인의 대표적인 모습이라고 할 '누이'를 그 공간 속에 자리잡게 한 의도는 지금 알 것 같기도 하고 당연한 것 같기도 하지만, 당시에는 무의식적으로 쓴 것 같다. 여하튼 그 공간 속에서 "낙엽지는 느릅나무며 우물이며 초가집이며 그리고 방금 켜지기 시작하는 등불들이 어스름 속에서 알 수 없는 어느 하나에로 합쳐짐"을 보게 되는 것이다.

그 '보게 됨' 즉 조그만 거듭남이 있은 후 마을로 내려왔을 때 "이제 나도 한 잎의 낙엽으로, 좀더 낮은 곳으로 내리고" 싶은 바램은 자연스레 생기고, 그 바램의 여운과 함께 이 시는 끝난다. 사는 일이 늘 반복 같지만, 그 반복 속에서 작은 매듭 하나를 이 시가 지었다고 생각되기도 한다.

이 작품이 만들어진 대학 1학년 때가 그립다. 초가집과 골짜기들이 교외에서 사라졌기 때문에 더욱 그렇다. 1978년에 이 시를 인용하며 쓴 「가을 노래」란 산문은 이렇게 끝난다. "뒤돌아보면 서울 하늘은 시끄러운 불빛으로 휘황하다. 진짜 가을은 이제 마음속에만 있는 것일까?" 그 후 십일 년이 지난 지금은?(1989)

처음 글은 너무 미문(美文)인 것이 눈에 거슬리지만, 시적인 산문으로 보면 읽을 만할 것이다. 조금 손을 보며 인용 부분을 떼어내고 분위기가 비슷한 체험을 새로 골라 빈자리를 채운다면 아마 잔소리가 좀 섞인 산문시로 내놓아도 별로 타박받지 않을지 모른다. 그러나 이 글은 작품 자체에 대해서는 별로 말해주지 않는다. 삶이 가을이라는 한 마침표의 계절을 거치는 모습의 하나를 시적으로 보여줄 뿐이다. 두번째 글에는 대상 작품을 구조적으로 파악하려는 노력이 보이고 감상에 빠지지 않으려는 자세가 엿보인다. 그러나 1989년 그 글을 쓸 당시에 느꼈을 젊음에 대한 강렬한 선망이 그 무엇보다도 내비친다. 삼십몇 년 전 일을 회상하면 누구나 우선 과거의 자신에게 질투를 느낄 것이다. 가진 것이 없어도 젊음이 모든 것에 생동감을 주던 때, 음악감상실 입장료를 위해 점심을 거르기 일쑤였고, 저녁 늦게 돌아오다 빈 속에 소주를 채워넣고도 별탈 없이 다음날 학교에 나가 강의실에 들어가곤 하던 자가 어디 나 하나뿐이랴! 그러나 가능한 한 젊은 날에 대한 그리움은 괄호 속에 넣어 서랍 속에 넣어두고 정말 필요할 때마다 조금씩 꺼내 쓰기로 하자.

본격적으로 해설을 쓰기로 마음먹은 현재(1990년 양력 11월 말)의 생각 몇 마디를 앞의 시 해설들에 보태기로 한다.

「시월」은 젊은이의 작품이다. 우선 제1마당 제3행만 흘낏 보아도 젊은이들의 시에서 흔히 볼 수 있는 추상적인 표현이 눈에 띈다. "지난날 가졌던 슬픈 여정(旅程)들을, 아득한 기대를" 같은 구절을 어떤 신인이 작품 보아달라고 나에게 가져온다면 틀림없이 밑에 붉은 줄을 긋고 더 구체적인 경험을 마음속에서 찾아보라고 충고할 것이다. 한 마디로 말해 멋부린 부분이다. 지금이라도 손보고 싶지만 그럴 경우 전체적인 분위기가 깨질 것 같아 내버려둔다. 나는 이미 「시월」의 세계에서 멀리 떠나온 것이다.

그리고 「시월」은 이 시가 씌어진 1950년대 후반에 우리 시의 주류를 이루었던 전통을 이은 시이다. 제4마당에 나오는 "누이"가 특히 그렇다. 누이는 김영랑의 가을 시의 한 구절,

누이의 마음아 나를 보아라
오매 단풍들것네

혹은 서정주의 「학(鶴)」이나 「국화 옆에서」 같은 작품에서 쉽게 만날 수 있는 특징적인 표상 가운데 하나인 것이다. 그런데 나에게는 누이가 없다. 그렇다면 전혀 경험과 관계 없이 그냥 전통의 답습을 한 셈인가? 어머님 말씀에 의하면 나에게도 누이가 있었는데 내가 태어나기 직전 폐렴으로 세상을 떠난 것으로 알고 있다. 나도 아기 때 폐렴으로 거의 죽게 되어 내 찬 몸을 쓰다듬으며 할머님이 아이가 또 죽었구나 통곡하셨다는 이야기를 들으며 자랐기 때문에 보지도 못한 누이치고는 꽤 형체를 갖춘 누이 생각이 내 마음속에 확실한 자리를 차지하고 있었다. 더군다나 청소년 시절에 내가 유별나게 손위 여자들을 좋아했기 때문에 생각 없이 그냥 전통을 답습했다는 선고를 이 부분에 내리고 싶지는 않다. 그 손위 여자들은 지금도 내 마음속에서 나이를 별로 더 먹지 않고 나보다 훨씬 젊은 여자들로 살아 있는 것이다. 나를 발길로 찬 멋진 여자들이여, 제발 발 관절 계속 온전하기를!

제4마당에 두 번 반복되어 나오는 구절에 대해서는 한마디할 필요가 있으리라.

아늬,
석등 곁에
밤 물소리

이 구절은 공주군 동학사에서 수년간 거사로 계시던 시인 김구용 선생을 고등학교 이학년 여름방학 때 찾아가 뵙고 같이 부근을 돌아보며 며칠 보내고 온 추억에서 나온 것이다. 그러나 거기에는 물론 다른 절에서 들은 물소리도 들어 있었을 것이며(영주 부석사를 빼면, 이름 있는 절치고 물소리 보잘것없는 절이 어디 있으랴), 특히 어둠 속에 가려 보이지 않는 물이 내는 소리의 그윽함은 이제는 다 잊어버린 습작 시대의 작품 가운데 책갈피 속의 마른 나뭇잎처럼 머리 한구석에 남아 있는 시의 한 구절, "밤 기도(祈禱)와 같은 호숫가"와도 한 맥을 이루는 것이다. 제목도 생각나지 않는 그 시가 첫 시집 『어떤 개인 날』에서 빠진 것을 보면 별로 좋은 작품이 아닐 텐데도 그 구절만은 영 잊혀지지 않는다. 「시월」이 태어나기 훨씬 전부터 밤과 물은 내 정신 속에 힘있는 자장(磁場)을 가진 존재들이었다고 할 수 있다.

제5마당은 그때까지 내가 읽어온 시들과는 달리 내 나름대로 전통에 무엇인가 새로운 것을 보탠 곳이다. 낙엽지는 느릅나무, 우물, 초가집(지금은 참으로 찾아보기 힘든 것들이 되었구나), 그리고 방금 켜지기 시작하는 등불들, 이런 각기 다른 있음들이, 한 가을 저녁에 서로 합치며, 자신들의 단순한 합계가 아닌 새로운 현상 하나를 이룩하는 것을 나는 보게 된 것이다. 이런 통합적인 이미지는 '낭만주의적'이라고 불러도 좋으리라 생각된다. 여기서 한마디 부연하자면, 우리가 흔히 한국의 낭만파라고 부르는 1920년대의 백조파(白潮派)는 정신적으로 세기말(世紀末) 시인들이지 낭만주의 시인들이 아니다. 낭만주의자들은 그 무엇보다도 인간의 무한한 가능성과 작품의 유기적인 완성을 믿은 자들이고, 따라서 그들은 백조파의 염세적인 창백한 시인들과 연관이 실로 적은 것이다.

마지막 마당은 당시의 나로서는 전력투구였다. 후에 신대철 시인의 석사 학위 논문을 통해 알게 된 것이지만, 베르그송 식으로 말해 수평적으로 흐르던 일반적인 시간이 '수직적 시간'으로 몸을 바꾸는 순간, 즉 습관적으로 살다가 "좀더 낮은 곳으로 내리고 싶다"라는 돌출적인 생각 혹은 정서로 진입하는 순간은 우리 문학에서는 찾기 힘든 현상이었다. 그런 마음의 상태는 그때 내가 적산가옥(일본식 집) 이층에서 살고 있었기 때문에 가능했으리라는 생각도 든다. 당시의 일반적인 한식 단층 가옥에서는 더 낮은 곳이라는 생각이 감각적으로 쉽게 떠오르지 않았을 것이다. 이 글을 쓰다 보니, 베르그송의 '수직적 시간'이라는 것도 결국 기본 건물이 다층인 서양건축학적 발상의 소산이 아닌가 하는 생각이 든다. 한 가지, 불빛이 그리워서 더 높은 곳이 아니라 더 낮은 곳으로 내리고 싶다는 논리를 초월하는 모순적 명제는 내 시 전체의 원동력이라는 김정웅 시인의 코멘트를 덧붙여 두기로 하자. 지난 이십 년간 가까이서 나 자신과 나의 시를 관찰해온 그이기 때문에 그의 말은 여하튼 무게 중심을 갖고 있을 것이다.

이층집 이야기가 나왔으니, 내가 청소년 시절의 많은 부분을 보낸 집에 대한 이야기를 할 때가 되었다. 부산 피난 생활에서 돌아온 우리 식구는 남산 밑 회현동에 자리를 잡았다. 입구가 좁은 것이 흠이라면 흠일까 꽤 큰 이층집이었다. 처음에는 세 가구가 살았으나 결국 우리 식구가 그 집을 온통 차지하게 되었고 이층 큰 방 하나를 내가 쓰게 되었다. 때로는 나 혼자 이층을 전부 쓰기도 했다. 창을 통해 남산의 일부와 늘 접촉할 수 있는 곳이었다. 친구들이 경고도 없이 자주 쳐들어와서 재떨이와 찻잔에 담배꽁초가 넘치고 소주병들이 문이 나 있는 곳을 뺀 세 벽과 문이 난 벽의 3분의 2를 빙 두르곤 하던 방, 거기에서 약 십오 년을 살았던 것이다. 아마 그 방이 그 집을 떠난 오랜 후까지 내 정신에 상당한 틀을 부여했을 것이다. 그러나 그 방은 앞으로 『비가(悲歌)』를 다룰 때 좀더 소상히 살펴보기로 하자.

집 북쪽으로는 소설가 한말숙씨의 집이 있었고 서쪽으로는 축대 위에 한글학자 한갑수씨의 집이 있었다. 한글학자로서는 너무 크고 좋은 집이라 의아해할 사람도 있겠지만, 그가 자유당 때 국회의장 비서실장을 했으므로 고급 관리의 집으로 생각하면 이해가 될 것이다. 그 집은 일본 화가가 설계하고 건축하고 살았다는 독특한 건물이었다. 다른 집과는 달리 사방에 유리를 붙인 둥근 벽을 가진 별채가 있어서 저녁 무렵이면 석양을 반사하여 내가 살던 집에도 이국적인 분위기를 주곤 했다.

이층이 내 차지라면 아래층은 아버지 차지였다. 여덟시쯤 아래층이 떠들썩해서 내려가보면 아버지의 친구들이나 후배 혹은 제자들이 와서 술을 마시고 있곤 했다. 작고하신 원응서 선생을 비롯해서 서기원씨 이호철씨 박재삼씨 등이 자주 왔었다고 기억된다. 한두 번 그 술자리에 낀 것을 가지고 마치 자기가 아버님의 술친구인 양 나에게 행세하려 드는 작가들도 몇 있었고 지금도 있다. 가만, 그러니 "좀더 낮은 곳으로 내리고 싶다"는 곧 '아래층, 즉 아버지의 거처를 차지하고 싶다'는 프로이트적인 숨겨진 의도도 가지고 있지 않았나 하는 생각도 해본다. 정신분석을 해보아야 진위가 가려질 것이다. 그러나 보다는 베르그송의 시간적 구조가 당시의 내 의도에 더 가까운 것 같고, 더욱 더 가까운 것은 표면에 나타나 있는 그대로 한 젊은 인간이 자기다운 깊이를 갖기를 바라는 마음의 상태였을 것이다.

그곳을 떠난 지 십사오 년이 지난 1982년 가을에 나는 그 집이 그 동안 어떻게 되었나 보고 싶은 호기심에 못 견뎌 가족을 거느리고 그 집을 방문한 적이 있다. 완전히 변해 있었다. 틀림없이 싸구려 가게에서 365일 계속 잔고 세일 50퍼센트 할인으로 팔릴 구두를 만드는 공장이 되어 있는 것이었다. 젊은 시절 추억의 중요한 부분이 한번 몽땅 폭삭했다가 간신히 다시 일으켜 세워졌다. 그 충격이 어렸을 적부터 가까운 친구 시인 마종기에게 주는 「편지 3」이라는 시를 낳았다. 그가 오랫동안 미국에서 의사 생활을 하고 있었기 때문에 이런 편지 수신인으로는 더없이 적격자였다.

편지 3

—마종기에게

며칠 전 계속 세 번 어금니를 빼고
발치(拔齒) 집게를 피해 세 밤 계속 꾼 꿈이
회현동집, 너 왜 알지, 스물서너 해 전
이층 다다미방에서 소주병 굴리며
문학이 가볍냐 생(生)이 가볍냐
혹은 가을밤이 가볍냐 재보던 곳.
그 집 현관 앞 벽오동이 그 동안 크게 자라
이층 창 안을 들여다보며 웃고 서 있고
앞마당에는 과꽃 무리, 철이 철이라
마음 부시게 피어 있었지.

옛날에 금잔디 동산의 매기
같이 앉아서 놀던 곳

남산을 바라보며 오르는 골목길
제3터널이 뚫린 후에도 그대로 있군.
옛날 어느 하루처럼 목판 위에

감들이 탐스럽게 앉아 있는 가겟집
오른편으로 꺾어들며 옛날 어느 하루처럼 눈을 감고
곧 왼편, 스무 걸음 걷고 오른편으로 돌아
열 걸음 걷고 천천히 층계를 오르면,

　　물레방아 소리
　　들린다 매기

누가 살고 있을까?
혹시 쌀쌀맞은 여자가 나와
주인 안 계시니 다음에 오라고 하지나 않을까?
망아지만한 도사견이
문 뒤에 웅크리고 있지나 않을까?
층계 중간쯤에서 슬그머니 눈을 뜨며
그냥 돌아가는 게 어때, 스스로 물었지.
뭔가 이상한 느낌, 아 오동이 없어졌구나.
층계를 마저 올라가 초인종을 누르며
문틈으로 마당을 훑었지.
과꽃도 사라지고
나무로 만든 큰 걸이대 몇 채가
이상한 것들을 잔뜩 건 채 서 있었어.

　　물레방아 소리
　　그쳤다 매기

문을 연 중년 사내는
이십여 년 전 옛주인을 향해 무표정하게
들어오라는 몸짓을 했지.
그리곤 일요일이라 공원들이 없는
빈 제화 공장을 보여주었어.

마당 가득 나무걸이대에 가죽들이 걸려 있었다.
아래층은 온통 구두들 차지
이층은 감히 구경도 못했다.
오 분 만에 재회를 끝내고
나오다가 문득 지난 생각 떠올라
앞 담장 밑을 구두 끝으로 파보았다.
무언가 예전에 묻긴 묻었는데
기억나지도, 파서 나오지도 않았다.

어금니 몇 뽑거나
마음의 광도(光度) 슬그머니 낮아진
옛 애인을 만나기 전에
우리 만난 모든 것,
아침에 눈 비비며 나갔다
저녁에 한잔 생각하며 돌아오는 하늘가에
외로이 떠 있는 태양을 위해 쓴 몇 줄의 산문,
산문이 뒤틀렸다 풀리며 탄력을 받아
만들어진 몇 마디 시구(詩句)들,
그것뿐이다 우리 지니고 갈 것은

비스를 내려 아파트로 돌아가는 마음 앞에
진홍 단풍으로 살아 있는 것은.

　　지금 우리는 다 늙어지고……

늙다니!
현관에 발 들여놓으려는 마음을
몸이 돌려세운다.
아파트 광장으로 쫓겨나온다.
단풍나무 가지에 수액이 선명하다.
황해와 동해가 한쪽 귀에 하나씩 소리 없이 출렁댄다.
그래 친구여, 오늘밤에는
큰 대얏물 같은 태평양을 뛰어 넘어가
"지저분하게" 너를 만나지 말고
혼자 놀다 되뛰어 넘어오는 꿈을 꾸리라.

윗시는 별로 힘들이지 않고도 읽을 수 있을 것이다. 친구에게 주는 편안한 편지 형태를 지닌데다 가능한 한 시적(詩的) 조작을 덜 하려고 노력한 작품이기 때문이다. 마종기와 둘이 자주 부르던, 물론 그가 더 멋지게 불렀지만, 〈매기의 추억〉 가사를 여기저기 풀어놓은 것은 되도록 충격을 줄이려는 마음이 그렇게 시킨 것 같다. 현실과 추억 사이의 건너뛸 수 없는 간격을 노래한 가사이기 때문이다. 그리고 늙으려 하는 자신의 육체에 대한 반발, 그것은 1989년에 쓴 앞의 인용 글에도 나타나 있듯이 지난 칠팔 년간 내 정신의 중요한 특징 가운데 하나라고 생각한다. 그 반발이 태평양을 하나의 "큰 대얏물"로 만들고(인천

앞바다를 보고 감탄하던 시절과 얼마나 달라졌는가?), 그 물을 건너 미국에 가면 어떻게 해서든 최소한 한 번은 만나지 않을 수 없는 운명에 처해 있는 마종기를 이번만은 늠름하게 만나지 않고 혼자 놀다 되돌아오는 나 자신을 꿈속에서라도 그리고 싶어하게 만들었던 것이다.

꿈이라고 다 아름다운 것은 아니다. 그러나 꿈이 없는 곳에 존재하는 아름다움이 어디 있으랴?

2. 「즐거운 편지」의 얼개

직장 일과 시 쓰는 일에 차차 익숙해지고
삶이 기계적으로 움직이기 시작하는 삼십대 중반,
흔히 예술가에게 찾아오는 위기 때였다.
이 시기를 제대로 넘기지 못하면
시는 쓰러지고 시인만 남는다.
그런 시인이 주위에 얼마나 많은가?
이때 나는 위기감 속에서
내 시세계를 다시 살피기 시작했고,
내 시의 출발점 자체를 재점검했던 것이다.
그리고 찾아낸 것이 사랑노래의 전통이었고,
지난날 잃어버린 사랑의 추억들이었다.

고은씨와는 같은 해 같은 달에 『현대문학』을 통해 문단에 나왔고 박재삼씨도 소위 문단 데뷔가 나보다 두어 해 앞섰을 뿐이기 때문에 나도 모르는 사이에 김수영, 김종삼, 김춘수가 내 바로 앞 세대가 되었다. 우리 글이나 시보다는 일본 글에 더 익숙한 시인들이었다. 그 3김(金)에게는 비밀이 하나 있는데, 그건 그들에게 연애시가 없다는 사실이다. 김수영은 몰라도 김춘수나 김종삼의 작품에 연애시가 없다니 하고 고개를 갸우뚱할 사람이 있을지 모르지만, 그들에게는 우리가 흔히 연시 혹은 사랑노래라고 하는 시들이 없다. 김춘수의 「꽃」만 하더라도, 대상에게는 원래 이름조차 없었으나 화자가 이름을 부르자 그 대상이 화자에게 와서 꽃이 되었다라고 노래하는 마음의 근원은, 연애시가 아니라고 좋지 않다는 뜻은 아니지만, 전혀 연애시의 고향이 아닌 것이다.

이 사실은 위의 3김 세대와 김소월, 한용운 세대와의 격차를 보여준다. 서정주에 이르는 김소월, 한용운, 김영랑의 전통은 그 주류가 사랑노래였다. 대상이 민족이든 종교든 애인이든 그들의 시는 연애시의 틀을 가졌던 것이다. 예술의 역사는 대체로 격세 유전을 통해 이루어지기 때문에 내 출발이 3김과는 달리 연애시인 것은 조금도 이상하지 않을지 모른다. 데뷔 작품은 「시월」로 되어 있으나 대부분이 모더니즘 모방작이었던 버린 습작시와 잃어버린 시들을 빼고 지금 온전히 남아 있는 것 가운데 최초의 작품은 「유성(流星)」과 「즐거운 편지」이다. 「즐거운 편지」가 추천작으로 『현대문학』에 실린 것은 「시월」 다음이지만 원래는 고등학교 삼학년 초중반에 씌어져서 졸업 무렵 받은 교지에 실렸던 작품이다. 직접적인 동기는 당시 연상의 여자에 대한 짝사랑이었다고 기억된다.

즐거운 편지

1

내 그대를 생각함은 항상 그대가 앉아 있는 배경(背景)에서 해가 지고 바람이 부는 일처럼 사소한 일일 것이나 언젠가 그대가 한없이 괴로움 속을 헤매일 때에 오랫동안 전해오던 그 사소함으로 그대를 불러보리라.

2

진실로 진실로 내가 그대를 사랑하는 까닭은 내 나의 사랑을 한없이 잇닿은 그 기다림으로 바꾸어버린 데 있었다. 밤이 들면서 골짜기엔 눈이 퍼붓기 시작했다. 내 사랑도 어디쯤에선 반드시 그칠 것을 믿는다. 다만 그때 내 기다림의 자세를 생각하는 것뿐이다. 그 동안에 눈이 그치고 꽃이 피어나고 낙엽이 떨어지고 또 눈이 퍼붓고 할 것을 믿는다.

이 사랑노래는 김소월, 한용운, 서정주의 맥을 잇고 있다. 아니 고려시대 「가시리」부터 연연히 이어오는 우리 민족의 한(恨)이 실린 사랑노래 흐름을 타고 있다. 「진달래꽃」이나 「님의 침묵」에서처럼 애인은 떠나가고 화자(話者)는 뒤에 남아 가는 사람에게 사랑을 호소하는 상황이 제시된다. 그리고 "오랫동안 전해오던 그 사소함으로 그대를 불러보리라"라는 구절도 전통 시가(詩歌)에 나오는 화자의 오래 참으며 기다리겠다는 인내심과 또 자신을 극소화시키는, 남성 우위 시대에서는 여성화(女性化)시키는, 그래서 '사소한' 것으로 만드는, 자세가 다 들어 있는 것이다. 어떻게 보면 우리 시 전통에 대한 또하나의 자연스럽고 온전한 변주라고 할 수 있다. 그러나 이 작품에는 전통을 따르려는 마음의 자세와 함께 또한 전통에서 벗어나려는 몸부림들이 있다. 그 하나는 첫째 마당의 "해가 지고 바람이 부는 일"이 과연 사소한 일이냐는 의문이다. 전통적인 사랑노래와는 달리, 인위적이고 마음대로 할 수 없는 거대한 자연 현상을 '사소한' 일이라고 치부하려는 화자의 아이러니가 들어 있는 것이다. 애인 이외의 것은 모두 사소한 것으로 보이는 사랑하는 자의 심리가 들어 있다고 할 수도 있겠지만, 보다는 그런 심리와 앞서 말한 아이러니의 복합체로 이 부분을 보는 편이 더 타당하리라 생각된다.

또하나는 둘째 마당 중간에 있는

내 사랑도 어디쯤에선 반드시 그칠 것을 믿는다.

가 내포하고 있는 정신 혹은 자세이다. "아아, 님은 갔지마는 나는 님을 보내지 아니하였습니다"(「님의 침묵」)나 "가시난닷 도셔오셔소"(「가시리」)의 기다림과는 전혀 다른 정신이 고개를 들기 시작하고 있는 것이다. 지금 볼 때, 그 정신은 사랑도 세월이 지나면 결국 인간의 선택 대상의 하나가 될 뿐이라는, 그 시 쓸 당시 우리 정신계를 풍미했던 실존주의가 가미된 것이라는 생각이 든다. 그렇기 때문에 기다림의 끝을 예상하는 것 자체가 기다림의 한 포즈가 될까봐 "반드시 그칠 것을 믿는다"의 "반드시"라는 부사까지 동원되고 있는 것 같다. 뿐만 아니라 이 시는 "그 동안에 눈이 그치고 꽃이 피어나고 낙엽이 떨어지고 또 눈이 퍼붓고 할 것을 믿는다"라는, 다시 말해서 대자연의 섭리라는 맥락에서 보면 하나의 이별이라는 것은 삶의 흐름 속에 특별히 색다른 매듭이 아닐지도 모른다는, 암시로 끝나고 있는 것이다.

고등학교 삼학년 때 위의 사실들을 이미 모두 천착하고 있었다는 말이 아니다. 그때는 대학 입시 공부를 하며 김소월과 『두시언해(杜詩諺解)』에 빠져 있었을 뿐이었다. 실존주의만 하더라도, 실존이 본질에 선행한다는 명제 정도를 기계적으로 암기하고 있을 뿐이었지 깊이 있는 이해를 한 것도 아니었다. 그러나 6·25 직후 폐허화된 우리 사회 전체를 뒤덮었던 실존주의적인 분위기는 이성적인 이해가 없이도 시인들의 정신에 막대한 영향을 미쳤을 것이다. 마침 말이 났으니 한마디 하자면, 『두시언해』는 그야말로 우리말 어휘와 표현의 보고(寶庫)라고 생각된다. 그리고 또 우리말 리듬의 비밀을 캐려면 반드시 통과해야 할 관문 가운데 하나인 것이다. 혹시 내 시의 구조를 꿰뚫어보고 싶은 사람이 있다면 적어도 한번쯤은 그 관문을 통과하던 시절의 내 모습을 떠올리길 바란다. 특히 시에 관심을 가진 사람은 「등고(登高)」 같은 작품을 소리내어 읽으며 외어볼 필요가 있을 것이다. 어학(語學) 하는 이들에게는 초간본이 더 중요할지 모르나 문학 하는 이들에게는 철자가 조금이라도 오늘날 철자에 가까운 중간본이 더 나으리라 생각된다. 이제 여담에서 벗어나기로 하자. 내가 우리의 전통적인 사랑노래의 구조에 대하여 의식적인 관심을 가지게 된 것은 훨씬 뒤의 일로, 아마 부산에서 가진 한용운에 대한 문학 강연 결과 태어난 「한(恨)의 극복」이라는 산문을 쓴 1974년경, 아니면 그보다 한 해쯤 앞선 때가 아니었나 싶다.

바로 그 무렵이 내가 지금도 아끼는 세 편의 「조그만 사랑노래」 시리즈가 씌어진 때이다. 직장 일과 시 쓰는 일에 차차 익숙해지고 삶이 기계적으로 움직이기 시작하는 삼십대 중반, 흔히 예술가에게 찾아오는 위기 때였다. 이 시기를 제대로 넘기지 못하면 시는 쓰러지고 시인만 남는다. 그런 시인이 주위에 얼마나 많은가? 이때 나는 위기감 속에서 내 시세계를 다시 살피기 시작했고, 내 시의 출발점 자체를 재점검했던 것이다. 그리고 찾아낸 것이 사랑노래의 전통이었고, 지난날 잃어버린 사랑의 추억들이었다. 우선 「조그만 사랑노래」를 읽어보기로 하자.

조그만 사랑노래

어제를 동여맨 편지를 받았다.
늘 그대 뒤를 따르던
길 문득 사라지고

길 아닌 것들도 사라지고
여기저기서 어린 날
우리와 놀아주던 돌들이
얼굴을 가리고 박혀 있다.
사랑한다 사랑한다, 추위 환한 저녁하늘에
찬찬히 깨어진 금들이 보인다.
성긴 눈 날린다.
땅 어디에 내려앉지 못하고
눈뜨고 떨며 한없이 떠다니는
몇 송이 눈.

애인은 떠나가고 화자는 뒤에 남아 애인이 돌아오기만을 애타게 기다리는 전통적인 「가시리」의 상황에서 벗어나 있는 것을 우선 확인할 수 있을 것이다. "어제를 동여맨 편지를 받았다"라는 첫 행부터 끝 행까지 이 시는 누가 누구를 버리고 떠나가고 누가 누구를 남아서 기다리는 상태가 아니라 두 애인이 동시에 버림받은 일종의 공모(共謀)의 상태에 있음을 보여준다. 사실 사랑의 공모는 진짜 사랑의 한 표지이며, 「로미오와 줄리엣」 이후, 아니 그 훨씬 이전 결혼 제도가 생기기 이전부터 지금까지 인류가 향유해온 문학의 중요한 주제 가운데 하나이다.

"어제를 동여맨 편지"는 아마 둘 사이의 과거가, 과거의 추억이, 간절한 형태로 담겨 있는 편지라는 뜻의 표현일 것이다. 과거가 일단 재현되자 애인을 뒤따라다닐 때 걷던 길, 어떻게 보면 화자와 함께 오랫동안 애인의 뒤를 따라다니던 길이 마음에 떠오른다. 그 길이 이번 편지의 메시지에 의해 사라지게 되는 것이다. 길뿐 아니라 따라다니던 때의 생각이나 감정 같은 것도 사라지는 것이다. 과거의 추억을 빼고, 그 편지 자체가 전하려고 한 내용은 어떤 것이었을까? 다시는 소생할 수 없는 병에 걸렸다는 편지였을까? 아니면 모든 것을 버리고 수도원이나 절에 들어간다는 통지였을까? 혹은 과거가 이제는 허허로운 것으로 되었다는 마음의 상태를 담은 글이었을까? 그러나 여하튼 화자를 버리고 드디어 다른 상대와 결혼한다는 통보 같은 것은 아니었을 것이다. 마지막 구절 "눈뜨고 떨며 한없이 떠다니는/몇 송이 눈"이 상대방의 세속적 안정 추구를 보여주는 이미지에서 벗어나 있기 때문이다. 만일 애인이 다른 상대와 결혼한다는 메시지의 편지라면 즉시 「님의 침묵」의 상황으로 이 시 전체가 되돌아갈 것이다.

여기저기서 어린 날
우리와 놀아주던 돌들이
얼굴을 가리고 박혀 있다.

라는 구절은 태평양 전쟁과 6·25 전쟁 사이에 소년 소녀 시절을 보낸 사람들에게는 절실한 표현일 것이다. 인형은 말할 것 없고 장난감 하나 없이 그야말로 돌과 나무만 가지고 놀았으니까. 그래서 그런지 나의 시에는 '눈' '바람' 못지않게 '돌'이 자주 등장한다.

그러나 한편 이 부분은 돌에 대한 개인적인 경험과는 관계없이 이 시가 가지고 있는 우울한 상황과 꽤 어울리는 표현이라는 생각이 든다. 사실 이 구절에서 중요한 것은 돌이 아니라 돌이 땅에 박혀 있는 모습을 얼굴을 가리고 박혀 있는 모습으로 보는 화자의 마음인 것이다. 그리고 다음에 이어지는 구절, "사랑한다 사랑한다, 추위 환한 저녁하늘에/찬찬히 깨어진 금들이 보인다"는 물론 희망과 관계 없이 사랑을 지닌 사람의 외로운 마음속의 외침과 그 심정에 어울리는 찬찬히 깨어진 하늘의 이미지가 주된 것이지만, "돌"을 맞고 유리가 찬찬히 깨진 세상 같다는 영상의 겹침 또한 있는 것이고, 그럼으로 해서 앞의 돌들이 다시 의미를 획득하는 것이다. 한마디 부연하자면 이 시는 한자어(漢字語) 하나 없이 토속어로만 만들어진 작품이다. 간절할 때 토속어가 우선 손에 잡히는 일은 인류 공통의 특징일 것이다.

"성긴 눈"은 내 초중기 시에 자주 등장하는 눈, 주로 따스함이 깃들여 있는 눈(6·25 직후의 폐허를 하루아침에 아름다운 정경으로 바꾸던 눈)이 성겨진 상태, 즉 따스함과 아름다움을 잃어가는 상태의 표현일지도 모른다. 그 따스함과 아름다움을 잃은 세계 속에서 화자와 애인은 "땅 어디에 내려앉지 못하고/눈뜨고 떨며 한없이 떠다니는/몇 송이 눈"이 된다. 진정한 것이면 사랑이든 종교든 땅(세상) 어디에 쉽게 받아들여지기 힘들 것이라는 생각은 지금도 이따금 마음을 아프게 하고 있다. 원죄(原罪)라는 게 있다면 바로 이 괴로움일 것이다. 이 시의 화자와 그의 상대는 지금 이루기 힘든 사랑을 하고 있는 것이다. 이 시에는 전통적인 사랑노래와는 달리 떠나는 애인과 뒤에 남아 기다리는 화자가 없다. 둘 다 정착을 못 하고 마냥 떠도는 존재인 것이다.

사랑노래 전통에 대한 이런 변형은 다음 시 「더 조그만 사랑노래」에 더 확실히 나타난다.

더 조그만 사랑노래

아직 멎지 않은
몇 편(篇)의 바람.
저녁 한끼에 내리는
젖은 눈, 혹은 채 내리지 않고
공중에서 녹아 한없이 달려오는
물방울, 그대 문득 손을 펼칠 때
한 바람에서 다른 바람으로 끌려가며
그대를 스치는 물방울.

앞의 첫 두 행 "아직 멎지 않은/몇 편의 바람"에는 바람까지도 이야기를 가진 존재로 보려는 화자의 마음이 비쳐 있다. 사람을 사랑하다가 얼마나 간절한 상태에 도달하면 바람결 하나하나까지 이야기 줄거리가 채 끝나지 않아 더 두고 귀기울여야 할 소설 같은 것으로 보이겠는가? 그 간절함은 "저녁 한끼"라는 말을 통해 배고픔이라는 신체적인 결핍 상태로 보강되기도 한다. 그 결핍 상태는 자신이 눈다운 눈도 못 되고 "젖은 눈" 혹은 "공중에서 녹아 한없이 달려오는/물방울"이라는 생각으로 자연히 이어진다. 그러나 일단 자신이 공중에서 녹아 한없이 달려오는 물방울이라는 생각이 들자 곧 자신의 현실을 하나의 이미지로 전환시키는 힘을 획득하기에 이르는 것이다.

그대 문득 손을 펼칠 때
한 바람에서 다른 바람으로 끌려가며
그대를 스치는 물방울.

운명적으로 서로 못 만나도록 되어 있으나, 이번에는 애인이 가는 것이 아니라 한 자리에 서 있고, 오히려 화자가 애인을 향해 질주해 오다가 다른 바람에 끌려가며 그냥 스치고 지나가는 상황이 펼쳐지는 것이다. 장 루이 바로의 프랑스 영화 〈싸구려 좌석의 아이들〉(인생유전)의 끝머리와 통하는 바가 있을 것이다. 그것은 김소월이나 한용운의 샘물에서 꽤 먼 거리를 흘러온 강물이라고 할 수 있다.

이 시리즈의 마지막 시 「더욱더 조그만 사랑노래」는 한 걸음 더 나아가 사랑노래의 전통과는 출생지부터 전혀 다른 강물이 되어 있는 사랑노래의 모습을 보여준다.

더욱더 조그만 사랑노래

연못 한 모퉁이
나무에서 막 벗어난 꽃잎 하나
얼마나 빨리 달려가는지.
달려가다 달려가다 금시 떨어지는지.

꽃잎을 물 위에 놓아주는
이 손.

화자를 떠나는 애인이 한(恨)의 대상이 아니라 곧 '떨어지게 될' 존재, 다시 말해서 하나의 생명체로서 얼마 안 가 아름다움을 잃으리라는 사실이 화자의 마음을 저리게 하는 존재로 그려져 있다. 그 인식 속에는 이 세상에서 같이 살아가다 죽어야 할 존재들 사이에 오가는 공감이 자리잡고 있는 것이다. 그렇기 때문에 나무에서 꽃잎 하나가 떨어져 내리듯이 "꽃잎을 물 위에 놓아주는", 다시 말해 화자의 기다림의 완성이 아니고 애인의 해방을 앞세우는 화자의 행위가 이 사랑 노래의 골조를 이루게 되는 것이다.

> 꽃잎을 물 위에 놓아주는
> 이 손.

에서 다른 꽃잎처럼 땅 위가 아니라 동서고금을 막론하고 문학에서 주로 생명의 상징으로 나타나는 '물' 위라는 사실에 주목할 필요가 있을 것이다. 여하튼 「진달래꽃」이나 「님의 침묵」과 이 시의 차이는 표면적인 치장이나 화장의 차이가 아닌 것이다.

위의 사랑노래들은 모두 이루지 못한 사랑을 핵으로 안고 있다. 이왕 나온 김에 앞서 쓴 표현을 다시 쓰자면, '동서고금'을 막론하고 연애시의 대부분은 이루지 못한 사랑의 노래들이다. 사랑이 제대로 순조로이 이루어진다면 구태여 연애시를 써서 무엇했겠는가? 그러나 세상에는 이루어진 사랑을 노래하는 연애시도 있고, 내 정신에도 이루지 못한 사랑노래만 뒤쫓는 독특한 성벽(性癖)이 있는 것은 아니다. 눈에 띄는 예를 하나 들자면 어려움 끝에 이루어지는 사랑의 희열을 노래한 시로 우선 길이로 볼륨이 있는 「사랑의 뿌리」를 꼽을 수 있을 것이다.

사랑의 뿌리

1

내 고향은
그대 홀로 걸은 곳,
그대 고향은
내 황홀히 매맞은 곳.

우리 고향은 이제 잠들고
때린 자들도 잠들고
겨울이 오고
낡은 철선(鐵船)들이 정박해 있다.

고향도 얼굴도 모두 벗어버리고
몸에 춤만 남은 우리.
바다는 갑자기 부풀어오르고
땀 흘리며 바삐 녹 닦는 배들.

2

지금 사랑은 아무것도 아니기.
사랑, 그 엄청나게 흐린 날
거리 가득 눈 퍼부은 저녁
차(車)들이 어둡게 막혀 있는 거리

갇힌 택시 양편에 죽마(竹馬) 붙이고
세차게 뛰는 엔진 감싸안고
양 옆구리에 단 죽마 짚고
겅중겅중 뛰어가기.
앞이 막히면 좌우로 뛰기.
그대 팔을 들면
사랑, 그 추억의 조그만 서랍들을 모두 열고
엉켰던 핏줄 새로 빨며
흐린 구름 뚫고
함께 떠오르기.
눌렀던 춤이 튀어오른다
지금 사랑은 아무것도 아니기.

3

우리는 이쁜 아이들이야
우리는 이쁜 아이들
우리는 이쁜

아아 이뻐라
우리는 열려 있다.

창 밖에 얌전히 서 있는
나무들도 바쁘다.
땅속으로 서로 더듬다가

잠시 호흡 멈추고
뿌리와 뿌리를 마주 댄다.
아아 이뻐라.

우리는 이쁜 아이들
우리는 이쁜.

4

돌이 허리 굽혀 눈을 헤치고
돌을 물었다.
물린 돌이
환히 웃는다.
주저없이 바람이 멎고
가득 찬 달이 뜨고 있다.

잊혀진 별들까지 모두 모여
끝없이 끝없이 빛나는 하늘.
이제 사랑은 아무것도 아니기.

첫 마당은 여러 해석이 가능하겠지만 그 무엇보다도 사랑이 여의치 않은 상황의 표현일 것이다. 1970년대 중반 이 시가 처음 발표되었을 때는 사회 전체가 정치적인 억압에 대해 예민해 있던 때라 평론가들에 의해 정치적 폭력의 상징으로 받아들여지기도 했으나, 전체적인 맥락으로 볼 때 그것은 꼭 필요하지 않은 확대 해석이라고 생각된다.

사랑노래의 틀을 가진 정치시도 있겠지만, 이 시는 그 무엇보다도 사랑노래인 것이다. 여하튼 첫째 마당의 끄트머리는 자 이제 어려운 상황을 견디어냈으니("몸에 춤만 남은 우리"), 희망을 갖고("바다는 갑자기 부풀어오르고"), 그 동안 묻은 녹을 바삐 닦고 진짜 사랑할 준비를 할 때가 되었다고 노래하는 것이다.

그러나 둘째 마당은 진짜 사랑을 위해선 "사랑은 아무것도 아니기"의 단계를 거쳐야 한다고 노래한다. 일종의 인간적인 조그만 '거듭나기' 가 필요하다고 할 수 있다. 많은 눈이 내려 길이 막혔을 때는 타고 가던 차 양편에 죽마(竹馬)를 붙이고 겅중겅중 뛰어 막고 있는 차들을 뛰어넘어가 사랑의 존재를 향해 달려가는 조금은 기발하고 역동적(力動的)인 상상력 동원도 가능해야 한다. 역동적인 상상력의 획득이야말로 진정한 사랑이 이룩되었다는 표징 가운데 하나인 것이다. 그 역동성을 획득할 때 "눌렀던 춤이 튀어오르는" 것이다. 그것은 동시에 사랑 자체도 사랑을 얽매는 장치에서 벗어나야 되는 것임을 시사해주기도 한다. 간단히 말해서, "지금 사랑은 아무것도 아니기"의 상태를 겪어야 하는 것이다. 그러고 나서야 비로소 "우리는 이쁜 아이들이야"로 시작되는 진짜 사랑을 나눌 수 있는 것이다.

아아 이뻐라
우리는 열려 있다.

창 밖에 얌전히 서 있는
나무들도 바쁘다.
땅속으로 서로 더듬다가
잠시 호흡 멈추고

뿌리와 뿌리를 마주 댄다.

아아 이뻐라.

앞 마당을 읽을 때 미리 예측한 독자도 있겠지만 제4마당은 당연히 사랑의 희열이다. 나는 그것을 '돌이 돌을 물고' "물린 돌이/환히 웃는" 환상적인 영상이나 "잊혀진 별들까지 모두 모여/끝없이 끝없이 빛나는 하늘"이라는 극히 시적인 이미지로밖에 표현할 수 없었다. 이 시를 쓸 당시도 그랬겠지만 특히 지금 생각해볼 때, 이 부분이 더 구체적이었으면 좋겠다. 적어도 "땅속으로 서로 더듬다가/잠시 호흡 멈추고/뿌리와 뿌리를 마주 댄다" 정도의 구체성을 갖춘다면 얼마나 좋을 것인가? 당시는 역부족이었겠지만, 그러나 지금도 이곳에 더 손을 보고 싶지는 않다. 사랑도 시도 삶도 결국은 미완인 것이고 거기에도 의미가 있는 것이다.

그러나 언젠가는 사랑의 성사 여부를 떠나 삶과의 연장 속에서, 쉽게 말해 시간의 지속적인 파괴 속에서, 사랑의 실체가 과연 무엇인가에 마음이 가게 된다. 사실 사랑의 현장에서는 감정 혹은 정열이 너무 앞서 사랑 자체의 구조 규명에는 관심이 덜 가게 마련이다. 사랑은 물론 시간에 의해 파괴된다. 그러나 시간의 파괴 속에서 남은 것은 무엇인가? 「연등(燃燈)」「어린 시절 애인의 죽음」, 그리고 「비린 사랑노래」「더 비린 사랑노래」「더욱더 비린 사랑노래」 연작시 열여덟 편은 세월이 지나간 후의 연인에게 계시처럼 떠오르는 사랑의 이미지들이다. 한창때의 김소월이나 윤동주보다 훨씬 나이 든 시인의 사랑노래라고 할 수 있고, 한 면만 쉽게 이야기한다면, 오랜 시간이 흐른 후에 연인들이 전날의 상대를 만나 남의 이야기를 하듯 나눌 수 있는 자신들의 이야기, 혹은 그 두 사람의 마음속에 떠오르는 '철없는' 사랑의 이미지들이라고 할 수 있는 것이다. 「비린 사랑노래」에서 두어 편 읽고 이 장을 끝내기로 하자.

비린 사랑노래 1

바다 냄새를 맡은 조그만 강물처럼
나는 흐른다.
마지막 마을의 집들이 지나가고
조그만 돌다리가 지나가고
어설프게 정치망(定置網)이 몇 개 쳐 있다.

저 뻘 너머 캄캄한 하늘
새파란.

이 시에 나오는 조그만 강물은 1980년대 초반 친구의 차를 타고 고창 선운사를 다녀오다 미당 서정주 선생의 고향인 선운리 쪽으로 난 비포장 도로가 있어 도로 사정과 시간이 허락하는 만큼 가보자고 천천히 차를 몰고 가다 본 강이랄 수도 개울이랄 수도 없는 장수강 물줄기가 마음속에 들어와 숨어 있다가 1980년대 말에 살아난 것이다. 이따금씩 강물을 가로질러 정치망들이 쳐 있었다. 생물학적인 면을 고려하지 않는다 하더라도, 결국 사랑은 인간 혹은 생물들을 이 세상에 남도록 쳐놓은 그물이 아니겠는가. 설사 우리가 그물 같은 것에 걸리는 물고기가 아니라고 착각한다 해도, 벗어난 그물들 너머론

저 뻘 너머 캄캄한 하늘

새파란.

파란색으로 위장된 캄캄한 하늘이 엿보일 뿐인 것이다. 그 캄캄함은 인간사 특히 사랑의 깊이를 들여다보면 볼수록 어쩔 수 없이 부각되는 삶의 실체라고 생각된다.

비린 사랑노래 6

가을 들면서 잔 비가 뿌려도
무지개가 제대로 떠지지 않았습니다.
저녁 안개 가끔 낄 뿐
햇빛 속에서도
보이지 않게 걸을 수 있었습니다.
모르는 새 마음이 조금씩 식더군요.
지하철에서 석간을 읽고
읽던 기사 좌석에 논 채 일어서
마을버스를 타고 아파트로 돌아왔습니다.
꽃가게의 꽃들이 풀죽어 웃고 있고,
아무 일도 없었습니다.

((사람 살려!))

그야말로 일상적인 삶이 그려지고 있다. 그러나 일상생활을 그대로 지탱해주는 것은 우리가 사랑이 식는다고 할 때 사실은 사랑이 식는 것이 아니고 우리의 '마음이 식는'다는 사실을 애써 의식에서 밀어내는 행위인 것이다. 내부에서 울려나오는 우리 혼(魂)의 신음소리를 괄호를 둘씩이나 둘러쳐서 다른 사람에게는 물론 자신에게조차 들리지 않게 해서 살고 있기 때문이다. 아무 일도 없다는 상태야말로 실은 사람 살려!의 상태가 아니겠는가? 우리가 살다가 언뜻 사랑에게 틈을 내줄 때, 언제고 우리의 혼은 괄호 속에서 소리지르기로 되어 있는 것이다.

"((사람 살려!))"

들립니까?

3. 폐허의 겨울

그때는 옷도 허술했겠지만

아무리 껴입어도 추웠다. 이상하다.

지구 온난 현상과 공해 때문에 서울의 기온이 높아졌다고 하지만,

지난 삼십여 년간에 오르면 얼마나 올랐겠는가.

지금 생각하면 그 당시의 추위는

절대온도의 추위에다가

심리적 온도의 추위를 더한 것이었다고 생각된다.

헐벗은 삶의 추위였을 것이다.

지난 십여 년간 신문의 신춘문예나 잡지의 현상문예 시 심사를 하면서, 그리고 문학상 심사를 하면서, 내가 가장 중요하게 생각해온 기준은 '정열'이었다. 기성 시인의 작품에 대해서도 엄격했지만, 신인 작품에 대해서는 더욱 그랬다. 정열이 없는 수술이나 정열이 없는 재판은 가능해도, 정열이 없는 예술은 이미 예술이 아닌 것이다. 더구나 정열 없이 적당히 좋은 표현을 모아 짜깁기한 신인의 작품은 딱 질색인 것이다. 나의 초기 작품을 새로 읽어보면 실망스런 부분이 눈에 띄기도 하지만, 그러나 '가난한 청춘'이었기 때문에 돋보이는가, 그래도 정열 하나만은 넘친다고 생각된다. 우선 「겨울 노래」를 읽어보자.

겨울 노래

미소

너의 집 밖에서 나무들이 우는 것을 바라본다.
얼은 두 볼로 불 없이 누워 있는
너의 마음 가에 바람소리 바람소리.
내 너를 부르거든
어두운 뒤꼍으로 나가
한겨울의 꽝꽝한 얼음장을 보여다오.
보라, 내 얼굴에서 네 무엇을 찾을 수 있는가.
네 말없이 고개를 쳐들 때
하나의 미소가 너의 얼굴에, 하나의 겨울이 너의 얼굴에
아는가,
그 얼은 얼굴의 미소를 지울 수 있는 것이
우리에게 있는가.

불

나보다도 더 겨울을 바라보는 자여,
목 위에 타오르는
얼굴을 달고
막막히 한겨울을
바라보는 자여,
무모한 사랑이 섞여 있는

그런 노래를 우린 부르자.
언젠가 오 우리 여기 있다, 대답하고
얻은 우리의 일생에 우린 올라서자.
귀 기울이지 않아도 바람소리 바람소리
그 속에 서 있는 우리는
손잡고 조용히 취한 사내들의 목소리가 되어 있으리.

앞서 밝혔듯이 나의 청소년 시절은 한마디로 춥고 배고픈 시대였다. 지금은 학생들도 소주는 안 마시고 맥주를 들고, 최소한 튀김닭이나 연기에 그슬린 돼지 다릿살이 안주가 된다. 나보다 더 좋은 차를 타고 다니는 학생도 많다. 그러나 내 청년 시절의 일기가 남아 있다면 주로 오징어 혹은 명태, 아니면 감자국 안주 곁들인 소주를 마시며 삶과 문학에 대해서 용기 있게 외친 '눈부신' 기록을 도처에서 찾아볼 수 있을 것이다. 당시 폐허 속이라 더욱 정답던 명동이나 무교동의 술집들이 이제는 완전히 고층건물로 바뀌거나 재개발되어 추억을 확인할 수조차 없게 되었으니 마음 허전할 뿐이다. 원래 싸구려 술집들이라 이름도 잘 기억나지 않는다. 그래도 나는 나은 편이어서 비록 사학년 때인가 도둑맞긴 했지만 교복과 군복 물들인 옷 외에 신사복도 한 벌 있었고 아르바이트로 여행비를 벌 수 있었다. 그때는 옷도 허술했겠지만 아무리 껴입어도 추웠다. 이상하다. 지구 온난 현상과 공해 때문에 서울의 기온이 높아졌다고 하지만, 지난 삼십여 년간에 오르면 얼마나 올랐겠는가. 지금 생각하면 그 당시의 추위는 절대온도의 추위에다가 심리적 온도의 추위를 더한 것이었다고 생각된다. 헐벗은 삶의 추위였을 것이다.

「겨울 노래」에서 「달밤」 「기도」 등을 거쳐 「어떤 개인 날」에 이르는 일련의 '겨울 시편(詩篇)' 은 그 추위 속에서 살며 추위가 암시하는 무기력과 싸운 정열의 소산이다. 따라서 화자가 '너' 라고 부르는 사람은 친구일 수도 있고 애인일 수도 있으며, 또는 같이 추위 속에서 고통받는 동시대인일 수도 있을 것이다. 그런 건 이 시들에서 별로 중요하지 않다. '겨울 시편' 은 그 무엇보다도 어떻게 '우리' 가 추위-겨울을 이겨내는가에 초점이 맞춰져 있기 때문이다.

첫째 마당 '미소' 에서 화자는 '너' 를 찾아간다. 너는 한겨울에 불도 없이 두 볼이 언 채 누워 있다. 그 당시는 그게 별로 독특한 상황은 아니었다. 이층 다다미방에서 난로 없이 이불을 두 겹으로 뒤집어쓰고 잔 밤들의 기억이 생생하다. 새벽에 깨어보면 머리맡에 놓아둔 물사발이 꽝꽝 얼어 있었다. 여하튼 화자는 '너' 에게 위로 대신 "내 너를 부르거든/어두운 뒤꼍으로 나가/한겨울의 꽝꽝한 얼음장을 보여다오" 라고 추위에 대한 정열적인 대응을 요청하는 것이다. 그때 너에게 미소를 지을 수 있는 의지와 힘이 있어 그것이 실현된다면("하나의 미소가 너의 얼굴에"), 너 자신이 하나의 겨울이 되어 겨울을 극복할 수 있을 것이 아닌가("하나의 겨울이 너의 얼굴에/아는가/그 얼은 얼굴의 미소를 지울 수 있는 것이/우리에게 있는가"). 일종의 정신적인 극복이겠지만 그것은 그 당시 나의 정신 상황에서는 초미(焦眉)의 과제였다. 다만 '미소' 와 '겨울' 을 동격으로 놓아, 미소와 겨울이 서로 환치될 수 있음을 보여주어 미소에 엄격함을 주고 겨울에 따뜻함을 준 것에는 눈을 줄 필요가 있을 것이다.

두번째 마당 '불' 은 스스로 겨울이 되어 겨울을 이기고 있는 너와 나를 추위를 이기고 '불' ("목 위에 타오르는/얼굴을 달고")이 된 존재로 파악한다. 그래서

무모한 사랑이 섞여 있는
그런 노래를 우린 부르자.
언젠가 오 우리 여기 있다, 대답하고
얻은 우리의 일생에 우린 올라서자.

라고 감히 노래하게 되는 것이다. 끝머리에 가서 바람소리 속에 서 있는 "손잡고 조용히 취한 사내들의 목소리"야말로 추위와 배고픈 세상에서 인간의 정열이 이룩할 수 있는 최상의 상태 가운데 하나였을 것이다.

「기도(祈禱)」도 같은 무렵의 작품이다. 대학에 들어가서 곧 사귀기 시작한 문학평론가 김병익을 염두에 두고 쓴 시이다. 그때만 해도 독자를 생각하지 말고 시를 써야 한다는 모더니즘의 한 수상한 변종(變種)이 우리나라 젊은 시인들 사이에 군림하고 있었다. 그러나 처음부터 나는 그 주장을 받아들일 수 없었다. 시인이 자기 자신만을 위해 시를 쓴다면, 그냥 머릿속에 혹은 가슴속에 넣고 살 것이지 형용사 하나를 찾기 위해 며칠 고생을 하고 힘들게 퇴고까지 해가며 작품을 쓸 필요가 무엇이겠는가? 예전이나 지금이나 내 마음속에는 독자가 여럿 있다. 나는 그들 가운데 어느 하나에게, 또는 몇 사람에게, 때로는 그들 모두에게 편지 쓰듯이 시를 쓴다. 물론 반드시 그렇지는 않겠지만, 시인이 마음속에 지니고 있는 독자들이 다양할수록 큰 시인이 아닌가 생각을 할 때도 있다. 「기도」를 읽고, 1965년 '창우사'에서 출판된 여러 시인의 자작시 해설집 『이삭을 주울 때』에 실린 나의 '해설'을 읽어보자.

기도(祈禱)

1

내 잠시 생각하는 동안에 눈이 내려 눈이 내려 생각이 끝났을 땐 눈보라 무겁게 치는 밤이었다. 인적이 드문, 모든 것이 서로 소리치는 거리를 지나며 나는 단념한 여인처럼 눈보라처럼 웃고 있었다.

내 당신은 미워한다 하여도 그것은 내가 당신을 사랑하는 것과 마찬가지였습니다. 당신이 나에게 바람부는 강변을 보여주면은 나는 거기에서 얼마든지 쓰러지는 갈대의 자세를 보여주겠습니다.

2

내 꿈결처럼 사랑하던 꽃나무들이 얼어 쓰러졌을 때 나에게 왔던
그 막막함 그 해방감을 나의 것으로 받으소서.
나에게는 지금 엎어진 컵
빈 물주전자
이런 것이 남아 있습니다.
그리고는 닫혀진 창
며칠내 끊임없이 흐린 날씨
이런 것이 남아 있습니다.
그리곤 세 명의 친구가 있어
하나는 엎어진 컵을 들고
하나는 빈 주전자를 들고
또하나는 흐린 창 밖에 서 있습니다.

이들을 만나소서
이들에게서 잠간 잠간의 내 이야기를 들으소서
이들에게서 막막함이 무엇인가는 묻지 마소서
그것은 언제나 나에게 맡기소서.

3

한 기억 안의 방황
사방이 막힌 죽음
눈에 남는 소금기
어젯밤에는 꿈많은 잠이 왔었다.
내 결코 숨기지 않으리라
좀더 울울히 못 산 죄 있음을.

깃대에 달린 깃발의 소멸을
그 우울한 바라봄, 한 짧고 어두운 청춘을
언제나 거두소서
당신의 울울한 적막 속에.

첫번째 시집『어떤 개인 날』에 수록되어 있는 이 작품은 1959년 겨울에 씌어졌습니다. 참 치사하게 추운 겨울이었지요. 새벽이면 불없는 머리맡에 꽁꽁 얼어붙는 물컵, 빈 물주전자, 성에가 하얗게 낀 창 사이로 보이는 전선줄, 한 점 떨고 앉아 있는 참새, 오르내릴 때 유난히 삐걱거리는 층계, 절교 편지와 함께 잘못 빨리 온 징집영장, 신문에 나타나는 친구 부친의 부고(訃告). 해서 덜컥거리는 버스를 타고 도시 변두리로 나가 듣는 친구의 다섯 자 다섯 치의 곡(哭)소리, 밤늦게 낯선 찻집에 올라가 혼자 마시는 질이 나쁜 커피. 집에 와서는 준비 없는 잠.

글쎄 누구나 한번 겪는다는 실의기(失意期)였던 것 같기도 합니다. 친구를 만나서 몇 시간씩 떠들어봐야, 아 나는 왜 이렇게 마음에 없는 말만 지껄일까, 생각하고 그 생각 때문에 내 불성실을 더욱 책하곤 했죠.

어느 날 친구들과 명동에 나가 북어를 구워놓고 소주 됫술을 마셨습니다. 거리에 쓰러졌다가 돌아와 며칠 앓았죠. 바로 그때였습니다, 대전 살던 친구 K가 집에 들르라는 편지를 보낸 것은. 병상에 누운 나는 이백자가 될까 말까 한 편지를 몇십 분씩 들여다보았습니다.

겨울 여행은 그때가 처음이었습니다. 여행이라야 속옷 한 벌을 책가방에 쑤셔넣고, 오래간만에 구두를 닦아 신고, 책가방에 집어넣고 꺼내 읽지 않은 책을 하나 들고 스팀이 들락날락하는 삼등객차 한구석에 웅크리고 앉는 것에 지나지 않았지만 말입니다.

K로 말하면 대학 입학하던 해 장학생 인터뷰를 할 때 만난 친구로, 정치과 학생인데도 늘 칼 바르트며 라인홀트 니이버 같은 지루무쌍한 책들을 끼고 다녔습니다. 그러나 생각하는 것은 지루하기커녕 늘 날카롭고 신선해서 이즈음 그가 다니고 있는 신문사에 전화를 걸어 제발 만나주십사 하고 청한 일이 부지기수입니다.

친구집에 책가방을 던져놓기가 무섭게 곧 둘이는 유성온천행 버스를 탔습니다. 버스 정거장에 흩날리는 눈, 반쯤 빈 버스, 버스 유리창에 흩날리는 눈, 텅 빈 공동탕의 김서린 물, 돌아오는 버스창에 흩날리는 눈, 대전 시내에 들어오면서 잠시 날이 개었습니다.

저녁을 먹고 나자 마침 부산 언니네 집에 가 있었다던 친구의 여자친구가 놀러 왔습니다. 같이 이야기나 하자는 친구의 손을 뿌리치고 낯선 도시의 밤경치를 보러 나갔습니다. 눈이 다시 내리고 있었습니다. 한정

없이 걸었습니다. 구두가 젖어들고 발이 얼어왔습니다. 갑자기 빨간 불이 켜지고 눈을 쓴 기차가 지나가기도 하고 술취한 두 사내가 눈 위에서 싸우기도 했습니다. 잔뜩 피곤해져서 닥치는 대로 찻집에 들어갔지요. 거기서 유성기의 이빠진 유행가를 들으며 얼마나 앉아 있었는지, 레지가 와서 문닫을 시간이 됐어요, 하고 말해주었습니다. 밖에선 눈보라가 차차 더 심해져가고 있었습니다.

> 내 잠시 생각하는 동안에 눈이 내려 눈이 내려 생각이 끝났을 땐
> 눈보라 무겁게 치는 밤이었다.

다시 눈보라 속에 빨간 불이 켜지고 기차가 지나갔습니다. 기차가 지나간 후 한참 서 있다 건널목을 지나며 나는 가슴 한구석에서 무엇인가 조그맣게 폭발하는 소리를 들은 듯했습니다. 내연기관이 폭발하는 소리. 그리곤 부르릉 부르릉 하다가 엔진이 멎는 소리가 들리는 듯했습니다. 그러다 보니 갑자기 얼은 발의 감촉도 사라져버리고 나에게는 무한한 막막함 혹은 해방감 같은 것이 찾아들었습니다. 외투마저 벗어들고 눈보라 속을 걸었습니다.

> 내 꿈결처럼 사랑하던 꽃나무들이 얼어 쓰러졌을 때 나에게 왔던
> 그 막막함 그 해방감을 나의 것으로 받으소서.

그러자 내 마음속에 언제나 자리잡고 있던 상황, 즉 물컵이 엎어져 있고 주전자가 빈 채 얼어 있는 상황이 머릿속에 떠올랐습니다. 그리고 몇몇 외로운 친구들의 서로 떨어져 서 있는 모습이.

그리곤 세 명의 친구가 있어
하나는 엎어진 컵을 들고
하나는 빈 주전자를 들고
또하나는 흐린 창 밖에 서 있습니다.

그러나 가는단 눈발 속에 저 멀리 친구의 집 문이 보이는 곳에 서서 친구와 여자가 헤어지는 장면을 지켜보며 결국 나의 막막함은 내 것 이외에 아무것도 아니라는 생각이 드는 것이었습니다.

이들에게서 막막함이 무엇인가는 묻지 마소서
그것은 언제나 나에게 맡기소서.

다음날 새벽 친구가 깨지 않게 조용히 잠자리를 빠져나와 창 너머 쌓여 있는 눈을 보며 몇 자 적기 시작한 것이 「기도(祈禱)」가 되었습니다. 젊은 날에 있어서의 기도는 한 조그마한 돌아옴, 즉 자기 자신에의 돌아옴이 아니겠습니까? 조용히 자고 있는 친구의 얼굴을 들여다보며 나는 몇 번이고 중얼거렸습니다.

내 결코 숨기지 않으리라
좀더 울울히 못 산 죄 있음을,

하루 종일 흩날리는 눈, 빨간 신호등 뒤로 눈을 쓰고 달리던 기차, 도시 전체의 눈보라…… 그 겨울을 잊을 수가 없습니다. 그리고 내 다른 시보다 뛰어나기 때문이 아니라, 한 실의기 속에 불밝혀 있는 조그만 여행의 소산이기 때문에, 실의마저 자기 것으로 만들려 애쓴 한 청춘의 몸

부림이었기 때문에 나는 이 시를 사랑하고 있습니다. "당신이 나에게 바람부는 강변을 보여주면은 나는 거기에서 얼마든지 쓰러지는 갈대의 자세를 보여주겠습니다." (1965. 11. 5)

위 글의 K는 물론 김병익이다. 청춘은 아름다워라! 젊었을 때의 글이라고는 하지만 이처럼 드러내놓고 외곬의 서정적인 미문(美文)을 쓸 수 있었다니! 아마 요즘 젊은 시인이라면 훨씬 세련되게 위악(僞惡)의 냄새를 살짝 담은 어른스런 해설을 썼을 것이다. 지금 다시 쓴다면 그리고 김병익을 괄호 속에 넣을 수 있다면 아마 다음처럼 될 것이다.

첫번째 마당의 풍경은 황량한 당시의 서울 거리 분위기를 상징적으로 보여주고 있다고 할 수 있지만, 그 무엇보다도 격동기 젊음의 한 특징인 북구라파식 표현주의의 맛을 간직하고 있다고 할 수 있다. 그 당시 내가 좋아했던 에드바르트 뭉크나 막스 베크만의 그림들이 갖고 있는 호소력에 기댄 자취가 분명히 있는 것이다. 특히 나는 베크만의 깊이 있는 우울을 좋아했고, 지금도 정신분열 증상을 과시하는 코코슈카 같은 표현주의자보다는 그의 깊이에 더 끌리고 있다. 그의 그림엔 혼이 있다.

첫번째 마당의 "당신"과 두번째 마당의 청자(聽者)가 기독교의 신(神)이었는지, 막연한 경외(敬畏)의 대상이었는지, 철학적인 절대자였는지는 확실치 않다. 지금 쓰려고 살펴보니 확실치 않은 것이 너무 많구나! 그러나 곰곰 생각해보면, 당시 이미 기독교 신앙을 잃었던 나로서는 오히려 그 셋을 다 합친 하나의 청자를 찾았으리라는 공산이 크다. 여하튼 둘째 마당의 첫머리, "내 꿈결처럼 사랑하던 꽃나무들이 얼어 쓰러졌을 때 나에게 왔던/그 막막함 그 해방감을 나의 것으로 받으소서"라는 기도는 다시금 춥고 배고팠던 전쟁과 그 직후의 세상으로 나를 이끌어간다. 다만 사랑의 대상의 상실을 막막함과 동시에 해방으로 파악했다는 사실은 지금 생각해도 마음에 든다.

> 나에게는 지금 엎어진 컵
> 빈 물주전자
> 이런 것이 남아 있습니다.
> 그리고는 닫혀진 창
> 며칠내 끊임없이 흐린 날씨
> 이런 것이 남아 있습니다.
> 그리곤 세 명의 친구가 있어
> 하나는 엎어진 컵을 들고
> 하나는 빈 주전자를 들고
> 또하나는 흐린 창 밖에 서 있습니다.

엎어진 컵, 빈 물주전자, 닫혀진 창, 끊임없이 흐린 날씨, 이 모두 다 결핍을 나타내주고 있다. 그 결핍 속에서 친구들이 마치 결핍의 이미지들을 무대 위에서 구체적으로 보여주려는 것처럼 무언극처럼 따로따로 서 있는 것이다. 그러나 이들 친구들의 삶까지 포함해서 "막막한" 삶 자체에 대한 대답과 책임은 자기가 지겠다고 화자는 말한다. 그것이 나의 젊은 날의 '성실'이었다.

마지막 마당은 결핍을 인정하고, 오히려 그 때문에 터뜨릴 수 있는 화자의 삶에 대한 정열을 보여준다. "내 결코 숨기지 않으리라/좀더 울울히 못 산 죄 있음을"의 숨은 뜻은 결국 정열을 가지고 삶을 살겠다는 자세이며, 감춤 없는 삶을 살겠다는 자세이고, 그 자세야말로 기도를 받는 존재의 실체를 "울울한 적막"으로 표현할 수 있게까지 만드는 것이다.

「얼음의 비밀」은 아마 결핍과 그 결핍에 대응하는 정열을 가장 잘 보여주는 작품 가운데 하나일지도 모른다.

얼음의 비밀

어느 겨울날

눈이 그쳤을 때, 바람이 불 때, 내 외롭지 않을 때
나는 갔었다, 너의 문 닫은 집으로.
얼은 벽(壁)에 머리 부비고 선 사내에게로.
너의 입가에서 웃음으로 바뀌는 너의 서 있는 자세에로.
나를 성에 사이로 이끌던
헐벗은 옷 틈새의 웃음소리, 내민 살의 내민 살의 웃음소리.
네 앞에 누가 잠잠할 수 있을 건가.
누가 네 머리 부비는 웃음을 끊고 싶지 않을 건가.
허나 배반하고 말었다, 눈을 가리고 얼은 듯이 쓰러지며
배반하고 말었다, 나를 벗어나려 하는 말들을.

얼음 위에서

네 웃으며 집을 나간 후에 지친 듯이 눈이 멎고 저녁은 사라지고 내 혼자 바라보는 어둠 속으로 걸어가는 너의 모습. 친구여, 어둠 속에 가만히 귀를 기울이는, 이미 취한 것도 아닌 비틀대는 무릎을 꿇고 엎드려

서 배 밑에 깊숙이 얼어 땅의 맥(脈)을 짚어보는, 쓸쓸히 기다리는, 그러나 아무런 대답 없는, 우리의 모든 사랑이 일시(一時)에 배반당하는 것 같은, 그래 머리를 언 땅 위에 부딪고 마는 친구여, 그때마다 나는 이른 잠에서 불현듯 깨어 불을 켜고 너에게 편지를 쓴다.

"나는 외롭지 않다. 너는 머리를 흔들어라. 기다린 건 언제나 오지 않았다. 친구여, 엎드린 얼굴을 들고 이제 흥미 없이 일생을 살아주는 자의 웃음을 보여다오. 그 웃음이 끝날 때에는 내 조용히 새로운 웃음을 만들어주마."

땅

때로 날이 끝난 곳에서
하나의 이름이 떠오른다.
모든 기억을 부를 수 있는 이름,
모든 것이 쓰러져버리는 이름,
오 배에 닿는 외로움.
땅이여, 어디에 엎드려도 나를 밀어내지 않는
어디서나 내 조용히 떨고 다닌
언젠가 훈훈한 술집에서 나올 때
네 위에 갑자기 나를 쓰러뜨려
서 있는 것의 맛을 알게 한
땅이여, 나의 젊은 날에는 언제나
녹슬 만큼 굳은 노래 하나 없고
그림자처럼 오가는 사람들뿐 사람들뿐.
다만 기다리라, 내 언젠가 그 그림자들 속에서 미친 듯이 나타나

너에게 배신과 열망의 입을 맞추고
죽고 새로 나는 길 위를 큰북 껴안듯이 걸어갈 때를,
그때 잠깨인 나의 목소리를.

첫 마당은 「겨울 노래」 첫 마당 '미소' 하고 거의 비슷한 상황이라고 할 수 있다. 그러나 "얼은 벽에 머리 부비고 선 사내"와 "헐벗은 옷 틈새의 웃음소리, 내민 살의 내민 살의 웃음소리" 같은 표현이 보여주듯이 상황은 더 급박해져서 「겨울 노래」에서는 '너'를 밖으로 불러냈으나, 이번에는 "나를 벗어나려 하는 말들을", 다시 말해서 '너를' 불러내려는 '나'의 말들까지 끝까지 자제하기에 이르는 것이다. 그리고 그 대신 화자 자신이 눈을 가리고 언 듯이 쓰러지고 마는 것이다.

둘째 마당은 어둠 속에서, 그리고 얼음 위에서, 절망적으로 머리를 언 땅에 부딪고 있는 친구의 모습을 꿈꾸고, 혹은 상상하고, 절망조차 마지막 카드가 아니라고 편지 쓰는 화자를 보여준다. 절망의 웃음을 웃어보라고 하고는 곧 새로운 웃음(이 부분을 상세히 이해하기 위해서는 이 마당의 시작 자체가 "네 웃으며 집을 나간 후에"임을 상기할 필요가 있을 것이다)을 새로 만들어주겠다고 나서는 것이다. 이런 비극적 정열이 어디서 나왔을까? 아마 4·19 직전의 암울한 상황을 견디어내려는 한 젊은이의 심리적 움츠리기-폭발에서 나왔을 수도 있고, 젊은 예술가들이 흔히 빠지기 쉬운 표현주의적 과장된 시야가 곧장 나를 비극적 인식으로 몰고 갔을지도 모른다. 혹은 그 당시 나의 연애 실패에서 왔을지도 모른다. 아니면 그 무렵 잘 모르면서도 열심히 끼고 다니며 읽은 영어판 『짜라투스트라는 이렇게 말했다』의 영향인지도 모른다. 그 대책없던 젊은 '고뇌'를 그 누가 이성적인 언어로 해명을 할 수 있으랴.

잘 모르고 읽었다고 실토했지만 지금 생각해보면, 니체의 '영겁회귀'의 실체를 바로 이 시가 그리고 있는 것이 아닌가 싶기도 하다. 첫째 마당 끝머리에서 새로 계속 웃음을 만들어주겠다는 정신의 자세나 다음 마당 전체가 바로 저 고통스러운 '영겁회귀'를 견디는 데 필요한 '힘을 위한 의지'(보통 '권력의지'라고 번역하지만, 그렇게 되면 니체의 철학을 지탱시켜주는 세 기둥 가운데 다른 두 기둥, '영겁회귀' 및 '초인(超人)'과 어울리지 않는다. 그의 세 기둥 사이의 관계를 극도로 단순화시킨다면, 니체가 보는 삶은 목적이 없는 '영겁회귀'의 삶이고 그 무목적(無目的)의 삶을 사는 고통을 극복하여 '초인'이 되기 위해서는 참고 견딜 '힘을 위한 의지'가 필요한 것이다. '권력의지'는 일본 사람들이 만든 멋지지만 문제가 있는 번역 가운데 하나라고 생각된다. 물론 니체처럼 이성적인 논리를 초월한 텍스트에서는 한 표현 속에 서로 상치되는 개념들이 함께 들어 있을 가능성은 언제나 있다)를 구체화해 보여준다고 할 수 있기 때문이다. 잘 모르고 읽었다 해도 '창조적' 오독(misreading), 즉 창조적 독서를 통해 실체에 접근했을 가능성도 있는 것이 문학의 매력 가운데 하나인 것이다. 문학뿐이랴, 모든 글읽기의 매력인 것이다. 그러나 아마 위의 모든 것이 다 함께 나에게 영향을 주었다고 말하는 게 '사실'에 더 가까울 것이다. 니체 자신은 '사실'이나 '진리'를 인정하지 않고 그것을 그저 욕망의 투사(投射)로 보았는데, 그런데도 '사실'이라는 게 정말 있다면.

앞서 이야기한 대로 니체적인 해석을 한다면, '땅'이 무목적적인 존재임을 직관적으로 이해하는 데서 마지막 마당은 시작된다. 그것은 "모든 기억을 부를 수 있는 이름"이고 동시에 "모든 것이 쓰러져버리는 이름"이다. 여기서 '모든 것'이라는 표현이 '땅'이 가지고 있는 총체성을 보여준다고 할 수 있을 것이다. (아 늘 땅에 몸을 붙이고 어렸을 때는 주로 맨발로 다녔던 내 시대의 사람들과 달리 고층건물에 살고 콘크리트나 아스팔트 길을 걸으며 흙과의 접촉 없이 자란 세대에게는 얼마나 설명하기 힘든 상황인가?) 그러나 땅이란 결국 목적이 없는 존재이기 때문에, 다시 말해 자연은 목적이 없는 존재이기 때문에, "오 배에 닿는 외로움"과 병치된다. 그러나 그 외로움은, 땅의 무목적성을 받아들일 때, 즉시 땅을 친근한 존재로 변신시키기도 하는 것이다.

땅이여, 어디에 엎드려도 나를 밀어내지 않는
어디서나 내 조용히 떨고 다닌
언젠가 훈훈한 술집에서 나올 때
네 위에 갑자기 나를 쓰러뜨려
서 있는 것의 맛을 알게 한
땅이여, 나의 젊은 날에는 언제나
녹슬 만큼 굳은 노래 하나 없고
그림자처럼 오가는 사람들뿐 사람들뿐.

그 그림자 같은 사람들 속에서, '영겁회귀'에 묶인 존재인 줄도 모르고 사는 사람들 속에서, '나'는 "미친 듯이" 나타나는 것이다. '미침' 또는 '미친 사람'이 니체의 세계에서 어떤 자리를 차지하고 있는가를 되새겨보면, 이 부분과 니체와의 친화가 더 두드러지게 나타날 것이다. 그러나 그때 나에게는 '초인'은 없었다. 그림자 같은 사람들 속에서 나타난 후에 화자 혹은 주인공이 하는 행동도 '너', 즉 땅에서 "배신과 열망의 입을 맞추고/죽고 새로 나는 길 위를('영겁회귀'의 연장선!) 큰북 껴안듯이 걸어갈 때를,/그때 잠깨인 나의 목소리를"

기다리라는 것이고, '잠깨인 목소리'가 줄 메시지는 나타나 있지 않은 것이다. 그러나 위의 발언이 그냥 산다는 일이 잠든 상태라는 사실을 보여준다고 한다면, 잠깨인 상태가 여하튼 '초인'에 가까운, 혹은 '초인' 쪽으로 가는 존재를 보여준다고 할 수도 있다. 하기는 니체의 초인 자체가, 되는 존재이지 되어 있는 존재는 아닌 것이긴 하다.

니체적으로 위의 시를 풀었지만, 한 젊은이가 암울했던 시대상황 속에서 깨어 있으려고 하는 정열과 의지를 형상화한 것으로 평범하게 풀어도 의미가 있을 것이다. 「얼음의 비밀」 다음에 씌어진 시 「겨울날 단장(斷章)」은 니체의 목소리보다는 깨어 있으려는 정열을 가진 자의 삶의 한 장면을 극화(劇化)시킨 것으로 봄이 더 편안하리라 생각된다.

겨울날 단장(斷章)

1

좀 늦었을 뿐이다, 좀 늦었을 뿐이다, 나의 뼈는 제멋대로 걸어가고. 차거운 얼굴을 들면 나무들은 이미 그들의 폭을 모두 지워버려, 폭이 지워지면 앙상히 드러나는 날들, 내 그를 모를 리 없건만, 오 모를 리 없건만, 외로운 때면 언제나 그들에게 다가간다.

이제 누가 나의 자리에 온다고 하면, 보리라, 각각으로 떨어지는 해를, 어둑한 나무들을, 그 앞에 그대를 향해 두팔 벌린 사내를, 그의 눈에 잠잠히 드는 지평(地坪)을, 그리고 그의 웃음을, 그대는 보리라.

2

어두운 겨울날 얼음은
그 얼음장의 두께만큼 나를 사랑하고
그 사랑은 오랫동안 나를 버려두었다.
때로 누웠다가 일어나
겨울저녁 하얀 입김을 날리며 문을 열 때면
갑자기 내 입김 속에 들어오는 조그만 얼굴
얼굴을 가리는 조그만 두 손.
나는 알겠다, 언제부터인가
육체의 쓴 맛이 머리칼을 곱게 빗고 흙 내음을 맡으며
얼마나 오랜 나날을 닫힌 문 속에 있었는가를.
나는 여기 있다, 미친 듯이 혼자 서서 웃으며
내 여기 있다, 네 조그만 손등에 두 눈을 대고
네 뒤에 내리는 설경(雪景)에
외로울 만치 두근대는 손을 내민다.

3

요즘 와서는 점점 더 햇빛이 빨라져 조금 살다 보면 어느샌가 어둠이 내려, 만나라 친구들이여, 눈멎은 저녁 모퉁이에서 갑자기 서로 떨리는 손들을 내밀고, 찾아라, 서로 닮은 점들을. 서로 닮은 곳에 흘러내리는 눈물을. 잘들 있었는가. 그대들은 어느 곳에 상처를 받았는가. 나도 닮은 곳에 얼음을 받지 않았는가. 혹은 내가 팔을 벌렸던가. 만나라 친구들이여, 내 얼은 거리에 등을 붙이고 서서 서로 만나는 그대들을 맞으리니.

"나의 뼈는 제멋대로 걸어가고" "육체의 쓴 맛" 같은 새로운 감각 혹은 느낌이 새로 도입된 것 외에 이 시는 앞의 시들과 별로 다르지 않다. 그러나 좀더 압축되어 있어서, 어떻게 보면 나의 이런 종류의 시의 가장 전형적인 작품이라고 할 수도 있을 것이다. 첫째 마당의 주된 이미지인 외로운 상황이나 외로운 웃음도 영락없이 앞의 시들의 상황과 웃음인 것이고, 만남의 장면이 첫째 마당이 아니고 둘째 마당으로 옮겨진 것이 달라졌지만, 그것이 큰 의미를 지니고 있다고 생각되지는 않는다. 좀더 달라진 것을 찾는다면 화자가 상대를 찾아가 만나지 않고 상대가 화자를 찾아와 만나는 일일 것이다. 그러나 그 뒤바뀜도 전통적인 '사랑노래'에서 상대가 떠나가고 뒤에 남는 상황의 바뀜에서처럼 무게를 지니는 차이로 부각될 수는 없을 것이다. 차이를 찾는다면 '너'를 만나는 것에 그치지 않고

> 네 조그만 손등에 두 눈을 대고
> 네 뒤에 내리는 설경(雪景)에
> 외로울 만치 두근대는 손을 내민다.

에서처럼 세상을 향해 "두근대는" 손이지만 손을 내미는 자세에 있을 것이다.

그 자세는 마지막 마당의 "만나라 친구들이여"로 이어진다. 그리고 일단 위 마당에서 서로 만난 상태를 거쳤으니까 친구들에게 "서로 떨리는 손을 내밀고" 같은 권유를 할 수 있고 "서로 닮은 곳에 흘러내리는 눈물을" 같은 표현을 자연스레 쓸 수 있는 것이다. 그러나 그것은 행복스럽고 편안한 만남만은 아니다. 화자는 편안한 상태에서가 아니

라 "얼은 거리에 등을 붙이고 서서" 서로 만나는 친구들을 맞는 것이다. 그렇기 때문에 "흘러내리는 눈물"이 맛을 가지는 것이다.

위의 시도 물론 니체 정신을 조명하여 해석할 수도 있을 것이다. 예를 들어 "나는 여기 있다, 미친 듯이 혼자 서서 웃으며" 같은 구절에서처럼 '여기 있다' '혼자 서서' '웃으며' 같은 표현들이 좁은 공간에 모여 이룩하는 분위기를 고려하면 더욱 그렇다. 그리고 무엇보다도 니체가 디오니소스적인 정열을 그 무엇보다도 중요시한 일을 상기한다면 더더욱 그럴 것이다. 그러나 니체나 프로이트나 마르크스는 현대 사상의 기본 원소이기 때문에 어떤 정신적인 화학물질을 분석해도 대개 들어 있기 마련이고 문학작품의 경우에도 예외일 수는 없다는 사실을 염두에 두어야 할 것이다.

4. '겨울 노래'에서 '슬픈 노래'로

이 얼음의 '땅'에 이제 봄이 왔는데도 상태는 별로 변함이 없다.
아니 「얼음의 비밀」에는 봄을 기다리는 희망이라도 있었는데
이 시에서는 오히려 그 희망의 손잡이마저 사라진 것이다. (……)
화자는 그런 봄에는 그런 캄캄히 꽃 피운 꽃나무 사이에 가서
"눈을 감고 / 같은 자리에 나서 죽는 그 자태를 / 배울까 못 배울까"라고 자문하는 것이
이제 자신에게 남은 일이 아닌가고 노래한다.
이번엔 답이 없다.
답이 없는 세계에 들어온 것이다.

처음에는 '겨울 노래'들만 가지고 하나의 장(章)을 시작하고 끝내려 했다. 그러나 앞서 말했듯이 정열에 특히 약한 나는 글을 쓰면서 정열의 노래들을 하나의 장으로 간결히 처리하기에는 역부족임을 알게 되었다. 원래 계획대로라면 첫번째 시집의 제목이 되는 「어떤 개인 날」을 다룰 공간마저 없게 된 것이다. 게다가 두번째 시집 『비가(悲歌)』를 한 회로 끝내기도 힘들 것 같아 정열의 시들에서 슬픔의 시들로 옮겨가는 장(章) 하나를 따로 준비하기로 마음을 돌이킨 것이다. 초기시에 이처럼 많은 지면을 쓰는 것은 결국 그것이 내 시의 싹이기 때문이다. 싹 속에 앞으로 피고 자랄 잎과 열매가 들어 있지 않겠는가.

이제 「어떤 개인 날」을 살피기에 앞서 그 시의 입문이라기보다는 더 정열적인 작품이라고 할 수 있는 「이것은 괴로움인가 기쁨인가」를 먼저 읽어보기로 하자. 제목은 당시 즐겨 듣곤 하던 같은 제목의 브람스의 가곡에서 따온 것으로 기억되지만, 그러나 정신으로 본다면 이 시는 브람스보다는 당연히 그의 건너편에 있는 니체-바그너 정신에 더 가까울 것이다.

이것은 괴로움인가 기쁨인가

1

내 그처럼 아껴 가까이 가기를 두려워했던 어린 나무들이 얼어 쓰러졌을 때 나는 그들을 뽑으러 나갔노라. 그날 하늘에선 갑자기 눈이 그쳐 머리 위론 이상히 희고 환한 구름들이 달려가고, 갑자기 오는 망설임, 허나 뒤를 돌아보고 싶지 않은 목, 오 들을 이 없는 고백. 나는 갔었다, 그후에도 몇 번인가 그 어린 나무들의 자리로.

그러던 어느 날 누가 내 젊음에서 날 부르는 소리 들었노라. 나즉이 나즉이 아직 취하지 않은 술집에서 불러내는 소리를.

날 부르는 자여, 어지러운 꿈마다 희부연한 빛 속에서 만나는 자여, 나와 씨름할 때가 되었는가. 네 나를 꼭 이겨야겠거든 신호를 하여다오. 눈물 담긴 얼굴을 보여다오. 내 조용히 쓰러져주마.

2

갑자기 많은 눈이 내려 잘 걸을 수 없는 날
나는 너를 부르리.

그리고 닫힌 문 밖에
오래 너를 세워두리.
희부연한 어둠 속에 너의 머리 속에
소리없이 바람 불고
문이 열리면
칼로 불을 베는 사내를 보게 해주리.
타는 불 머리의 많은 막막함
흩어진 머리칼 아래 무심한 얼굴
혼자 있는 사내의 청춘.
그물 속의 불빛 그물 속의 불빛
뒤를 보려무나.
그 사이에 나는 웃으리, 금간 얼음장에 희부연한 빛으로.
그물 속의 불빛 그물 속의 불빛
나는 너를 보리.

3

나무들이 요란히 흔들리는 가운데 겨울 햇빛은 떨어지며 너를 이끌어 들인다, 얼은 들판을 바라보고 앉아 있는 나에게로. 잘 왔다 친구여, 내 들려줄 것이 있다. 저 캄캄해오는 들판을 바라보라. 들판을 바라보는 그대로 너를 나에게 오게 하는 법을 배웠느니라.

이제 무엇을 말하겠는가. 혹은 다시 보겠는가, 네 허전히 보낸 나날의 표정없는 얼굴을. 네 그처럼 처음을 사랑했던 꿈들을.

보여라, 살고 싶은 얼굴을. 보아라, 어지러운 꿈의 마지막을. 내려서라, 들판으로, 저 바람받는 지평(地平)으로.

너무 아껴서 오히려 가까이 가기를 두려워했던 어린 나무들이 얼어 쓰러지자 아예 그들을 뽑아버리려 가는 행위 자체에 비극적 생관(生觀)이 깃들여 있다고 할 수 있다. 게다가 한 번이 아니고 그후에도 "몇 번인가" 뽑혀진 나무들 서 있던 자리로 가는 것은 그 생관이 일회적인 것이 아니고 지속적인 것이라는 사실을 암시해준다. 그 지속에 절망 않고 견디려는 의지는 "허나 뒤를 돌아보고 싶지 않은 목" 같은 표현을 통해 강하게 암시된다.

그 비극적 생관은 안주(安住)를 허용하지 않는다. 이제는 이미 앞 장(章)의 「겨울 노래」 끝에 나오는 "손 잡고 조용히 취한 사내"가 될 수가 없는 상황인 것이다. 안온한 분위기랄 수 있는 "아직 취하지 않은 술집에서" 불려나가 도전(여기서는 씨름)을 받도록 만드는 것이다. 그 도전에서 이기는 것은, 다시 말해 비극적 상황을 견디어내는 것은, 상대방을 제압하는 데 있지 않고 오히려 져줄 수조차 있는 자세에 있는 것이다. 지속될 수밖에 없는 싸움에서 일회의 승리는 사실 별 의미가 없고, 오히려 지속적인 싸움을 감내해야 하는 운명을 수용하려는 자세가 의미를 가지는 것이다. '운명의 수용' (니체의 Amor Fati — 運命愛)은 말할 것도 없고 이 마당 끝머리의 '씨름' 이 「창세기」 32장에서 야곱이 신(神) 야훼와 씨름한 사실을 강하게 암시하고 있기 때문에 "네 나를 꼭 이겨야겠거든 신호를 하여다오. 눈물 담긴 얼굴을 보여다오. 내 조용히 쓰러져주마", 다시 말해서 신적인 존재에게 '져줄 수도 있다' 라고 말하는 자세는 여지없이 니체의 냄새를 강하게 풍긴다고 할 수 있다.

두번째 마당에서는 눈이 너무 내려 잘 걸을 수 없는 날, '너'가 화자의 집에 오는 것이 아니라 화자가 '너'를 부른다. 그러나 앞 마디에서 제시된 비극적인 상황에 맞게, 혹은 그 상황에 취해, '너'를 오래 문 밖에 세워둔다. 서로 화기애애하게 대화를 나누기 위해서가 아니라 화자의 비극적인 솔로 팬터마임을 보여주기 위해 부른 것이기 때문이다. 그 시기는 "너의 머리 속에/소리없이 바람 불" 때, 즉 방 안에 있는 '나'의 상태와 친화 관계가 이룩될 때이다. 그러면 문이 열린다.

> 문이 열리면
> 칼로 불을 베는 사내를 보게 해주리.
> 타는 불 머리의 많은 막막함
> 흩어진 머리칼 아래 무심한 얼굴

젊은이다운 과장이 있으나 역시 앞 마당에서 제기된 비극적 상황을 고려한다면 별로 어색하지 않을지도 모른다. 그리고 굳이 변호를 하자면, 원래 정열에는 과장이 따르게 마련인 것이다. 반복되는 "그물 속의 불빛"의 내력은 확실치 않지만 아마 이 상황 전체를 집약시켜줄 수 있는 대표적인 이미지로 제시되었을 것이다. '그물 속'이 상징하는 억압된 상태 속에서 화자의 비극적인 정열은 하나의 불빛이 될 수 있지 않겠는가? "금간 얼음장에 희부연한 빛"에 어울리는 광도(光度)를 가진 빛일 것이다.

마지막 마당은 '너'를 들판으로 이끌어간다. 그런데 이번에는 '너'를 부르는 게 아니라 "들판을 바라보는 그대로 너를 나에게 오게 하는 법을 배웠느니라"처럼 같은 생관, 같은 정열을 가진 자들은 운명적으로, 텔레파시 같은 것을 통해, 서로 만나게 된다고 화자는 말하고 있

는 것이다. 그런 운명의 힘 속에서 대면했을 때,

> 보여라, 살고 싶은 얼굴을. 보아라, 어지러운 꿈의 마지막을. 내려서라, 들판으로, 저 바람받는 지평(地平)으로.

라고 권고하게까지 되는 것이다.

지금까지 정열/겨울 노래들을 읽어온 사람들은 그 시들에 음악과 관련된 제목이나 암시가 많고, 한 작품을 소나타처럼 몇 개의 마당으로 나누고 각 마당에 각각 다른 속도를 부여하고 있는 사실에 눈길이 갔을 것이다. 내 세대의 다른 많은 사람에게도 그랬겠지만, 청소년 시절에 음악은 나에게 예술이며 종교였다. 전쟁 직후 폐허가 된 서울, 눈이 보고 즐길 것이 별로 없는 상황에서 귀가 눈의 일까지 도맡을 수밖에 없었기 때문일지도 모른다. 고등학교 일학년 중반부터 나는 학교 선배의 권유로 인사동에 있었던 음악 감상실 '르네상스'에 출입하기 시작했다. 해방 전부터 클래식광(狂)이었던 주인이 연 음악실이라, 앞 벽면이 온통 디스크로 덮여 있었고, 전축과 나란히 수동식 축음기가 놓여 있었다. 정전이 잦은 때였기 때문이다. 정전이 되면 촛불을 켜놓고 손으로 태엽을 돌리며 듣는, 지금 생각하면 형편없는 음질의 음악도 참으로 달게 들었다. 당시는 스테레오는커녕 모노 LP판도 귀해 주로 SP판으로 들었다. 한 면으로 재생할 수 있는 시간이 오 분이나 될까, 〈합창 교향곡〉은 아마 열두어 번쯤 끊어 들었을 것이다. 판을 자주 갈아 토막토막 껴맞추며 듣는 음악도 사람을 미치게 했다. 그러다가 고등학교 이학년 무렵 LP가 주종으로 되고, 대학에 들어오자 스테레오가 등장했다. 여하튼 꽤 오랫동안 나는 음악을 가까이하는 일만이 사는 일에서 가장 가치 있는 것으로 생각했었다.

고등학교 일학년 중반부터 이학년 후반까지 나는 내심 음악대학 작곡과를 꿈꾸고 있었다. 미군 교육용으로 만든 화성학이나 대위법 책도 사서 잘 모르면서 책가방에 넣고 다녔다. 되고 싶은 작곡가로 말하더라도 그냥 막연히 모차르트나 베토벤이 되겠다는 것이 아니라 건방지게 스크리아빈이나 바그너 같은 독특한 작곡가가 되겠다는 것이었다. 특히, 스크리아빈의 피아노 소나타나 교향시의 신비한 화성(和聲)은 가히 고혹적이었다. 그런 나의 꿈을 산산이 부숴버린 자가 다름아닌 마종기였다. 그 동안 두어 군데 산문에서 자세히 쓴 일이 있기 때문에 이곳에 다시 장황히 늘어놓을 생각은 없다. 그보다 듣는 힘이 아닌 발성이 정확지 않아 음악의 길을 포기하고도 음악의 매력은 잊지 못해 '르네상스'와 명동에 있었던 또하나의 음악실 '돌체'에 자주 들렀고, 결혼 후에도 당시 형편으로는 꽤 값나가는 녹음기까지 포함된 무겁고 덩치 큰 음향기기들을 등에 업고 전세방과 전셋집들을 전전한 일이 지금도 어제 같다. 참고 고생을 같이 해준 아내에게 이 자리를 빌려 고마움의 뜻을 표하고 싶다.

「어떤 개인 날」의 제목도, 내용은 전혀 다르지만 음악, 더 자세히 말해서 푸치니의 오페라 〈나비 부인〉에 나오는 아리아 제목에서 따온 것이다. 내용은 다르지만이라는 말을 내놓고 부연하는 이유는, 지금도 그렇지만 그 당시에도 푸치니를 별로 좋아하지 않았기 때문이다. 왜 푸치니를 좋아하지 않았을까? 아마 내 성대가 별로 좋지 않았기 때문에 벨칸토 중심의 그의 가극을 좋아하지 않았겠지만 여하튼 그 제목은 내가 푸치니에서 따온 것이 아니라 푸치니가 내 작품에 슬쩍 지어준 것이라고 할 수 있을 것 같다.

어떤 개인 날

미명(未明)에

아무래도 나는 무엇엔가 얽매여 살 것 같으다.
친구여, 찬 물 속으로 부르는 기다림에 끌리며
어둠 속에 말없이 눈을 뜨며.
밤새 눈 속에 부는 바람
언 창가에 서서히 새이는 밤
훤한 미명(未明), 외면한 얼굴.
내 언제나 버려두는 자를 사랑하지 않았는가
어둠 속에 바라지 않았는가
그러나 이처럼 이끌림은 무엇인가.
새이는 미명
얼은 창가에 외면한 얼굴 안에
외로움, 이는 하나의 물음,
침몰 속에 우는 배의 침몰.
아무래도 나는 무엇엔가 얽매여 살 것 같으다.

저녁 무렵

누가 나의 집을 가까이한다면
아무것도 찾을 수 없으리.
닫은 문에 눈 그친 저녁 햇빛과
문 밖에 긴 나무 하나 서 있을 뿐.

그리하여 내 가만히 문을 열며는
멀리 가는 친구의 등을 보게 되리.
그러면 내 손을 흔들며 목질(木質)의 웃음을 웃고
나무 켜는 소리 나무 켜는 소리를 가슴에 받게 되리.
나무들이 날리는 눈을 쓰며 걸어가는 친구여,
나는 요새 눕기보담 쓰러지는 법을 배웠다.

박명(薄明)의 풍경

눈 덮은 길 위에 떨어지는 저녁 해, 문 닫은 집들 사이에 내 나타난다. 아무것도 움직이지 않는다. 나는 살고 깨닫고 그리고 남 몰래 웃을 것이 많이 있다. 그리곤 텅 비인 마음이 올 거냐. 텅 비어 아무 데고 이끌리지 않을 거냐. 우는 산하(山河), 울지 않는 사나이, 이 또한 무연(無緣)한 고백이 아닐 거냐. 개인 저녁, 하늘을 물들이는 스산한 바람소리, 뻘밭을 기어다니는 바다의 소리, 내 홀로 서서 그 소리를 듣는다. 내 진실로 생을 사랑했던가, 아닐 건가.

앞의 시들보다 더 어두워진 것을 우선 느낄 수 있을 것이다. 그러나 색깔은 그렇지만 그것은 절망이나 포기의 어두움은 아니다. 첫 마당을 열고 닫는 구절 "아무래도 나는 무엇엔가 얽매여 살 것 같으다"는 그 구절 자체의 반복뿐 아니라 "훤한 미명(未明)" "새이는 미명" 등을 반복함으로써 운명적인 얽매임이 강조되지만 동시에 그것을 망각 속으로 내몰지 않고 계속 의식 속에 두고 살겠다는 의지도 보여주고 있는 것이다. 그 의지는 "그러나 이처럼 이끌림은 무엇인가"라는 물음 속에 강조된다. 더구나,

외로움, 이는 하나의 물음,

같은 표현에는 모든 상황을 계속 물음으로 환원시켜 지니고 있으려는 용기까지 들어 있다고 할 수 있는 것이다.

두번째 마당은 찾아온 사람을 일부러 그대로 보내는 화자를 보여준다. "요새 눕기보담 쓰러지는 법을 배"운 화자가 적어도 '요즘' 만은 아무도 만나고 싶지 않는 것이다. 그 마음의 상태가 "긴 나무 하나" "목질(木質)의 웃음" "나무 켜는 소리 나무 켜는 소리" "나무들이 날리는 눈" 등 주로 나무, 그것도 겨울 나무의 이미지로 형상화되어 있는 것이다. "목질의 웃음"이 주는 언어의 결은 한 번이라도 나무를 직접 도끼로 패거나 톱으로 켜본 사람이면 금방 느낄 수 있을 것이다. 그런 경험이 전혀 없는 사람은 아파트 한구석에 버려진 채 불평 없이 서 있는 분에 박힌 나무의 모습을 좀 확대시켜 마음에 떠올리길 바란다. 찾아온 친구를 일부러 만나지 않고 돌려보내며 그런 감각의 웃음을 웃는 사내야말로 광(狂)끼나 악마(惡魔)끼를 가진 자일 것이다. 물론 이 부분 또한 니체의 체취를 가지고 있는 것이 사실이지만, 니체에서는 발견하기 힘든 슬픔의 냄새 또한 띠고 있음을 느낄 수 있을 것이다.

세번째 마당에서는 인적이 드문 겨울 거리에 화자가 나타난다. 그리고 "남 몰래 웃을 것이 많이 있다"고, 다시 말해 세상 일에서 초연할 수 있다는 말을 한다. 그러나 그는 마지막에 가서,

내 진실로 생을 사랑했던가, 아닐 건가.

라고 자문(自問)하는 것이다. 여기서부터 나의 시는 니체와 작별하기 시작한다고 볼 수 있다. 니체라면 이런 자문이 필요없었을 것이다. 당연히 사랑했다고 했을 것이기 때문이다. 니체의 레토릭에 기댈 수만은 없는 현실이 눈앞에 펼쳐지고 있었던 것이다.

니체와의 결별은 시집 『어떤 개인 날』 마지막에 실리고, 또 그 시집에 실린 작품 가운데 가장 마지막으로 씌어진, 그래서 어디 발표도 못하고 직접 시집에 들어간 「새벽빛」에 가면 더 확실해진다. 그 확실해짐은 그러나 니체보다는 4 · 19의 아픔 때문에 더 드러날 수밖에 없을 것이다. 4 · 19 때 가방을 끼고 내 생애에 최단거리로 경무대(지금 청와대)에 접근했던 이야기는 생략하기로 하자. 그래도 내가 마지막으로 섰던 자리에서 오른편으로 두 사람 건너에 있던 사대 여학생이 팔에 탄환을 맞고 금시 흰 남방셔츠가 피에 젖던 모습은 추억 속에서 지워지지 않는다. 여하튼 「이것은 괴로움인가 기쁨인가」와 「어떤 개인 날」을 쓸 무렵 핸드 마이크를 들고 데모대의 앞장을 서서 '양담배를 피지 맙시다' '커피를 마시지 맙시다' 를 외치고 다닌 내 청춘이 점점 4 · 19의 끝을 느끼기 시작했다는 사실은 숨길 필요가 없을 것이다.

새벽빛

1

집 앞에 반쯤 눈 덮인 들판
반쯤 눈 뜬 하늘.
혼자 사는 일은
끊임없는 갈증, 방향없는 돌아옴.

창이 어두워올 때
내 앞의 촛불보다 먼저 잠들었을 때
창 가까이 별이 돌아가고
나의 손 펼친 잠이여,
병자(病者)의 광학(光學)
나의 잠 속에는
잘 아는 길을 헤매다니는
먼 우레소리 들린다.
무엇엔가 가까이하는 자는
자기 눈물의 맛을 보는가.
닫힌 창에 뻗혀진 손을
찾게 되는가.
병자의 광학, 나의 어두운 눈에 외로운 두 손에
반쯤 눈 덮인 들판
반쯤 눈 뜬 하늘.

2

들 한가운데는
얼어붙은 연못이 있어
내 갔었네, 해질 무렵이면
내 몸 속 잔뼈에
희미한 불들을 감추고.
새 하나 날지 않는 공간
빈 나무 하나 비쳐 있을 뿐

아픔에 살이 익어 더 어둡지 않는 우리들이여,
나의 방황은 거기에 있네.
새 하나 날지 않는 공간에
저녁 무렵에.

3

갑자기 놀라 잠이 깰 때면
복잡한 소리를 내며 도는 지구의 소리.
때로 꿈속에도 들었다
세상의 무딘 고동소리
저음(低音)으로 답하는 사람들의 소리.
또 돌산을 오르는 나.
진실로 같은 틀로 나고 끝남을 알게 된다면,
다시 나고 싶지 않으리라
이끼풀까지도,
다시 살고 싶지 않으리라
몸 속을 훤히 밝히는
저 새벽빛을
이 돌산의 고요를
돌산과의 아무 소리 없는 이 상봉(相逢)을.
광대같이 홀로 흐느끼는 나의 얼굴
나의 죽음이여, 내가 자리를 때로 벗어나
어느덧 낯선 사내같이 웃을지라도
미소 담긴 얼굴로 답하여다오.

그 미소 속에 더 탈 수 없는 것도 타고
이미 익은 살도 다시 어두워지리.
아프리, 저 새벽빛.

우선 이 시엔 '너'가 등장하지 않고 니체적인 환희도 끼어들지 않는다. "반쯤 눈 덮인 들판"과 "반쯤 눈 뜬 하늘"과 함께 홀로 사는 자의 모습이 부각되어 있을 뿐이다. 고독이라는 말 자체가 오히려 사치스러워 보이고, 홀로 별을 보다 잠드는 행위를 "병자(病者)의 광학(光學)"이라고 자기 위안적인 이름을 붙일 정도의 정신적인 고통이 나타나 있을 뿐이다. "촛불"은 이 글을 쓰던 당시 자주 쓰던 조명기구 이름이다.

두번째 마당은 「이것은 괴로움인가 기쁨인가」의 얼어죽은 나무들이 있는 자리보다도 더 삭막한 풍경을 보여준다. 얼어붙은 연못과 긴 나무 하나만 연못 혹은 겨울 하늘에 비쳐 있을 뿐, "새 하나 날지 않는 공간"인 것이다.

그곳으로

내 갔었네, 해질 무렵이면
내 몸 속 잔뼈에
희미한 불들을 감추고

라고 화자는 노래한다. 고통에 살이 탈 만큼 괴로운 때는 살이 아니라 뼛속에 고통을 놓고 견디겠다는 마음의 표현이리라. 그것도 그냥 뼛속이 아니라 온몸에 퍼져 있는 "잔뼈"들 속이다. 그 사정은 2행 뒤에 "아픔에 살이 익어 더 어둡지 않는 우리들이여"라는 호소 속에 표현된다. 거기에는 친구도 없고 초월의 의지도 없다. 그냥 빈 공간과 화자만이 존재하는 것이다.

그 속에서 화자는 묵묵히 보아줄 친구 하나 없는, 관객이 전혀 없는 팬터마임을 실연하게 되는 것이다. 그 솔로 팬터마임 속에서, 혹은 혼자서 "또" 돌산을 오르며, 그는 "진실로 같은 틀로 나고 끝남을 알게 된다면,/다시 나고 싶지 않으리라/이끼풀까지도"라는 삶의 끝간 데까지를 보게 되는 것이다. 그 '봄'이 돌산을 그냥 오르는 대상이 아니라 "상봉"하는 대상으로 만들어, 그 앞에서 광대같이 홀로 흐느끼게 하며, 드디어는 "나의 죽음"과 둘만의 단독 대면을 하게 되도록 화자를 이끄는 것이다. 그러나

나의 죽음이여, 내가 자리를 때로 벗어나
어느덧 낯선 사내같이 웃을지라도
미소 담긴 얼굴로 답하여다오.

같은 구절 속에는 아직 니체의 흔적이 남아 있다고 할 수 있다. 게다가 "이미 익은 살도 다시 어두워지"는 상황도 견디어내겠다는, 니체식으로 풀이하면 영겁회귀를 견디어내겠다는, 의지까지 들어 있는 것이다. 그러나 전체적으로 볼 때 이 시는 니체보다 더 어둡고 허무적이며, 삶의 길이 고뇌에 차 있는 것이 아니라 고뇌 자체가 곧 길이라는 키에르케고르적 명제에 더 가깝다고 할 수도 있다. 지금 생각해보니 그렇다는 것이지, 영어판 키에르케고르는 대학 마지막 무렵 역시 잘 모르면서 멋으로 끼고 다닌 책들 가운데 하나일 뿐이다. 그러고 보니 잘 모르고 멋으로 끼고 다닌 책이 너무 많구나. 멋으로 써먹은, 다시 말해 용도 무단변경 당한 책들의 저자에게도 이 자리를 빌려 관대히

보아줄 것을 부탁하고 싶다.

학부를 졸업하고 대학원에 들어갈 생각은 했지만 딱히 미래에 대한 전망이 있는 것도 아니고, 좀 진부한 표현이 되겠지만 짝사랑은 짝사랑답게 추억 속에 잊혀진 산보길로 끝났고, 또 군대 문제는 미래가 아닌 현재의 문제로 다가오고, 그 모든 것이 나를 절망의 색채가 전면에 온통 칠해져 있는 허무 쪽으로 내민 것 같다. 대학 4학년 때 일어난 4·19, 따라서 1학년 때 경험한 김현 이청준 김주연 김치수 들보다는 열기가 적었으나 한때는 시보다도 나를 더 들뜨게 했던 4·19의 실패 예감도 느낌 이상으로 실감 있게 다가오고 있었다. 1961년 5월 그 예감의 여지없는 현실화는 『비가』 연작시의 탄생 및 진전에 결정적인 영향을 미쳤을 것이다.

이 작품은 지금까지 인용된 시들, 특히 「겨울 노래」 계통의 시들과는 달리 여러 번 손을 보았다. 처음 시집에 실릴 때는 제목도 「새벽빛」이 아니고 「유리알 유희」였다. 아마도 헤르만 헤세의 같은 이름의 소설 제목에서 나왔을 것이다. 그러나 그 당시 번역되어 나온 이 책을 나는 아직까지 읽지 못했다. 소설 내용과는 상관없이 그 말들의 맛 때문에 그 이름을 따왔던 것 같고, 따라서 후에 제목 자체가 바뀌는 운명을 치렀을 것이다. 여하튼 이 시에 대한 여러 번의 첨삭은 다음 시집 『비가(悲歌)』에 실린 시들, 그 가운데서도 특히 제1가를 뺀 나머지 『비가』 연작시 거의 전부를 계속 퇴고하게 되는 사실을 예고해준다고 할 수 있다. 지금 생각해도 지긋지긋하다.

『비가』의 서시(序詩)는 처음에는 「제12가」 속에 묻혀 있던 것을 후에 새로 파서 만든 것이다.

비가(悲歌) 서시(序詩)

꽃나무여 꽃나무여,
적은 열매의 약속으로
수많은 꽃을 밖으로 내어민
어둡고 어두운 우수(憂愁)여,
그 어둠 속에
벌떼 울 듯
수만(數萬)의 봄이 오래
집중된다.

꽃핀 꽃나무를 "우수(憂愁)"로 보고, 그것을 또 어둠으로 환치시키며, 그 속에 수만(數萬)의 봄을 집중시켜 결국은 봄 하나에서 수만의 봄을 볼 수 있다는, 다시 말해서 삶이란 하나의 봄을 겪는 것으로 충분해 꼭 더 살 가치가 없는 것일지도 모른다는 발언은, 비록 당시에 읽은 작품은 아니지만, 드 릴라당(de L' Isle-Adam)의 『악셀』에 나오는 주인공이 극(劇) 끝머리에서 애인에게 사랑의 절정에 있을 때 그만 같이 죽자고 하며, 그저 사는 일이라면 하인들더러 대신 살라고 하지, 라고 말할 때의 허무와 일맥상통하는 것이라고 생각된다. 그것은 또 예를 들어 백합과 관엽식물인 드라세라 코팩타가 영양과 물이 부족할 때 화려한 꽃을 피우는데, 꽃을 피우고 나면 유감없이 죽는 성질과도 일맥상통한다는 생각이 든다. 여하튼 그 세계는 「비가 제1가」에 그대로 이어진다.

비가 제1가

빈 들의 봄이로다.
밤에 혼자 자며 꿈결처럼 들은
그림자 섞인 물소리로다.
저녁 들판에
돌을 주위에 쌓아놓고 든 자여
돌성(城)은 너의 하숙이로다.
젊은 자들은 반쯤 웃는 낯을 짓고
나이 든 자들은 작은 이름만을 탐내니
그들의 계집이
캄캄히 들에 나가
병거(兵車) 앞에 엎디는 자식을 낳도다.

너는 아직도 알지 못하겠느냐
너의 사랑은 많은 물소리 같고
너의 혼령은
들판 구석구석에 스민 황혼이로다.
너는 아직도 알지 못하겠느냐
지금 네 사랑은
이미 인간이 아니로다.
우리들 눈에 어리는
우리들 인간이 아니로다.
너의 사랑은 빛진 자의 집이요
빈 들의 물소리로다.

생시를 버린 꿈이 있다면
그것은 너의 눈물이로다.

땅이여, 내 누워
잠이 깨곤 깨곤 할 때
꿈 가까이
봄은 어둡고
가만히 다닌 봄
그 봄이 다시 오리니
캄캄히 꽃 피우는
나무들을 찾아들어
눈을 감고
같은 자리에 나서 죽는 그 자태를
배울까 못 배울까.

"병거(兵車)"라는 낯선 낱말이 두보의 유명한 작품 「병거행(兵車行)」의 울림을 갖고 있는 것은 말할 것도 없고, 이 시의 기본 리듬 자체가 바로 『두시언해』에서 나온 것으로 보아도 별로 틀리지 않을지도 모른다. 등장하는 풍경도 두보적이라고 딱히 짚어 말할 수는 없으나 고전 한시(漢詩), 그중에서도 당시(唐詩)의 분위기를 다분히 가지고 있다. 물론 진행됨에 따라 『비가』의 시들이 점차 당시 내가 살던 집의, 특히 방의, 냄새와 모습을 담게 되지만, 「비가 제1가」 끝머리의 "배울까 못 배울까"라는 당시에는 독특하게 보였던 표현도 『두시언해』에서 흔히 만날 수 있는 "할까 못 할까"식의 어투에서 나왔다고 생각된다. 이 시는 5 · 16 직후 입대하기로 마음먹은 내 마음의 상태를 나의 그

어떤 글보다도 잘 보여준다고 할 수 있다. 그리고,

저녁 들판에
돌을 주위에 쌓아놓고 든 자여
돌성(城)은 너의 하숙이로다.

같은 자문자답은 이제 자기 자신에게마저 냉소적이 된 화자를 보여준다.

그러나 무엇보다도 이 시의 중심을 이루는 부분은 "땅이여, 내 누워/잠이 깨곤 깨곤 할 때"로 시작되는 제3연일 것이다. 여기서 땅은 "땅이여,"라는 낯익은 호격으로 「얼음의 비밀」에서 이미 만난 바 있는 그 '땅'이다. 이 얼음의 '땅'에 이제 봄이 왔는데도 상태는 별로 변함이 없다. 아니, 「얼음의 비밀」에는 봄을 기다리는 희망이라도 있었는데 이 시에서는 오히려 그 희망의 손잡이마저 사라진 것이다. 봄이 왔다. 그러나 "봄은 어둡고"의 어두운 봄이고, 가슴 못 펴고 "가만히 다닌 봄"이며, 꽃마저 밝게 환히 피지 않고, "캄캄히 꽃 피우는" 봄이다. 화자는 그런 봄에는 그런 캄캄히 꽃 피운 꽃나무 사이에 가서 "눈을 감고/같은 자리에 나서 죽는 그 자태를/배울까 못 배울까"라고 자문하는 것이 이제 자신에게 남은 일이 아닌가고 노래한다. 이번엔 답이 없다. 답이 없는 세계에 들어온 것이다. 그리고 나는 입대했다.

5. 비가(悲歌)

삶 자체를 자유롭게 하는 양상 가운데 극단적인 하나가 미치는 일,
혹은 미친 척하며 사는 일일 것이다.
그러면 "가죽 얇은 장고(長鼓)"를 치고
"놀다 쓰러졌다 멀쩡하게 돌아"올 수 있을 것이다.
그리곤 삶의 한 진수(眞髓)의 하나로
"굴비처럼 입 벌리고 메마른 자"가 되어 제사상에 오를 수 있는 것이다.
이제 "이상한 빛"이 미침 혹은 광기(狂氣)를 띠게 되는 것은 어쩔 수 없으리라.

『비가』는 괴물이다. 앞 장에서 취급한 「제1가」는 별로 손보지 않았다. 그러나 나머지는 대대적으로 한 번 그리고 소규모적으로는 몇 번이나 손질을 했지만 앞으로도 한없는 손질을 기다리고 있다는 기분이다. 앞서 말했지만 지긋지긋하다. 있는 그대로도 마음에 들지 않지만 다시 더 손보기를 하지 않기로 했다. 사실 『풍장』을 쓰면서 점차 『비가』에선 손을 놓았던 것이다. 예술가로서 한 작품에 그처럼 정성을 바친 예는, 성과를 생각하지 말고 들인 공만 생각한다면, 고금을 통해 별로 많지 않을 것이다. 사실 내 문학이 앞날에 계속 의미를 갖는다면, 상당한 부분이 『비가』와의 싸움에서 얻어진 것이라고 생각한다. 당시 나에게 다가왔던 허무주의와 싸워서 생긴 일종의 전쟁터이기 때문이기도 하겠지만, 그 전쟁 후의 저 괴로운 뒤처리를 감당한 기록이기 때문이다. 그 고투가 없이 발레리나 릴케처럼 십 년의 침묵을 강요당했다면, 『비가』의 상처가 없는 '매끈한' 시인이 되었거나, 한때 「즐거운 편지」와 「시월」을 쓰고 계속 특징 없는 시를 쓰다 사라진 '편안한' 시인이 되어 있을 공산이 크다.

1968년인가 1969년, 서울대학교 교양과정부에서 같이 일하고 있던 비평가 김윤식 선생이 우연히 자리를 같이 하게 된 찻집에서 『비가』의 내용이 무엇이냐고 물었다. 나는 그저 젊은이의 개인적인 슬픔의 발산이었겠지요 정도로 대답했고, 그 대답에 그는 만족해하는 눈치였다. 그도 그 작품을 어느 한 카테고리에 집어넣기 힘들었을 것이고, 나는 그를 도와 그 작품을 어느 한 카테고리에 넣지 말고 그냥 잊어도 좋게 했던 것이다. 예나 지금이나 창작가들은 한편 비평가들이 자기 작품을 정확히 깊게 이해해주었으면 하고 바라면서도 또 한편으로는 좀 모르는 구석도 있었으면 하는 바램을 동시에 갖고 있는 것이다.

지금 이 글을 쓰는 자리에서 되짚어보면 『비가』는 당시 나에게 다가온 허무주의와 싸운 기록이기도 하지만, 동시에 나의, 한 인간의, 영혼의 상태를 보여주려 한 시도로 볼 수도 있다. 혼이란 실제로 존재하는 것이 아니라 인간이 만든 하나의 허구(虛構), 하나의 픽션(fiction)일 뿐이라고 해도, 결국 그것도 인간의 목마름이 만든 것이 아니겠는가? 다시 말해서 나도 모르게 열심히 인간의 혼의 상태를 표현하려고 시도한 상징주의 시를 만들려고 애쓴 것이다. "아아 이루소서, 다시는 내가 나로 환원(還元)되지 않도록!"이라는 조각가 미켈란젤로의 시(詩) 구절을 제사(題詞)로 붙인 「비가 제7가」에는 다음과 같은 구절이 나온다.

돌벼개여 돌벼개여
내 머리 속에는 벌써
식물(植物)의 우수(憂愁)가 자라고

그 뿌리는 뻗어내려 헛되이
표본상자 속의 모래를 부술 뿐이다.

논리나 알레고리로는 도무지 해석이 되지 않는 장면이다. 이 구절만 뚝 잘라냈기 때문은 아니다. 인용되지 않은 앞뒤 부분과 이 구절을 연결시켜 이해해보려 해도 마찬가지이다. 이 장면이 당시 한 인간의 혼의 상황을 그리고 있기 때문일 것이다.

서너 달 전, 그러니까 1991년 9월 아니면 10월 시인 조정권과 비평가 최동호와 만난 자리에서 그들이 『비가』가 뛰어난 작품이라고 하며 내가 그 시를 평가하고 있는 것보다 더 높이 평가하고 있는 것을 보고 놀란 일이 있다. 그러나 곧 최근에 와서 조정권이 상징주의 정신에 몰두하고 있고 최동호가 상징주의의 흐름에 친화력을 지닌 글을 쓰고 있다는 사실을 상기하고 그들의 평가가 이해될 수 있었다. 서구보다 여러 발짝 뒤늦게 '현대문학'을 시작한 우리나라에서 누가 무슨 흐름의 먼저냐 하는 것은 사실 별 의미가 없다. 그러나 가치 판단을 떠나 이해를 위해 한마디 한다면, 『비가』가 우리나라에서 최초로 본격적으로 시도된 상징주의 시였는지도 모르겠다는 생각이 든다. 한마디 부연한다면, 당시에 내가 그 사실을 조금도 의식하고 있지 않았다는 사실이다. 아니다. 내용이야 어떻든 이 시편들의 제목이 릴케의 『두이노성(城)의 비가』에서 나오지 않았다고 누가 장담할 수 있으랴. 마침 정음사판 세계문학전집의 『두이노』가 실린 책이 출판된 무렵에 『비가』가 시작된 것까지 고려한다면 더더구나 그렇다. 릴케와 상징주의를 떼어놓고 생각할 수 없는 것처럼 『비가』와 상징주의와의 관계 또한 애초부터 분리시켜 생각하기 힘들지도 모른다. 그러고 보면 『비가』를 계속 퇴고한 이유도 드러날 것 같다. 나는 릴케의 『두이노』에 나오는 초월적인 존재인 '천사(天使)' 도 없이 내 나름대로의 고통스런 영혼을 계속 만들고 있었던 것이다. 그 지속적인 퇴고가 중단된 것은 영혼의 존재 유무 자체가 내 삶에서 더이상 문제 안 되는 세계로 진입하는 『풍장』 연작시를 시작하고부터이다.

그러나 그 무엇보다도 『비가』의 자리매김을 어렵게 만드는 것은 『비가』의 대부분이 나의 긴 군대 복무기간 중에 씌어졌기 때문일 것이다. 『비가』에 군대에 대한 언급이 극도로 제한되어 있다는 사실에 주목하기 바란다. 군대 이야기는 제대한 후 얼마 안 된 시기에 쓴 「태평가」 같은 작품에서부터 정식으로 등장한다. 아마도 젊었을 때 나는 좋은 시란 경험 현장에서 당장 태어나는 것이 아니라 후에 상상력과의 반응 속에서 새로 태어나는, 또는 재창조되는 작품이라는, 낭만주의적인, 상징주의적인, 혹은 릴케적인 주장에 동조하여 그에 맞는 작업을 한 것 같지만, 보다는 고통스러운 군대 생활을 가능한 한 시에서 배제시키려고 무의식적으로 노력했는지도 모른다. 나처럼 군대 생활에 맞지 않는 인간이 또 어디 있겠는가? 여하튼 『비가』가 '비판적 자서전(自敍傳) 읽기' 의 텍스트가 될 수도 있다고 생각하니 기분이 착잡해진다. 그렇다면 이 제5장은 자서전의 자서전이 아니겠는가?

다행히 번역병 시험에 합격해서 나는 군대 생활의 상당 부분을 국방부 번역실에서 보낼 수 있었다. 야근하는 날이 많았지만 바쁘지 않은 날이면 집에 나가 자고 들어올 수도 있었다. 그때 국방부 청사는 후암동에 있는 현재 병무청 건물이었기 때문에 회현동 집에서 남산공원 아랫부분만 스치면 쉽게 걸어 오갈 수 있었다. 주말이면 이따금 친구들과 명동에 나가 주로 탤런트 최불암의 모친이 경영하던 막걸리집 '은성' 에 들러 술을 마시기도 했지만 국방부 청사 밖에서 보낸 시간의 대부분은 제1장에서 이야기하다 만 '나의 방' 에서 보냈다. 마종기는 의과대학 본과 상급반 학생으로 공부에 몰려 자주 만날 수 없었고 김병익은 전방부대에, 그리고 그 밖의 친구들도 대개 군대에 갔거나 직장 초년병의 바쁜 시절을 보내고 있어서 더욱이 그 방에서 혼자 보낸 시간이 많았던 것이다. 번역을 해서 용돈을 벌기도 했다. '은성'에서 만난 사람 가운데 가장 인상이 깊었던 사람은 김수영 선생이었다. 선생과 어떻게 해서 친하게 되었는가고 묻는 사람이 많지만, 확실히 짚어 말하기가 힘들다. 당시 그의 나이와 비슷한 선배치고 문학 이야기를 서로 나눌 수 있었던 사람은 따지고 보면 선생뿐이었다는 게 답이 될 수 있을까. 다른 선배들은 술자리에서 화제가 본격적으로 문학으로 옮겨갈 때면, 그런 어려운 얘기 하지 말고 술먹어! 였다.

내 방에서 며칠씩 자고 간 사람들 가운데는 김병익을 비롯해서 몇이 있지만 그 누구보다도 일찍 세상을 뜬 화가 김정강(金正岡)을 빼놓을 수 없을 것이다. 경기고등학교 졸업생으로 영어와 불어책을 마음대로 읽던(지금 생각해보면 당시의 나처럼 건성으로 읽었는지도 모르지만) 서울대 미대 친구였다. 같은 나이 화가 친구로는 또 경기 출신인 이만익도 있었는데, 이즈음도 그와 술집 '고선'에서 만나 한잔하곤 한다. 대학 삼사학년 동안 김정강과 나는 자주 다투면서도 다정하게 지냈다. 다툰 장소는 주로 내 방, 소도구는 소주와 구운 명태 그리고 김치. 다툰 내용은, 주로 그가 읽은 예술론들. 나는 예술가가 창작을 해야지 밤낮 예술이론이나 읊어대는 것이 무어냐고 질타했고 그는 자기 이론이 없이 그림을 그리거나 시를 써서 무엇 하자느냐고 맞섰다. 지금 생각해보면 예술에서 창작이 먼저냐, 창작을 이끌 이론 구축이 먼저냐는 영원히 해결을 볼 수 없는 다툼을 한 셈이지만, 어떤 때는 밤을 새다시피 해서 토론을 벌였던 것이다. 물론 그런 말싸움은 이론가가 열에 여덟아홉 번 이기기 마련이지만, 나머지 한두 번이나마

지지 않으려고 발버둥쳤던 일이, 아 삼십여 년 전 일이, 어제 같다고 하는 것은 지나친 과장이겠으나, 정말 몇 년 전 일 같다.

그 김정강이 내가 입대하고 처음 외출해보니 방금 죽어 있었다. 고혈압에 의한 심장마비였다고들 했지만, 그러나 자살이었다는 소문도 끈질기게 나돌았다. 혹시 자살이라면 가정 사정이 물론 주원인이었겠지만 주된 말상대였던 내가 몇 달 동안 자리 비운 것도 일조하지 않았나 하는 생각을 떨칠 수 없다. 가깝게 지내지 않았던 고등학교 동창이 대학 시절에 자살한 일은 있었지만, 가까운 친구로서는 그가 첫 죽음이었다. 그를 위해 쓴 시가 「십사행(十四行)」이다. 지금 볼 때 꽤 멋부린 제목 같지만 그때 기분으로는 도저히 다른 이름을 붙일 수 없었다.

십사행(十四行)

—故 金正岡을 위하여

이제 죽은 자를 경애하지 말고
죽은 자의 죽음을 생각하라.
무성한 잎은 잠자는 나무의 꿈이요
꿈 속의 한 안씨로움이로다.

내 꿈많은 날의 지상(地上)의 윤곽을 아노니
지도(地圖) 지닌 자들의 잠든 얼굴이요
눈에 닿는 소금기
지극히 가까운 자의 목마름이로다.

친구여, 죽음과 생시 둘 다 사랑할 수는 없노니

허리 위의 잠
오늘도 거리엔 말없이 등불 켜지고
허리 위의 잠
내 그토록 잠든 사내를 사랑하므로
나는 때로 잠자는 법을 잊는다.

"무성한 잎은 잠자는 나무의 꿈이요/꿈 속의 한 안씨로움이로다" 같은 구절은 「비가 서시(序詩)」의 계속이라고 할 수 있다. 다른 것이 있다면 "꽃"뿐이 아니라 나무의 일상생활의 이미지랄 수 있는 "잎"까지 끌어들인 일일 것이다. "지도(地圖) 지닌 자들의 잠든 얼굴"은 그 당시 내가 젊은 죽음을 위해 찾을 수 있었던 가장 절실한 이미지였다고 생각된다. 후에 쓴 「비가 제11가」의 끝머리에도

지도(地圖) 지닌 자들의 잠을,
그들의 얼굴을 지키는 어두운 등불을……

이라는 표현이 나온다. 아니 죽음의 이미지는 『비가』를 쓸 무렵 작품 전부에 깔려 있다고 할 수 있다. 그리고 마지막 두 행은 죽은 자를 생각하느라 잠을 잘 못 잔다는 뜻도 있겠지만, 죽는 사람이 있기 때문에 삶이 오히려 의미를 가진다는 말을 하고 있는 것이다.

김정강이 죽은 해 겨울 나는 일등병 계급장을 달고 국방부에서 번역을 하고, 일 주일 엿새 중 사흘은 야근을 하고, 야근이 없는 날 밤에는 집에 돌아와 이층 내 방에서 잠을 자곤 했다. 연탄 난로가 있었지만 한겨울에는 머리맡에 놓아둔 냉수가 새벽이면 꽁꽁 얼어 있곤 했

다. 이상하다. 과거는 계속 추운 상태로 내 기억에 뜨겁게 박혀 있다. 『비가』 시편들 중간쯤, 「제5가」를 쓸 무렵 씌어져서 시집 『비가』에 실린 작품 「네 개의 황혼(黃昏)」도 계절에 관계없이 추운 분위기를 갖고 있다. 게다가 연탄불이 꺼지면(한겨울에 그런 일이 두세 번씩 있었다) 아침엔 온몸이 냉동 새우처럼 얼어 『어떤 개인 날』의 상황이 재현되기도 했다.

그러나 이즈음처럼 방바닥과 벽으로 숨어버린 난방기 대신 방 한가운데 버티고 서서 오징어도 구워주고 이따금 연탄내를 풍겨 두통도 주던 연탄 난로의 실루엣은 내 청춘 시절의 가장 중요한 이미지 가운데 하나이다. 성냥이 떨어졌을 때는 담뱃불까지 붙여주었다. 연탄 난로의 실루엣은 그 무엇보다도 고독한 자의 영상이다. 가운데 연탄 난로만 하나 덩실하게 놓여 있는 장면을 마음속에 떠올려보라. 혼자 있는 자의 동양적인 '독야청청' 하고는 완전히 다른 고독자의 목소리가 들리지 않는가? 고독이 『비가』를 관통하고 있는 것은 아마도 연탄 난로의 이미지 때문이기도 할 것이다. 난로를 중심으로 책들이 쌓여 있고 그 뒤로 벽을 따라 소주병들이 나란히 세워져 있었다. 어지럽기는 마찬가지이나 학교에 있는 내 연구실이나 집의 내 방과 그 방의 차이점은 아마 난로의 실루엣일 것이다. 벽을 두르고 서 있던 소주병들일 것이다. 아, 그리고 제니스 라디오! 당시 음악 방송을 그 누구보다도 충실히 전해주던, 그러다가 어느 날 도둑맞아 나로부터 해방된 그 묵직한 라디오. 그들과 살며 씌어진 작품 가운데 하나인 「비가 제5가」를 읽어보자.

비가 제5가

이즈음 와서는
나의 빈 머리 한구석에
이상한 빛이 머뭇대곤 한다.

빈 곳엔 이상한 것들이 날려와 쌓인다.
신문지, 실 풀어진 책장들,
쓰레기 태우는 불.

바람에 나직이 방이 기울고
벽에 걸린 창도
창에는 무서리친 저녁
서리 위에 남은 햇빛도
혼자 떠서 얼 때
가만히 벽 위에 올린 손을 거두어
문을 미는 어느 저녁
골목길엔 문들이 닫히며
놀처럼 텅 빈 마음을 쓸어가는
몇 마디 말.
아직 빛이 남은 하늘엔
몇 마리 안씨로이 날으는 새

새여 새여, 위태로움이여
머리 위에 안타까이 남은

시간 있도다.

거친 들에 씨뿌린 자는
들을 잊기 어렵나니
어찌 견딜 수 있는 곳을 가려 아직
너의 집이라 하랴.
삶을 얼마나 금(禁)하면 언약(言約)이 없다 없다 하랴.
남몰래 미친 자의 얼굴을 쓰고
가죽 얇은 장고(長鼓)를 치며
겨울 제사(祭祀) 맞는 동네를 벗어나
바위 위에 바위 얹힌 골짜기 찾아가
놀다 쓰러졌다 멀쩡하게 돌아와
제사상에 오를 것인가,
"굴비처럼 입 벌리고 메마른 자 예 있노라."

얼음 위에 고단히 몸 기울일 때
머리 속 캄캄한 곳에 머뭇대는
이상한 빛.

첫 연의 "빈 머리 한구석에/이상한 빛"이 떠도는 상황은 이 시에 앞서 씌어진 「비가 제2가」 제2연의 "수그러진다 수그러진다/악몽(惡夢)이 나다니는 머리/머리 속 빈 들판에 불을 피우고/여러 번 막막히 엎드렸던 오후" 같은 구절을 미리 읽는다면 이해가 더 빠르겠지만, 빈 머리 한구석에 떠도는 "이상한 빛"만 가지고도 무언가 불안하고 광(狂)적인 느낌이 예감될 수 있으리라 생각된다. 제2연의 풍경은 나의 '그 방'에서 내다본 남산공원 올라가는 길의 모습이다. 앞집 지붕들에 가려 짧은 조각들밖에 보이지 않았지만 그 길은 내 출근길이요 산책길이었다. "실 풀어진 책장들"은 거의 모든 책장들이 아교나 본드로 묶여지는 이즈음에는 언뜻 떠오르지 않는 모습이 되었지만, 그때는 거의 모든 책이 실로 묶여졌었고, 가진 것이라곤 책밖에 없던 나에게는 그것이 삶 해체의 이미지라고 할 수 있다.

제3연은 모든 것이 얼고 있는 상태를 보여준다. 그것도 각기 "혼자 떠서" 얼고 있는 것이다. 입김들이 각각 따로 떠서 얼듯이 그렇게 어는 상황인 것이다. 타인과 소통을 하려고 문을 열어봐도 골목에선 다른 집들의 문이 닫히는 것을 확인할 뿐이다. 그리고 "아직 빛이 남은 하늘엔/몇 마리 안씨로이 날으는 새"가 있을 뿐이다. 화자는 "새여 새여, 위태로움이여"라고 말하며 위태로움 속에만, 혹은 그곳에 분명히, 시간이 존재함을 깨닫는다. 그 깨달음은 위태로움에 대항하기 위한 보루인 집이란 또 과연 무엇인가에로 관심을 이끌어간다.

거친 들에 씨뿌린 자는
들을 잊기 어렵나니
어찌 견딜 수 있는 곳을 가려 아직
너의 집이라 하랴.

그것은 또 「비가 제8가」의 첫머리,

거친 들에 바람 깊은 저녁
길을 나섰노니
길 잃음이 어찌 늦으리오?

의 물음이 지향하는 곳과도 서로 상통하는 바가 있는 정신이다. 집도 포기할 만치 삶 자체를 계속 금(禁)하면 정말 자유로워질 수(언약이 없다 없다 할 수) 있는가고 자문하는 것이다.

삶 자체를 자유롭게 하는 양상 가운데 극단적인 하나가 미치는 일, 혹은 미친 척하며 사는 일일 것이다. 그러면 "가죽 얇은 장고(長鼓)"를 치고 "놀다 쓰러졌다 멀쩡하게 돌아"올 수 있을 것이다. 그리곤 삶의 한 진수(眞髓)의 하나로 "굴비처럼 입 벌리고 메마른 자"가 되어 제사상에 오를 수 있는 것이다. 이제 "이상한 빛"이 미침 혹은 광기(狂氣)를 띠게 되는 것은 어쩔 수 없으리라.

「비가 제10가」는 이런 정신의 한 극단을 보여준다고 생각된다.

비가 제10가

오다 오다 오다
창 밖에 어둡고 추운 겨울처럼
오다 오다
벽에는 낡은 모자
그 옆에 판화(版畵)
마음을 가라앉히는 목탄(木炭)빛 빛살로
흩뿌리는 흩뿌리는 공간 속으로
혼자 만나보는
언제나 황량한 부재(不在) 속으로
한 마리의 새가 떨어진다.
떨어진다 떨어진다

긴 죽지에 짧은 부리를 하고,
낙하(落下) 밑에는
하상(河床) 없이 흐르는 강물들
강물들 사이에서
이름없는 꽃들이 죽고 있다.
그 밑에 일찍 세상을 버린 친구여
너의 낙서가 있으니
이르되, "죄송하다."

외따른 집에는
길고 긴 새벽이 온다.
창에는 깊고 깊은 성에가 끼고
성에에는
아직 밝혀지지 않은
자애(自愛)의 무늬가 새겨진다.
조용히 일어나
불꺼진 방 안을, 비운 소주병 속을,
돌아다닌다.
추억을 비운 자들을 생각한다.
연통 속에서는 어둡고 치사한 바람이 불고
바람소리 속에
지난날의 모든 빛이 지나간다.
누가 이제 우리의 얼굴에서
삶의 틀을 볼 수 있으리오?
갑자기 얼은 창을 등지고 팔을 벌리고

문득 뜻없는 웃음을 웃을 때
뜻없이, 아아
자기 웃음에 한없이 놀랄 때

외따른 집에는
길고 긴 새벽이 온다.
불꺼진 방 안을 돌아다닌다.
추억을 비운 자들을 생각한다.
우리에게 남은 성실이 있다면
포기 않는 일밖에 그 무엇이 있을 건가?
포기, 포기, 그 난폭한 비움
어제도 그제도 그 전날도
눈맞은 거리를 가만히 다니며
머리를 자꾸자꾸 수그려
스스로 거부한 선(善)을 행하지 않았으리오
스스로 거부한 머리의 무게를,

떨어지는 새의 무게를
무게 뒤의 겨울 해를……

땅이여,
어떤 낯익은 하루
그 하루의 한때에 뜻없이 쏠리는
하나의 무게여,
창 밖에 캄캄히 지는 해

찬 잠에 잦은 꿈
알맞게 깨는 중야(中夜)
머리맡에 불타듯 조용한 물그릇
서서히 새이는 새벽
아아 죄송스러워진다, 내 모든 것이
광대의 빨랫감으로……
서서히 새이는 새벽
창에 그려진 황홀한 무늬도
무늬 뒤의 자애(自愛)의 빛도
빨래의 무늬로
빨래벗은 빨래로……
오다 오다 오다.

첫 머리 "오다"의 반복은 의미가 있는 것 같기도 하고 없는 것 같기도 한 어구를 중얼거릴 만큼 화자가 고립 속에 살고 있음을 나타내준다고 할 수 있다. 아니면, 향가 「풍요(風謠)」 첫머리의 주술(呪術)적인 반복 '오다 오다 오다' (이즈음 말로는 '온다')의 울림이라고 할 수도 있고, 혹은 위 두 가지가 섞여 있다고 볼 수도 있을 것이다. 「풍요」는 마지막 행의 전통 불교 정신을 살짝 빼고 현대 정신의 심줄 하나를 슬쩍 박아넣는다면 『비가』의 상황과 별 차이가 없을 것이라고 생각된다. 참고로 김완진(金完鎭) 선생의 「풍요」 현대어역을 첨부한다.

온다 온다 온다.
온다 서러운 이 많아라.
서러운 중생(衆生)의 무리여,

공덕(功德) 닦으러 온다.

그 당시 그림 한 장이 벽에 붙어 있긴 했지만 떨어지는 새를 보여주는 것은 아니었고, 일본 『신조(新潮)미술』이었던가, 아버님이 보시던 월간잡지에서 잘라 붙인 새의 그림으로 조르주 브라크의 작품이었다. 브라크의 새들이 '무거운' 새들이긴 했다. 공중에 띄우면 어쩔 수 없이 무게를 지탱 못 하고 떨어지리란 생각이 들었을 것이다. 새는 떨어진다. "하상(河床) 없이 흐르는 강물"이 그를 맞는다. '하상 없는 강물'은 자유로운 강물인 동시에 강물이기를 그친 강물이기도 하다. 자유와 존재 포기를 동시에 획득하는 일이 결국 죽음이나 거듭남이 아니겠는가? 자연스럽게 "이름없는 꽃들이 죽고 있"고 "일찍 세상을 버린 친구"의, 여기서는 김정강의, 낙서가 있다. 그가 세상에 대해 할말은 무엇이겠는가? "죄송하다."

제2연은 내 방의 묘사이다. 연탄불이 꺼진 방이다. 유리창을 덮은 "깊고 깊은 성에"의 무늬 속에서 "자애(自愛)의 무늬"를 발견하고 반사적으로 잊어버린 사람들을 생각해낸다. 불꺼진 난로의 연통 속에서는 추운 바람이 분다. 창을 등지고 불꺼진 난로를 향해 두 팔 벌리고 있는 사내의 모습이야말로 삶에서 너무 가깝고 동시에 너무 먼 존재의 모습일 것이다. 그의 웃음이 뜻없는 웃음이 될 것은 당연하리라. 그런 웃음을 웃다가 그 웃음 자체에 한없이 놀라는 것도 당연하리라. 그러나 활로는 없고 앞의 일이 다시 반복될 뿐이다. 그렇다면 이제 남은 일이란 결국 하던 일을 포기 않고 계속하는 일뿐이 아니겠는가?

우리에게 남은 성실이 있다면
포기 않는 일밖에 그 무엇이 있을 건가?

그러나 "포기"의 구조가 "난폭한 비움" 다시 말해서 '죽음'(「제12가」 제3연에는 말없이 사라진 자들 즉 죽은 자들을 "폭력적 없음"이라고 노래한다)이라고 밝힘으로써 마지막으로 남은 성실이란 결국 육체적이든 정신적이든 죽음을 택하지 않는 일이라는 깨달음에 도달하는 것이다. 그 깨달음이 스스로 위악적이 되고 싶어하는 자신을 세상 앞에 머리 숙이게 만들어 화자를 괴롭혔을 것이다.

마지막 연에는 다시 "땅이여"라는 호격과 함께 땅이 등장한다. 그러나 『어떤 개인 날』의 '땅'과는 달리 여기서는

어떤 낯익은 하루
그 하루의 한때에 뜻없이 쏠리는
하나의 무게여,

라고 땅보다는 삶의 한 존재가 땅이 미치는 인력을 느끼는 데 더 초점이 가 있는 것이다. 그것에 대한 해석은 여럿 있겠지만 죽음의 유혹을 빼놓을 수는 없을 것이다. 그러나 그 유혹은 앞서 나온 이미지들로 반복되며 "내 모든 것이/광대의 빨래감으로……"라는 인식에 이른다. 그러나 마지막에 가서 그 모든 것이

빨래의 무늬로
빨래벗은 빨래로……

라고 다시 삶 쪽으로 의식이 돌려지는 것이다.

슬픈 노래의 마지막 노래는 이미 슬픔의 노래가 아니라 할 수 있다.

길이를 생각해 앞 두 연을 빼기로 한다.

비가 제12가

앞에는 사랑없는 운수 좋은 날
뒤에는 행복없는 기세 좋은 날

며칠내 잠시 잠시 자다 깨어
다시는 잠이 오지 않을 때
창 건너 황도(黃道)에
구름이 자주 끼고
홀연히 봄이 찾아올 때
뜨락에는 물의 침묵

봄

제상(祭床) 앞에는 꽃이 어둡게 피고
제상 뒤에는 서로 다른 귀신들이
서로 혼자 왔다 만나
잘못 다른 귀신의 이름을 부르고 취해
드디어 귀자(鬼字)를 떼어버리고
당당한 신(神)들처럼 피는 꽃을 바라본다.

때늦음을 오히려
사랑하게 하소서

광활한 토지보다는
말없이 서 있는 한 사내를
그의 등뒤에 무심히 내리는 폭포를
남아 있게 하소서.

폭포 뒤에는 열 개의 조그만 폭포들이 내리고
열 개의 폭포 뒤에는 황홀한 소리로
또다시 열 개씩의 폭포가 내려
하나하나 몸을 자상히 안으로 당기고
참고 참고
불현듯 눈을 뜨고
내린다 내린다 캄캄히
하나의 운명(運命)에서 다른 운명에로 건너뛰는 법(法)이다.

　　앞에는 사랑없는 운수 좋은 날
　　뒤에는 행복없는 기세 좋은 날

저 꽃은 귀에 다정스러운 안개꽃
저 바위는 혀로 더듬는 선녀 바위
그 밑에 내리는 물의 정다움
모두 침묵 앞에 돌려놓아
새로 만지고 맛보고 귀 기울이고
웃고 다시 보고
말들을 뜯어내고 붙이고 문지르고 다시 뜯어내
새로 침묵 속에 들여놓는다.

제3연 "앞에는 사랑없는 운수 좋은 날/뒤에는 행복없는 기세 좋은 날"의 어조만 들어도 슬픔과의 거리보다는 달관과의 거리가 더 가까운 것을 확인할 수 있을 것이다. 뿐이랴, 한가운데 부분을 보자.

봄

제상(祭床) 앞에는 꽃이 어둡게 피고
제상 뒤에는 서로 다른 귀신들이
서로 혼자 왔다 만나
잘못 다른 귀신의 이름을 부르고 취해
드디어 귀(鬼)자를 떼어버리고
당당한 신(神)들처럼 피는 꽃을 바라본다.

귀신들도 "당당한 신들처럼 피는 꽃을 바라보"는 봄노래로 『비가』는 끝을 맺고 있는 것이다. 그리고 그 무엇보다도 「제12가」에는 기도(祈禱)가 들어 있다. 두 연이 '……하소서' 체(體)로 되어 있을 뿐만 아니라 담긴 내용도 기원의 목소리이다. 그러나 그 기도는 더 많은 분량의 침묵에 의해 매몰되어 마지막의

말들을 뜯어내고 붙이고 문지르고 다시 뜯어내
새로 침묵 속에 들여놓는다.

에 가서는 흔적으로만 남는 것이다. 특히 끝에서 두번째 행 "말들을 뜯어내고 붙이고 문지르고 다시 뜯어내"는 『비가』 전체가 어떤 진리

의 탐구라기보다는 혼의 상태를 보여주기 위한 글쓰기의 한 결과라는 것을 강력하게 암시해주며, 또한 이 작품의 계속적인 퇴고를 예고해 준다고 할 수 있다.

어떻게 보면, 『비가』의 상징 세계를 끝내고 나서 나는 「태평가」의 알레고리 세계로 들어갔다고 볼 수도 있다. 그러나 나의 알레고리 시에도 상징주의의 '혼의 상태'를 그리려고 한 흔적은 계속 남아 있게 된다. "말을 들어보니/우리는 약소민족이라드군"으로 시작되는, 그 누가 보아도 풍자가 들어 있는 알레고리 시로 판정할 「태평가」는 다음 세 행으로 끝난다.

> 전피수갑(全皮手匣) 낀 손을 내밀면
> 언제부터인가
> 눈보다 더 차가운 눈이 내리고 있다.

우리는 이것을 알레고리라고 불러야 할 것인가 상징이라 불러야 할 것인가? 그러나 이 부분에 대한 파헤침은 후에 「태평가」를 다룰 때 하기로 하자.

『비가』를 끝내며 나는 제대했다.

6. 「기항지(寄港地)」

그는 육지에서, 그것도 좁은 한반도의 반동강에서,
해방의 상징인 바다를 찾아왔고,
이제 바다의 상징인 배들이 있는 곳으로 내려간다.
그런데 놀랍게도 배들이 바다 쪽으로 눈을 주지 않고
"항구의 안을 들여다보고 있"는 것이었다. (……)
인간에게 손쉬운 해방은 없다는 사실이 드러나는 순간이었다.
그러자 화자의 눈은 자연히 하늘 쪽으로 향한다.
이제 그쪽만이 유일한 풀려남의 방향일지도 모르는 것이다.
거기에서는 색다른 풍경이 기다리고 있었다.

그러나 「태평가」를 다루기에 앞서 먼저 살펴볼 작품들이 있다. 「태평가」의 중간 부분을 보면 "몸 한 구석에 감출 수 없는 고민을 지니고/병장 이하의 계급으로 돌아다녀보라/김해에서 화천까지"라는 구절이 나온다. 물론 문맥으로 볼 때 이 구절이 남한의 남북을 꿰뚫는 긴 여행을 권하는 뜻을 담고 있지는 않다. 그러나 여행을 꽤 해본 사람이 아니라면 군대 생활을 그리는 맥락 속에서 이런 구절이 쉽게 떠오르지 않았을 것이다. '돌아다님' 혹은 '떠돎', 즉 여행의 모티프는 산문까지 포함해서 그야말로 나의 삶 도처에 깔려 있다. 그 모티프 밑에 숨겨져 있는 충동, 왜 여행을 좋아할 수밖에 없었는가에 대해서는 내가 이 자리에서 논리적으로 간명하게 해명할 수 있는 성질의 것이 아니라고 생각한다. 해명은 심리학에 조예가 있는 사람들에게 맡기고 이 자리에서는 그저 내 여행벽에 대한 사실 보고에 가까운 이야기만 하기로 하자.

이력서나 연보에는 한결같이 '서울 출생' 이라고 써왔지만, 사실 내 출생지는 어머님의 고향 평남 평원군 숙천이고, 유년 시대는 평양과 그리고 평양에서 북쪽으로 사십 리쯤 떨어진 곳에 있는 대동군 재경리면 빙장리에서 보냈다. 간리(間里)라는 경의선의 조그만 역에서 십 리쯤 들어간 곳에 있는 마을이었다. 마을 뒤쪽, 즉 북쪽으로는 꽤 험한 월명산이 있었고 집에서 십여 리 되는 그 산허리에 있는 목넘이 마을엔 조부님이 살고 계셨다. 초등학교에 들어가기 전 어느 날 저녁 혼자 산을 타고 할아버님댁에 갔다가 밤에 동네 청년들과 횃불을 들고 달려오신 아버님에게 혼난 일이 기억난다. 길을 가는 도중 밭에서 일하던 농부가 달려와 쫓아버린 늑대, 돌멩이를 아무리 던져도 집요하게 내 뒤를 바싹 따라오던 개보다 좀 큰 듯했던 적갈색 짐승의 모습이 지금도 잊혀지지 않는다. 아버님께 초달을 맞으면서도 마음속의 쾌감! 그때 나는 이미 여행벽의 싹을 키우고 있었던 듯하다.

서울 올라온 것은 1946년 5월, 아직 삼팔선이 채 굳어지기 전이어서 남처럼 큰 고생은 않고 달구지를 타고 삼팔선을 넘었다. 서울에 오자마자 나는 길부터 잃었다. 아버님이 서울중학교 교사로 취직하여 서울중학 사택에 주거를 정하기 전, 이화동에 있는 외삼촌댁에 잠시 머물고 있을 때였다. 건물들과 길의 모습을 기억하려 애쓰며 조금씩 집에서 멀어지는 쾌감을 즐기다가 급기야 길을 잃고 말았다. 찾다 못해 헤매던 중 마침 주머니에 돈이 있어서 전차를 만나자 그냥 타고 창밖으로 낯익은 장소를 찾으려 마냥 두리번댔다. 평양에도 전차가 있었기 때문에 전차가 낯선 괴물이 아니었던 것이다. 그러나 당시 평양 전차는 한 노선밖에 없었을 것이다. 그것을 모르고 서울 전차를 타다니. 지금 생각해보면 당시 전차 종점이었던 돈암동도 가고 청량리도 갔을 것이다. 사방에서 이화동 비슷한 곳을 찾았으나 허사였다. 마침

이모부님이 아버님보다 한 발 앞서 당시 지금 복원된 경희궁 터에 있던 서울중학교 교사로 근무하시면서 그 학교 사택에서 살고 계신다는 사실이 생각나 가는 곳마다 서울중학(고등학교는 후에 생겼고, 글을 쓰는 지금은 학교 자체가 강남으로 이사갔음)을 찾았으나 일본인 학교 경성중학이 서울중학으로 바뀐 지 얼마 되지 않은 때라 아는 사람이 전혀 없었다. 하기는 왕십리나 용산에서도 물었을 터이니 아는 사람이 쉽게 나타날 리 없었을 것이다. 날은 캄캄해오는데 절망이었다. 그래도 나에게 운이 있었던지 밤 여덟시쯤 당시에도 엄청 넓은 서울 천지에서 정말로 우연히 서대문에서 광화문으로 넘어가는 고개를 넘고 있었다. 마침 옆에 청년 하나가 같이 가고 있어서 울먹이는 목소리로 서울중학이 어디 있는지 묻자 그는 자기가 거기를 지나가는 길이라며 곧장 서울중학 수위실까지 나를 데려다주었다.

어린 날 길 잃고 낯선 큰 도시를 혼자 스릴 만점으로 관광한 이야기를 새삼스레 꺼내는 이유는 나의 떠돌이 기질, 앞서 쓴 표현을 다시 쓰자면, 나의 여행벽을 이야기하기 위해서이다. 진짜 프로급이라면 역마살이 꼈다고 하겠지만, 아무리 보아도 아마추어를 벗어나지 못한 내 것은 아마 역마끼쯤으로 격을 낮추어야 할 것이다. 살던 터전, 가족과 친구들과 직장 그리고 적(敵)들까지 일시에 버리고 떠나는, 그리고 거듭 떠나는, 저 운명적인 여행은 못 하는 대신, 해프닝이 끼어들지만 그래도 생업에 별 지장이 없게, 지장이 있더라도 최소한도로 적게 (아, 이 구제 불가능한 인간!) 가능한 한 자주 여행 다닌 기록이 내 생의 주요 '자서전' 목록인 것이다. 다만 지금처럼 차를 몰고 가서 화장실이 곁들인 호텔이나 장급여관 방에서 묵는 편한 '관광' 식 여행이 아니었던 것은 밝힐 필요가 있을 것이다. 돈 주고도 쌀을 살 수 없는 곳이어서 쌀을 메고 가야 할 때도 있었고, 모기와 빈대 때문에 잠을

설친 밤도 여럿 있었다. 그리고 그 비위생적인 화장실이란. 내 과거의 여행 대부분은 위에 예로 든 이야기의 늑대나 길 잃음이 상징하는 것처럼 도처에 위험과 불편함이 도사리고 있는 여행이었던 것이다.

대학 시절엔 김병익하고 해인사를 비롯해서 몇 번, 김병익과 서정주 선생의 아들 서승해하고는 낙산사 한 번, 그리고 나머지는 주로 솔로 여행이었다. 정확한 지도와 여행 안내서가 없던 때라 목적지까지도 즉흥으로 정해지기 일쑤인 여행이었다. 여수에 가서야 아 충무(지금 통영)라는 데도 한번 가보자, 논산에 가서야 그럼 부여에도 한번, 하는 식이었다. 여비는 아르바이트에서도 나왔고, 김병익과 같이 대학 사 년간 받은 국비 장학금에서도 나왔다. 여행지에 가서는 물론 여행 분위기에 빠져 거리를 헤매기도 했으나 밤늦게까지 짝사랑 애인에게 긴 편지를 쓰기도 했다. 편지쓸 거리를 얻기 위해 일부러 방황한 것 같은 낯선 저녁 거리들, 골목들. 당시는 몰랐으나 지금은 이름을 알 것 같은 꽃들이 담장 위에 위로하듯이 피어 있기도 했다. 그 편지들 지금 남아 있다면…… 허허.

여행에서 얻은 시를 꺼내자면 우선 「기항지(寄港地)」를 뽑아야 할 것이다. 어떻게 보면 내 청년 시절의 여행을 집약하고 있는 작품이라고 생각도 되는 시이다.

기항지(寄港地) 1

걸어서 항구에 도착했다.
길게 부는 한지(寒地)의 바람
바다 앞의 집들을 흔들고
긴 눈 내릴 듯

낮게 낮게 비치는 불빛.
지전(紙錢)에 그려진 반듯한 그림을
주머니에 구겨넣고
반쯤 탄 담배를 그림자처럼 꺼버리고
조용한 마음으로
배 있는 데로 내려간다.
정박중의 어두운 용골(龍骨)들이
모두 고개를 들고
항구의 안을 들여다보고 있었다.
어두운 하늘에는 수삼개(數三個)의 눈송이
하늘의 새들이 따르고 있었다.

이 시는 유종호, 김우창을 비롯해서 여러 사람의 평을 받아왔기 때문에 나이가 꽤 든 독자를 위해서는 특별히 해설이 필요없을지도 모른다. 그러나 이왕 만난 김에 몇 마디 하기로 한다. 화자는 "걸어서" 항구에 도착한다. 그 항구를 비껴가는 버스에서 내려 걸어왔을 것이다. 금방 "바다 앞의 집들"이 보이는 곳이므로 조그만 항구일 것이다. 내가 남해안을 돌며 본 항구들 가운데 어느 하나이리라. 아니 어느 하나의 항구가 아니고 몇 항구에서 받은 인상에서 추출해 새로 만든 항구일 공산이 크다. 불빛이 낮게 비치는 것을 보고 긴 눈 내릴 것이 몸으로 느껴질 만큼 화자는 예민해 있고, 그 예민함은 그가 외롭다는 것을 암시해준다. 그는 육지에서, 그것도 좁은 한반도의 반동강에서, 해방의 상징인 바다를 찾아왔고, 이제 바다의 상징인 배들이 있는 곳으로 내려간다. 그런데 놀랍게도 배들이 바다 쪽으로 눈을 주지 않고 "항구의 안을 들여다보고 있"는 것이었다. 배들의 접안 방식이 대개 육지 쪽으로 머리를 둔다는 사실은 후에 안 것이다. 여하튼 우리가 흔히 생각하던 상징들의 겉 구조가 벗겨지고 실질적인 구조가 드러나는 순간이었다. 다시 말해 인간에게 손쉬운 해방은 없다는 사실이 드러나는 순간이었다. 그러자 화자의 눈은 자연히 하늘 쪽으로 향한다. 이제 그쪽만이 유일한 풀려남의 방향일지도 모르는 것이다. 거기에서는 색다른 풍경이 기다리고 있었다.

어두운 하늘에는 수삼개(數三個)의 눈송이
하늘의 새들이 따르고 있었다.

사실적인 풍경 서술과 사실적인 행위 묘사를 하는 것으로 시작되고 진행된 이 시가 어느샌가 화자의 혼의 상태를 그리고 있는 시로 끝을 맺지 않았는가 하는 생각 혹은 약간의 놀람이 이 시를 읽을 때마다 나에게 왔었다. 그렇다. 마지막 정경은 항구에 도착해서도 밖으로 나가기 힘든 한계를 지닌 인간의 마음을 어루만져주며 위로하는 풍경이었던 것이다.

그런 상황은 앞 작품과 거의 비슷한 시기에 씌어진 「겨울 항구에서」에 그대로 이어진다. 군대 말년이었던가 대학원에 복학한 직후였던가는 확실치 않다. 그러나 딱히 어느 항구라고 말할 수 없는 앞의 시와는 달리 이 작품의 배경은 남해군의 남쪽 끝 미조(彌助)라고 기억된다. 남해대교가 놓여진 후 많이 달라졌지만, 그때만 해도 하숙집이라고 불리곤 했던 허름하고 조그만, 한밤중에 깨면 옆방에서 자는 주인 아줌마의 잠꼬대도 들리는, 여인숙에서 자야 했다. 어쩐지 남해바다가 좋아 우리 영토의 최남단 가운데 하나인 미조에서 며칠 묵었다. 매일 값싼 생선과 미역을 먹을 각오만 되어 있으면 체류비가 거의 들지 않던 때였다. 그러나 시를 읽기에 앞서 오래 전에 쓴 수필「여행(旅行)에 대하여」의 한 부분을 먼저 읽기로 하자.

젊었을 때, 아니 아직 젊으니 더 젊었을 때, 나는 무척이나 여행을 즐겼다. 아직 관광여행이라는 낱말이 나돌기 전인 1950년대 후반과 1960년대 초반, 나는 방학 때마다 거의 무전여행에 가까운 떠돌이 여행을 했다. 몇 번 빼고는 언제나 무반주 여행이었다.

이따금 아는 학교 친구 집에 들르기도 했지만 대체로 여인숙에 숙소를 정한다. 그러고 나서 저녁 무렵 예를 들어 남해섬의 미조 해변을 걷는 마음은 한껏 너그러워진다. 갯벌에 엎어논 배에 걸터앉아 담배를 피우며 배들이 항구로 돌아오는 것을 본다. 통통배가 닿으면 사람이 달려가 생선을 부린다. 빛나는 생선들이 이리 뛰고 저리 뛰는 가운데 꼬마 하나가 땅에 떨어진 생선 한 마리를 주워가지고 도망치기도 한다. 그런가 하면,

저녁이면 혼자 마주 보노니
바다 위에 떠 있는
아름답고 헛된 구름 기둥을.

—「겨울 항구에서」

같은 그림이 바다 위에 그려지기도 한다. 그 그림은 목로집에서 생선회를 안주로 술 한잔 들고 여인숙에 돌아와 잠들 때까지 지워지지 않는다.

여행지의 새벽은 새벽대로 아름답다. 방파제에는 흰 새벽 달빛이 걸려 있고, 바닷물 위에는 이따금 순색(純色) 물고기들이 높이 뛰어올라 공중에 남아 있곤 한다. 조용히 일렁이는 바다를 가득 채우는 아침해도

싱싱하고 맑다. 바다에서 돌아오는 내 정신도 그만큼 맑고 밝다. (1977)

1970년대의 내 산문은 대체로 너무 시적(詩的)이라는 생각이 든다. 당시 어떤 후배는 그래서 내 수필 가운데 어떤 것들을 바로 산문시라고 말하기도 했다. 그것이 찬사였는지 비난이었는지는 확실치 않지만, 좋은 뜻으로 말한 것으로 해두자.

겨울 항구에서

황홀하더라, 눈비 내려
동백꽃 헛 핀 앞 섬도
다섯 낮 다섯 밤을 방황한
하숙집의 무적(霧笛)도.

하루 종일 밀고 밀어
밤마다 조금씩 새는 헛된 꿈
장지 하나 사이하고 하숙집 아주머니의 잠꼬대
'이젠 정말 아무 뜻도 없십니더.'
그네가 조심히 어시장에 가는 새벽녘의 행복
방파제에 걸린 새벽 달빛
물 위에 오래 뛰어오르는 순색(純色) 고기들
소규모의 일출(日出)
갯벌 폐선 위에 걸터앉아 보는
수리(修理) 안 된 침묵, 사이사이의 수심가(愁心歌)
'결사적인 행복이 없는 즐거움을.'

저녁이면 혼자 마주 보노니
바다 위에 떠 있는
아름답고 헛된 구름 기둥을.

남쪽 끝이라고는 하지만 겨울에 동백은 봄의 벚꽃처럼 만발하지는 않고 남보다 일찍 핀 몇몇 송이가 다른 푸른 봉오리들 사이로 빨갛게 모습을 드러내곤 했다. 그 송이들이 눈비를 맞고 피다 다시 오므라드는 것을 보았고, 안개 낀 저녁이나 새벽이면 미조 등대에서 무적(霧笛)이 뚜우 하고 우울한 목소리로 긴 한숨 쉬는 것을 들었다. 그때만 하더라도 나 자신의 앞날이 보이지 않던 때라 "하루 종일 밀고 밀어/밤마다 조금씩 새는 헛된 꿈" 같은 생각의 뭉텅이는 별로 힘들지 않게 생겨났으리라 생각된다. 그 상태에 화답이라도 하듯이 여인숙 아주머니의 잠꼬대가 들려오는 것이다. 새벽에 깨어 몸을 뒤치락거리며 다시 잠들기 어렵던 시절의 편린(片鱗)이다. 하루는 그네가 새벽장을 보러 갈 때 뒤따라 갔었다. 마음의 상태 때문인지 일출(日出)조차 규모가 작은 것으로 느껴졌다. 아니면 해안의 방향에 따라 일출 크기의 느낌이 달라지는지도 모른다. 내 기억에 남아 있는 큰 일출들은 모두 정동쪽에 면한 해안에서 본 것들이다. 가기는 가봤지만 아직 해돋이를 보지 못한 제주 일출봉도 위치로 볼 때 아마 거창한 해돋이를 갖고 있으리라. 여하튼 그곳에서는 "결사적인 행복이 없는 즐거움"만이 마음에 의미 있는 빛을 주는 거의 유일한 광원(光源)이었던 것이다. 그러자

저녁이면 혼자 마주 보노니
바다 위에 떠 있는

아름답고 헛된 구름 기둥을.

의 이미지가 떠오르는 것이었다. "아름답고 헛된" 것처럼 헛된 것이 또 어디 있겠는가? 그러면서도 더 아름다운 것이 또 어디 있겠는가? 이 작품도 사실적으로 시작한 시가 어느샌가 절반쯤은 혼의 상태를 그리는 시로 되어버린 경우일 것이다.

이렇게 쓰다 보니 언어란 참 두려운 존재라는 생각이 든다. 당시 채 의식하지 않았던 것을, 혹은 의식했더라도 막연히 의식했던 것을, 마치 처음부터 이성적으로 간명하게 설명되리만치 모든 것을 이해하고 쓴 것처럼 내 언어는 지금 구사되고 있는 것이다. 어딘가 흠을 남겨야 심리적으로 안심이 될 것 같다. 남해군 미조에는 동백꽃도 없고 무적을 불 등대도 없고 방파제도 없었다고 하면 어떨까? 이 시에 나오는 모든 것이 여행에 마음을 빼앗긴 한 인간의 조그만 꿈이었다고 하면? 사실과 관계없이 더 그럴듯하게 들린다. 그런 흠을 남기고 다음 여행을 떠나기로 하자.

1966년의 영국 유학은 내 여행벽과 향수와 외국에서 보는 당시 너무도 측은했던 조국의 모습이 뒤범벅되어 나에게 세상의 새 맛을 느끼게 해준 사건이었다. 그곳에서 쓴 작품은 여럿이지만, 「낙법(落法)」을 여행시로 소개하기로 하자.

낙법(落法)

—김병익에게

1966년 십일월, 에딘버러에서

일 주일 늦게 도착했네.

빈 공원에는 나무들이 길을 내려서고
미술관 천장을 씌운 채광창(採光窓)에
석상(石像)의 광장(廣場)에
돌의 최면이 자리잡기 시작했네.

안개 속을 한없이 걸었지.
열흘 지나서야 비로소 꿈이 오드군,
비로소 모욕과 안정이.
긴 저녁에 희극처럼 명확히 울다가
침대에서 떨어져 뒹굴며 깨닫는
십일월 일일의 눈보라.
주어(主語)가 없는 그대와 나.

칼날처럼 벗은 우리 조국
모양이 비슷한 단추를 이층으로 달고
잃어버린 머리처럼 눈 속을 걸었네.
걸었네 걸었네.
정신의 아픔에 한없이 깊은 침묵을 주는
젖은 칼을 머리에 쓰고.

한 지역의 삶의 움직임에 끼지 못하는 상태를 잔치판이 끝난 후에 도착한 기분으로 표현한 첫 행은 별로 어려움이 없을 것이다. 보기 싫은 낙엽을 달고 있거나 낙엽을 떨어뜨린 나무들의 모습이 낮은 자세로 보이는 것도 우리가 다 경험한 것이다. 미술관은 주머니가 가벼운 자가 서양에 가서 자주 들를 수밖에 없는 장소이다. 에딘버러 박물관은 꽤 좋은 고흐의 그림까지 걸려 있는 알맞은 크기의 미술관으로 마음이 울적할 때면 들르곤 했다. "돌의 최면"은 물론 앞의 "석상(石像)"에서 태어났겠지만, 대학 시절에 본 미켈란젤로 조각 사진첩에서 본 조각들, 특히 예수를 안고 슬퍼하는 마리아 뒤에 순례자가 서 있는 그의 후기 미완성 〈피에타〉들을 본 느낌에서 나온 것이라고 생각된다.

안개 속을 한없이 걸었지.
열흘 지나서야 비로소 꿈이 오드군,
비로소 모욕과 안정이.
긴 저녁에 희극처럼 명확히 울다가
침대에서 떨어져 뒹굴며 깨닫는
십일월 일일의 눈보라.
주어(主語)가 없는 그대와 나.

당시 영국의 안개는 명성 그대로였다. 진하다 못해 피부에 묻을 정도였다. "안개 속에서는 모두가 외롭다"라는 대학 독일어 교과서에서 읽은 헤르만 헤세의 시를 실감했다고 기억된다. 게다가 이 시를 쓸 때는 하숙집 앞방의 인도인 학생의 생활이 좀 문란하다고 생각한 여주인이 하숙하는 사람 모두 나가라고 하는 바람에 하숙 생활 시작 한 달도 되기 전 퇴거 명령을 받고 옮겨갈 곳을 채 정하지 못한 상태라 그야말로 기분이 울적한 상황이었다. 그러나 그런 건 외국 나가면 으레 겪게 되는 것, 보다는 그것을 "주어가 없는 그대와 나"로 병치시키려는 마음의 상태 자체가 이곳에서는 중요할지 모른다. 그것이 1960년대 우리나라 사람들이 서구에 나가 느낄 수밖에 없었던 공통분모의 하나이기 때문이다.

제3연은 같은 단추를 구하지 못해 모양이 다른 단추를 단(내 손재주로 제대로 달기라도 했으랴!) 옷을 입고 다니는 행색을 당시 나의 상황뿐이 아닌 조국의 상황에 대비했다. 맨머리로 눈을 맞으며 이국 거리를 헤매는 모습을 '젖은 머리에 칼을 쓰고'라고 더 사실적으로 표현하지 않고 "젖은 칼을 머리에 쓰고"라고 한 이유는 그렇게나마 변형시켜 대역죄인처럼 칼을 쓰고 다닌다는 과장스러운 표현을 조그만치라도 완화시키려는 의도 때문이었을 것이다. 그렇게라도 하지 않았다면 1960년대의 외국 생활을 어떻게 조국과의 대비 속에서 시로 표현할 수 있었겠는가?

앞의 시와는 십여 년의 격차가 있으나, 「노래자이의 노래놀이」만큼 내가 오랜 세월을 두고 감행해온 마구잡이 여행의 구조를 잘 보여주는 작품은 별로 없을 것이다.

노래자이의 노래놀이

공중 헤엄

나는 요새 헤엄치며 삽니다.
한 줄기 눈보라 내려앉지 못하고
공중에 되올려져 떠돌듯이
남들 보기에는 춤추듯이
춤추듯이, 춤보다도
더욱 가볍게 너울대듯이.

자 이제 아랫도리를 보여드릴까요

아랫도리는 윗도리보다도 가볍습니다.
자연스레 자맥질해 내려가는 모습으로
공중에 뜹니다.
내려갈수록 더 뜹니다.
발을 허우적거립니다.

신호가 아닙니다.
잔뜩 흐린 구름 밑에 해가 떠 있는 희한한 날
맥도 없이 그림자도 없이
귀 먹먹하게 자맥질하며
거꾸로 떠 헤엄치는 건.

바다에 내리는 눈

큰 파도가 조그만 파도에게 말한다.
머리를 좀더 숙여라
네 뒷덜미가 아름답다.

흔들리는 조그만 파도 앞에
몇 방울 물이 떨어진다.

몸 둔 채
고개만 들이밀어서는 아무것도 보이지 않는
보이지 않는
장막(帳幕), 그 속에

말없이 내리는 눈.

노래자이의 길

한강이 갑자기 어두워진다.
상류 쪽이 그래도 훤해
목욕을 하고
내복 갈아입고
안경 벗어야 활자가 보이는 눈을
그래도 씻어 붙인 채
마장동 터미널 대합실에 쪼그리고 앉는다.

양구군 심곡사(深谷寺)로 갈거나
백덕산 법흥사(法興寺)로 갈거나
산과 군 이름 모두 잊어버리고
북한강 남한강 다 지워버리고

자갈 소리 감춘 마른 강바닥에서
바람 소리 감춘 공중까지
높이 쳐 있는 담요구름 뚫고 들어가
처음 만나는 사람 무작정 껴안고
피해망상가(被害妄想家) 예 있소, 소리칠 것인가?
혹은 과대망상인(過大妄想人)처럼 조용히 집들의 속을 살피며
섬돌에 놓인 신발의 배열이
반역의 신호임을 알아차릴 것인가?

눈 내리는 찰나,
종점의 지명도 없이
종점 값 물고 탄 시외버스 뒤꽁무니에 실려
찬 술에 쥐치포를 씹다가
가볍게 일어나 겉옷을 벗고
깨끗한 속옷을 보여줄 것인가?
우리 모두 뚫어논 길만 다니는 자들이다, 소리칠 것인가?

눈발이 굵어지며
버스 창이 어두워진다.
운전사가 라디오를 끄고 속력을 몰아쥔다.
나는 조용히 옆 사람에게 잔을 권하고
쥐치포를 권하고
브레이크 잡아도 미끄러지는
버스를 권한다.

'노래자이'는 신라시대 궁중에서 노래를 맡았던 말단 관리로 가척(歌尺)이라고도 한다. 우리 역사에 '척(尺)'자 붙은 인간치고 신분이 제대로인 사람이 없었으므로 아마 천민 가운데 목청깨나 좋은 자들을 골라 기능직 서기보쯤 직위를 주고 공적인 석상에서 노래를 부르게 했을 것이다. 처음 두 마당 '공중 헤엄'과 '바다에 내리는 눈'은 그 시를 쓸 무렵의 답답한 상황, 소위 제5공화국 초기의 분위기를 보여준다고 할 수 있다. 땅에 제대로 발딛고 살기는 힘들고 상징적으로 자맥질 형태의 공중 헤엄이 가능할 뿐인 상황, 해방의 상징이라 할 수 있는 바다에서도 "조그만 파도"의 슬픔이 있을 뿐이다. 사방이 답답하다 못해 헐렁해진 세상에서 그래도 뚫린 곳을 향해 달려가려는 바램을 그 누가 도피라고 한다면 받아들일 수밖에 없을 것이다. 그러나 마음 한편으로는 뚫린 곳을 향해 달려가는 행위를 의미 있는 삶의 알레고리로 받아들이고 싶고 답답함에 대한 공포의 외침, 진짜 삶의 현장으로 가기 위한 줄서기의 하나로 치부하고 싶다.

셋째 마당 '노래자이의 길'을 읽어보자. 한강의 어둠을 서울의 어둠으로 대치시켜도 무방하리라. 단 아직 공해가 심하지 않았을 때의 일이니 매연과 결부시키지는 않는 편이 좋을 것이다. "상류 쪽이 그래도 훤"한 것은 지금도 자주 부르지만 그때 강원도가 나를 힘있게 불렀기 때문일 것이다. 이 시를 쓰고 사 년인가 오 년 지난 후에는 나도 소형차 하나를 구입했지만, 그때만 해도 강릉이나 속초가 아닌 강원도를 가려면 상봉동으로 이사가기 전 마장동 시외버스 터미널로 가야 했다. 목욕하고 내복 갈아입고, 구조적으로 보면 지난날의 '목욕재계'를 마치고 새벽에 터미널로 간다.

목적지가 없다. 당시는 이따금 목적지가 전혀 없는 여행을 떠나곤 했다. 솔로 여행이 아니더라도 마찬가지였다. 그때는 인삼밭을 경영하는 시인 김정웅씨와 듀엣 여행을 자주 해왔는데, 이 시를 쓸 무렵에 그와 같이 가진 여행으로 예를 들어 대흥사 여행이 있다. 그 여행은 목표 가운데 하나인 대흥사를 빼고는 모두가 즉흥곡이었다. 겨울방학 중 어느 날 둘이 광주 가는 고속버스를 타고부터 며칠 동안 마냥 해프닝에 몸을 맡겼던 것이다. 이 시에 나오는 솔로 여행에는 대흥사마저 없다. 지도에서 험한 산골로 보아두었던 양구군 심곡사와 사자산 법흥사가 머리에 떠올랐을 뿐, 목적지는커녕 미리 정해진 산(山)이나 군(郡)도 없는 것이다. 사자산 법흥사는 최근에 와서 가보았지만(산과 가을이 힘을 합쳐 대단한 경치를 만드는 곳이었다) 양구군 심곡사는 아직 못 가보았다. 이 글이 책으로 엮어지기 전에는 아마 가보게 되겠지. (가보지 못했다. 개정판을 준비하는 2001년 봄 현재, 일 년 전에 들렀다. 절이 아니고 이름만 멋있는 절터였다.)

버스를 탄 상태를 그리는 다음 연은 당시의 정치적 분위기를 생각하면 이해가 빠를 것이다. 억압적인 분위기를 버리고 훌훌 여행을 떠나는 자리에서 정신분열증 증세가 그려지는 상황은 세계 어디에고 언제나 있겠지만, 그 당시 독자는 피부에 더 가까이 느꼈을 것이다. "높이 쳐 있는 담요구름"이나 "반역의 신호" 같은 표현들은 그 당시 상황을 그대로 보여주는 기호들일 것이다. 그때 눈이 내리기 시작한다. 설경을 돋우는 그런 눈이 아니라 포장 안 된 길을 며칠씩 막아놓는 그런 강원도 눈이다.

눈발이 굵어지며
버스 창이 어두워진다.
운전사가 라디오를 끄고 속력을 몰아쥔다.
나는 조용히 옆 사람에게 잔을 권하고
쥐치포를 권하고
브레이크 잡아도 미끄러지는
버스를 권한다.

즉 위험하게 살라고 권하는 것이다. "브레이크 잡아도 미끄러지는/버스" 이미지는 이 작품을 쓰기 한 해쯤 전, 그러니까 1980년 1월인가 2월 김정웅 시인 홍신선 시인 그리고 작고한 비평가 김현과 함께 안동을 다녀온 체험에서 나온 것이다. 김정웅 시인이 모는 차를 타고 부석사 소수서원 도산서원 하회마을을 두루 돌아보고 둘쨋날 밤 이화령을 넘어 수안보로 가는 길이었다. 문경에서 국수 안주에 소주를 들 무렵부터 눈이 내리기 시작했다. 당시는 음주운전에 대한 인식도 단속도 별로 없는 때라 차주(車主)며 동시에 기사인 김정웅 시인도 어느 만큼은 취해 있었을 것이다. 우선 넷은 카 오디오로 당시 유행하던 정윤선이 노래한 〈엽서〉를 틀어놓고 큰 소리로 따라 부르며 밤 열시쯤 자욱이 내리는 눈발을 뚫고 재를 넘고 있었다. 누군가 김 시인에게 위험하지 않느냐고 물었다. 그러자 그는 염려 말라며 그 자리에서 속력을 내다가 급제동을 거는 브레이크 성능 시험을 몇 번인가 반복했다. 눈이 내리지 않는 대낮에도 신경을 써야 하는 이화령이다. 다행히 내리자마자 녹는 눈이었는데다가 당시에 왕래하는 차가 적었고 또 천운(天運)이 있어서 별일이 없었지, 그후 차를 직접 몰고 몇 차례 대낮에 그 재를 넘으며 아슬아슬한 낭떠러지들을 볼 때마다 그야말로 등골이 오싹하곤 했다. 세월이 흐르고 흘러 김현은 이 세상을 떠버리고 이제 김 시인은 그 누구보다도 더 조심조심 차를 모는 내가 아는 사람 가운데 최고의 기사가 되었지만, 그러나 지금이라도 눈 한번 질끈 감고 사십대 초반으로 되돌아가 김현까지 넷이서 이화령을 넘으며 위험한 밤 눈길 브레이크 시험을 다시 하고 싶다.

지금까지 보아온 대로 여행 모티프는 다른 무엇을 이야기하기 위한 것이면서 동시에 그 자체가 스스로 그 무엇이 되는 것이었다. 삶 자체가 여행이 아니겠는가? 「망초꽃」은 그 어느 시보다도 그 사실을 잘 나타내주고 있다.

망초꽃

군(郡) 이름은 잊었지만
무량면(無量面) 정토리(淨土里)
그런 곳이 없다면
누가 시외버스에 실려 몸 뒤척이며
암모니아 냄새 자욱한 홍어회처럼 달려가겠는가?

타버린 산이 삭고
산 속에 새겨논 마애불도 삭아버리고

이따금 돌조각이 저절로 굴러내리는
절벽 앞을 걷다가
흰 빨래로 걸려 있는 구름 앞에서
그 흔한 망초꽃 속의 어느 눈썹 섭섭한 망초 하나와 만나
인사를 주고받겠는가?
"듣고 보니 우린 꿈이 같군."
"끝이 환했어."

같은 꿈을 같이 꾼 자들이
같은 창살 속에 서서 같이 흔들리는 그런 곳,
무량면 정토리가 없다면,

군 이름을 잊지 않았더라도 우리나라에 무량면 정토리라는 지명은 없다. 무량불(아미타여래)이 사는 서방정토, 다시 말해 불교의 의미

가 둘이나 겹친 이름을, 주자학을 국가의 기틀로 삼은 조선왕조가 마을 이름으로 만들지도 또 이미 만들어져 있었다 해도 그냥 두지도 않았을 것이기 때문이다. 그러나 정토 신앙은 아직 대단한 힘을 가지고 있어서 부여군 외산면에 김시습의 자화상을 지니고 있는 무량사라는 크고 넉넉한 절이 있고 또 경북 점촌에 가면 같은 이름의 조그만 절이 있다. 또 정토만 하더라도 정토종(淨土宗)이라는 등록된 종단이 있을 뿐만 아니라, 당연히 석가여래를 모셔야 할 대웅전에 정토 신앙의 부처인 아미타여래를 주불(主佛)로 모신 이상한 조계종 사찰도 있는 지경인 것이다. 나무아미타불만 부르기만 해도 서방정토, 즉 극락에 간다는 민간신앙의 뿌리는 깊은 것이다. 예수만 믿으면 천당 간다는 것과 무에 다르랴. 그러나 사실 그런 것들은 그리 중요하지 않을는지도 모른다. 여행에 마음 빼앗긴 사람에게는 여행 자체가 바로 서방정토가 아니겠는가? 그리고 그 정토 속에는

타버린 산이 삭고
산 속에 새겨논 마애불도 삭아버리고

같은 정토 사상보다도 훨씬 앞서 있어온 인간의 간절함이 있는 것이다. 세상에 의미 있는 것치고 힘들거나 간절하지 않은 것 어디 있으랴. 그 간절함 속에서 비록 외래종이지만 이제 우리나라 꽃 중에 가장 흔하게 된 꽃, 망초꽃, 개망초라고도 부르는 꽃, 그 가운데서도 우리가 모르는 중에 특별한 인연을 가진 어느 하나와 만나 서로 눈을 맞추게 되는 것이다. 그리곤 둘이 서로 꿈이 같았음을 깨닫게 되는 것이다. 생물끼리는 눈이 맞는 사이면 꿈이 서로 상통하게 마련일 것이다. 그것을 확인하기 위해 우리는 정토 신앙(넓은 의미의 유토피아 사상)

에 매달리기도 하고, 편안한 삶을 버리고 훌쩍 관광여행이 아닌 여행을 떠나기도 하는 것이다.

7. 계엄령 속의 눈

색다른 의미부여 없이도 인간의 죽음은
제 명을 다한 죽음이 아닌 이상 충분히 비극적인 것이다.
아니 하나의 죽음이 다른 장식 없이
"하나의 막(幕)이 풀려 / 방바닥에 흘러내" 리는 것으로 환치될 때
죽음의 죽음다움이
온갖 상투적인 비유들에게서 풀려
'소리없이 내려 쌓이는' 눈으로,
가시적(可視的)으로 다가오게 되는 것이다.

1964년 봄 제대하면서 대학원에 복학했다. 제3공화국 초기였다. 마침 서울엔 봄이 한창 무르녹고 있었고, 지금 아내가 된 애인이 대학원에 들어와 있었다. 앞날의 전망은 역시 막막했지만, 그러나 애인은 역시 힘을 주는 것, 흔히 군대 생활의 쳇바퀴를 벗어나자마자 한동안 길 위에 버려져 눈비를 맞다가 한참 후에야 먼지 털고 일어서는 사람들과는 달리 나를 즉시 책도 읽고 주변을 살펴보는 여유도 가진 사람이 되게 했다. 참 그때는 원남동 길도 좋았고 덕수궁 뒷길도 좋았다. 처녀 때 아내가 살고 있던, 아직 개천이 포장 안 되고 가로등이 유난히 드물던 상도동 길도 좋았다. 그 여유 속에 태어난 것이 군대 체험의 중추를 이루는 「태평가」를 비롯한 일련의 작품들이었다.

태평가(太平歌)

말을 들어보니
우리는 약소민족이라드군.
낮에도 문 잠그고 연탄불을 쬐고
유신안약(有信眼藥)을 넣고
에세이를 읽는다드군.

몸 한구석에 감출 수 없는 고민을 지니고
병장 이하의 계급으로 돌아다녀보라
김해에서 화천까지
방한복 외피(外皮)에 수통을 달고.
도처철조망(到處鐵條網)
개유검문소(皆有檢問所)
그건 난해한 사랑이다
난해한 사랑이다
전피수갑(全皮手匣) 낀 손을 내밀면
언제부터인가
눈보다 더 차가운 눈이 내리고 있다.

첫 2행은 당시 젊은 평론가였던, 지금은 유명한 고전문학 학자인, 조동일씨의 글에서 "말을 들어봐야 우리가 약소민족인 것을 아느냐"고 야단을 맞은 것으로 기억된다. 혹시 풍자(諷刺)가 무엇인지 아느냐고 시간을 거슬러올라가 젊은 시절의 그에게 묻고 싶지는 않다. 그나마 조동일씨의 일을 기억해낸 것도 기실은 이 글의 초고를 쓰고 있는 현재 며칠 전 받아본 『작가세계』 1992년 봄호 나의 특집에서 비평가 성민엽씨가 「태평가」를 거론하며 발표 당시의 조동일씨 평 얘기를 했기 때문이다.

'유신안약'은 당시 우리나라에서 제일 유명하고 많이 팔린 안약이기도 했지만 그 이름 '유신(有信)'이 재미있어서 굳이 이름을 밝혔다고 생각된다. 이즈음도 '불신(不信) 시대' 운운하지만 그때도 지금 못지않은 불신 시대였던 것이다. 왜 하필 사람들이 에세이를 읽느냐고 반문한다면 그 당시는 그런 글들이 무척 유행했고 김형석 안병욱을 비롯한 인생론 에세이들이 연일 베스트셀러 리스트에 올라 있었다는 사실을 밝히고 싶다. 이 자리에서 그분들을 폄할 생각은 추호도 없다. 지금 우리의 베스트셀러 리스트는 과연 어떤가? 별로 나아지지 않았을 것이다. 그리고 "낮에도 문 잠그고"와 "연탄불을 쬐고" 같은 궁상맞은 상황은 그 당시 우리 정신 상황을 나타내주는 비유들이고 아마 연탄을 다른 것으로 바꾼다면 지금의 상황에서 별로 먼 비유가 아닐지 모른다. 아니다. 이 작품을 쓴 1964년과 이 글을 쓰고 있는 1992년은 사정이 아주 다르다. 이제는 불필요하게 집단적인 자의식으로 괴로워할 필요는 없을 것이다. 그러나 다른 점을 지나치게 강조할 필요는 없고, 다만 이 글의 '지금'에 앞서 지금보다 훨씬 궁색한 1964년이 있었다는 사실만을 상기하는 것으로 족할 것이다.

주위에는 군대에 안 갔다 온 친구들도 많지만, 군대 체험은 부정적이면 부정적인 대로 나에게 의미 있는 체험이었다고 생각된다. 사람은 자기만의 세계에서 벗어나 집단 속에 던져져, 살아보고 다시 헤집고 나오는 경험을 한 번쯤은 해보아야 하는 것이다. 장정 사오십 명이 오랜 기간 동안 같이 자고 같이 깨고 같이 기합받는 삶을 한 번쯤 살아보아야 하는 것이다. 제대하고 한참 지나서도 비슷한 시기에 제대를 했거나 또는 한참 군복무중인 친구들을 만나면 몇 시간이고 군대 얘기만 했으니 정신에 진한 점이 찍히지 않았을 리가 없는 것이다. 인간의 마음에 찍힌 진한 점들이라면, 그리고 그 점들을 점검해보는 마음의 여유를 가지게 된다면, 그 무엇이든 나는 의미가 있다고 생각한다.

몸 한구석에 감출 수 없는 고민을 지니고
병장 이하의 계급으로 돌아다녀보라
김해에서 화천까지
방한복 외피(外皮)에 수통을 달고,

방한복의 외피만 입을 때는 한겨울 직전이나 직후이고, 정작 방한복을 입고 있을 때보다 그때가 더 춥다. 추운 것이 어디 몸뿐이랴. 병장 이하의 계급으로, 다시 말해서 졸병 복장으로, 단독무장 즉 허리에 탄띠 매고 수통 달고, 우리나라 어느 곳을, 예를 들어 남쪽 끝 김해에서 북쪽 끝 화천까지 어느 곳이든, 돌아다녀보라. 도처에서 만나게 되는 것은 철조망이요 그 철조망 하나하나에 신기하게도 빠짐없이 붙어 있는 검문소, 그야말로 원초적인 추위인 것이다. (이즈음은 많은 군사시설이 도시를 빠져나가 그때보다는 눈에 덜 띄게 되었다.) "도처철조망……"은 풍자시답게 당시 청년들이 입버릇처럼 외우던 "인생도처유청산(人生到處有青山)"의 패러디이다. 그런 사랑, 혹은 그런 보호가 어찌해서 우리에게 필요불가결한 것이 되었는가? 그 상황은 우리 정신이 견디기에 너무 지나친 것은 아닌가? 많이 달라졌겠지만 이 글을 쓰고 있는 지금까지도 그 상황이 풀렸다고 할 수는 없을 것이다. 전피수갑(全皮手匣)은, 지금은 이름이 바뀌었을지 모르나, 가죽장갑을 군에서 부르는 공식명칭이었다. 절반은 가죽 절반은 천으로 된 장갑은 반피(半皮)수갑이라 불렀다. 손을 묶어 조이는 도구인 '수갑'이 연상되어 억압적인 군대 생활의 심층구조와 잘 어울리는 울림을 주고 있고 '전피'도 인간의 맨피부와 겹쳐지는 섬뜩한 맛을 주고 있다. 그러나 무엇보다도 마지막 2행 "언제부터인가/눈보다 더 차가운 눈이 내리고 있다"는 신체적으로 눈을 맞고 있는 현실의 세계를 잠시 넘어서 군인인 당시 화자에게 다가왔던 삶의 실체, 혹은 화자의 혼의 상태를 보여준다고 할 수 있다. 냉정히 지상(地上)의 현실을 노래하려고 의도했음에도 불구하고 자신도 모르게 순간적으로 『비가』에서 획득하려 애쓴 세계로 슬쩍 한 발 들여놓은 기록을 이 시도 보여주고 있다고 할 수 있으리라. 그러나 "눈보다 더 차가운 눈"을 사실의 찬 눈 그대로 받아들여도 별 문제는 없을지 모른다.

「태평가」가 한반도에서 조국을 본 기록이라면 「삼남(三南)에 내리는 눈」은 영국에서 공부할 때 조국을 본 기록이다. 두 작품 모두에 눈이 내리지만 이미 초기시의 '따뜻한' 눈은 아니다. 「삼남」에서도 "눈보다 더 차가운 눈"이 내리는 것이다. 그 눈은 「삼남」보다 몇 달 전에 쓴 「전봉준」에도 내린다.

전봉준

1

손금 접어두고 눈오는 남루
한천(寒天)에 법(法)도 없고 겁(怯)도 없는 논
땅 위에 깔리는 허연 눈가루

마음에 짓밟는 형제의 손.

2

눈떠라 눈떠라 참담한 시대가 온다.
동편도 서편도 치닫는 바람
먼저 떠난 자 혼자 죽는 바라
동렬(同列)에 흐느낄 때 만나는 사람.

에딘버러에서 씌어진 몇 편의 4행시들이 다 그렇듯이 이 시도 각운(脚韻)을 가지고 있다. 물론 외국에서 혼자 사는 외로움이 그 무엇보다도 언어 다루는 훈련을 독하게 시켰을 테지만, 보다는 4행시처럼 고도로 압축된 형식을 사용할 때는 적어도 운 같은 장치가 필수적이라는 생각에서 각운이 나왔을 것이다. 4행시가 아닌 경우 의식적으로 두운이든 각운이든 압운(押韻)을 넣으려고 시도한 적은 없었다고 생각된다. 1966년의 조국은 그야말로 춥고 배고픈 "눈오는 남루"였다. "손금 접어두고"는 이제 그런 남루를 제발 운명의 탓으로 돌리지 말자라는 뜻이었을 것이다. 그런 마음의 자세로 조국의 현황을 보면 우선 눈에 띄는 것은 겁없이 누워 온몸으로 눈을 맞는 논들이었을 것이다. 그 논들에 내리는 눈은 그러나 우리가 눈에 대해 항용 갖고 있는 그런 눈이 아니며 나의 초기시에 내린 차가우며 동시에 따뜻한 눈은 더더욱 아니다.

땅 위에 깔리는 허연 눈가루
마음에 짓밟는 형제의 손.

따뜻하게 감싸주거나 폐허를 덮어주던 눈이 땅을 덮어주는 눈이 아니고 땅에 깔리는 "허연 눈가루"로 바뀐 것이다. 그런 눈 속에서 인고(忍苦)만을 미덕으로 삼고 살아온 불쌍한 형제들의 손이 이제는 짓밟아야 할 대상으로 나타나는 것이다. 동쪽을 보아도 서쪽을 보아도 기댈 곳은 없다. 감고 지낸 것이나 다름없는 눈을 떠 그 사실을 깨닫고 그 깨달음 속에서 앞으로 나아갈 수밖에 없는 것이다. 앞서 걷는다는 인식을 가질 때마다 앞서 걸은 자의 삶이 생각나고 그런 대표적인 근세 인물로 그 누구보다도 전봉준이 떠오르는 것이다. 그를 빼고 그 누구 하나를 뽑을 수 있겠는가? 그러나 징 비슷한 악기 바라가 한 번 울리고 그 소리가 죽듯이 전봉준은 죽었다. 당시 그의 것과 비슷한 시름을 가질 때(동렬에 흐느낄 때) 우리는 그를 만날 수밖에, 죽음을 만날 수밖에, 없는 것이다. 그 시름은 「삼남」에도 이어진다.

삼남(三南)에 내리는 눈

봉준(琫準)이가 운다, 무식하게 무식하게
일자 무식하게, 아 한문만 알았던들
부드럽게 우는 법만 알았던들,
왕 뒤에 큰 왕이 있고
큰 왕의 채찍!
마패 없이 거듭 국경을 넘는
저 보마(步馬)의 겨울 안개 아래
부챗살로 갈라지는 땅들
포(砲)들이 얼굴 망가진 아이들처럼 울어

찬 눈에 홀로 볼 비빌 것을 알았던들,
계룡산에 들어 조용히 밭에 목매었으련만.
목매었으련만, 대국낫도 왜낫도 잘 들었으련만.
눈이 내린다, 우리가 무심히 건너는 돌다리에
형제의 아버지가 남몰래 앓는 초가 그늘에
귀 기울여보아라, 눈이 내린다, 무심히,
갑갑하게 내려앉은 하늘 아래
무식하게 무식하게.

물론 전봉준은 촌에서나마 훈장까지 지낸 일이 있는 한문을 상당히 알고 있었던 역사적 인물이다. 그러나 당시 한문이 대표하고 있는 사대부적이고 사대주의적인 정신과는 확실한 거리를 가졌던 사람이었다고 할 수 있다. "아 한문만 알았던들/부드럽게 우는 법만 알았던들"은 그 사실을 변형시켜 노래하고 있다. 그 변형을 빼고 나머지 소재는 시에 나타나 있는 그대로라고 할 수 있다. 역사나 현실적 주장을 내놓고 그리는 시는 대체로 감추어진 구조가 단순한 게 특징이다. 강한 비유 힘찬 리듬이 그 주장을 뒷받침해주기만 하면 되는 것이다. 그래서

마패 없이 거듭 국경을 넘는
저 보마(步馬)의 겨울 안개 아래
부챗살로 갈라지는 땅들
포(砲)들이 얼굴 망가진 아이들처럼 울어

같은 강한 표현이 태어나는 것이다. 그러나 "찬 눈에 홀로 볼 비빌 것

을 알았던들"이나 "형제의 아버지가 남몰래 앓는 초가 그늘에" 같은 구절들이 보여주듯 이 시의 주조(主調)는 그 무엇보다도 '시름', 우리 민족의 한(恨)이 근간을 이루고 있는 것이다. 그 사실을 의식적으로 깨닫게 되어 한을 극복의 대상으로 보기 시작한 것은 「한(恨)의 극복」이라는 산문을 쓴 1974년 근처에 와서이다.

1966년 영국에 가기 직전 금란여고 교사 시절에 쓴 「비망기(備忘記)」도 비슷한 계열의 작품이라고 할 수 있다. 남자 선생 수가 당시치고는 너무 적어 일 주일이 멀다고 찾아오는 불편한 숙직을 하며 쓴 시라고 생각된다. 그때 생각을 하면 그 무엇보다도 소주를 마셔야 잠들 수 있었던 숙직이 먼저 떠오른다. '비망기'란 조선시대 왕들의 메모 명칭이고 화자는 1960년대 남북으로 갈라진 이 조그만 땅덩어리의 남쪽 삶 몇 구절을 마치 그 땅의 주인 혹은 왕처럼 노트에 적고 있는 것이다.

비망기(備忘記)

첫째 갈피

제왕(帝王)은 때로 신민의 그늘이다.
경(卿)들이 용상에서
대하에 엎드린 짐(朕)을 일으켜
모란 핀 뒤뜰로 인도할 때
짐은 보지 않으련다
조간(朝刊)도 석간(夕刊)도
천리경(千里鏡)도

다만 뜰에 호젓이 핀 꽃 사이를 말없이 거닐 뿐.

왕도(王道)는 때로 떠나는 법을 배워야 하는 것을,
흉년에 스스로 불태워 죽는
추장 부자(父子)의 없는 외마디처럼
한숨도 병(病)도 초가집도
초가집들이 둘러싼 조그만 난가리도 없이
떠나는 법을 배워야 하는 것을.

둘째 갈피

어느 바람의 갈피에선가
해변 한 끝 빛 다한 저녁에
물가의 모래를 잠시 쓸고
흩어진 바위의 아이들을 쓸고
바다를 향해
덧없이 떠 있는 무릎을 꿇었을 때
둥근 물금에 걸려 서서히 사라지는 섬세한 섬들.
누가 생각해줄 것인가?
짧은 저녁에 한없이 엎드린 이 외로움을,
우리 살고 있는 이 조그만 땅 위에
조심히 꺼진 등불들을,
서귀포에서 해주 가까운 말도까지
늦은 저녁 말도 콘세트 속에
조심히 타고 있는 없는 촛불을,

바깥은 달도 없이 천천히
천천히 짖는 바다
우리 바램의 오랜 물결
사면에 바람이 분다.

바람이 분다.
추억의 배면(背面)에서 사라지는 섬세한 섬들.
그리고 이 땅,
누가 생각해줄 것인가?
광명(光明)도 없고
우리의 어려움을 지켜줄 우리도 없는 하루 이틀을,
우리의 무한(無限)을 등지고 선 밤 없는 밤을,
없는 큰 성(城)이 무너진
없는 폐허를,

없는 불행을, 없는 삶을,

실로 아무도 생각할 때가 없을 것인가,
곡절(曲折) 뒤에 뜬 소원을.
어두운 하늘에선 불빛 구름장
여기 쓰러진다 저기 쓰러진다.
도처에 어둠이 온다.
조심히 무릎 꿇은 채로
쓰러져 쓰러져 아조 아조 멀리 해빙기(解氷期)의 흙덩이마냥
동해 황해 다도해, 거품처럼 떠다니다

어디엔가 넌즛이 잡혀
온 몸이 온통 황홀로……
바람은 분다.

이 시의 '왕'은 당시 우리나라의 상황답게 좀 슬픈 왕이다. 첫째 갈피 첫머리의 "제왕은 때로 신민의 그늘"이라는 생각은 이십세기 후반기 왕국의 대부분 왕들이 당연스레 받아들이고 있는 입장이니 별 해설이 필요없겠지만, 이 시의 왕은 형식적이나마 용상에 앉지도 못하고 대하에 엎드려야 할 만큼 어려운 상태에 놓여 있다는 점에는 주목할 필요가 있을 것이다. 그 대신 신하들이 용상에 앉아 있는 어색한 상황, 그러고 보면 이 시의 왕은 국민이고 당연히 국민의 하인이어야 할 정상배들이 용상에 앉아 있는 현실에 대한 알레고리가 이 작품에 들어 있다고 볼 수도 있다. 그러나 곧 그 알레고리는 왕정(王政)이라는 제도의 심층구조를 보여주는 제2연으로 넘어간다. 프레이저의 『황금 가지』에도 나오지만 기원적으로 왕들은 잘 먹고 미인들에 둘러싸여 지내다가 흉년이 들거나 패전을 당했을 때 제사용으로 죽임당하기 위해 만들어졌던 족적이 있는 것이다. 그 구조의 드러냄은 당시 제3공화국의 정통성에 대한 물음으로 판독될 수도 있었을 것이다.

둘째 갈피는 꽤 긴 명상들을 가지고 있는 내 작품들 가운데서도 상당한 길이를 가진 명상이다. 장소는 「기항지」에서처럼 그래도 해방의 가능성이 열려 있는 바닷가이다. 그러나 서귀포에서 해주 가까이에 있는 말도까지 바다는 닫혀 있다. 바람이 불고 바람에 불리는 섬들이 있을 뿐이고, 그 섬들마저 "추억의 배면(背面)에서 사라지고" 있는 것이다. 그리고 천지에 '법도 없고 겁도 없는' "이 땅"만 있을 뿐이다.

그리고 이 땅,
누가 생각해줄 것인가?
광명(光明)도 없고
우리의 어려움을 지켜줄 우리도 없는 하루 이틀을,
우리의 무한(無限)을 등지고 선 밤 없는 밤을,
없는 큰 성(城)이 무너진
없는 폐허를,

없는 불행을, 없는 삶을,

진정한 '우리'가 없는 상황이 진술되면서 "밤 없는 밤" "없는 큰 성" "없는 폐허"를 거쳐 결국은 "없는 삶"에까지 이른다. 정체성(identity)이 결여된 삶은 결국 삶이라 할 수 없는 "없는 삶"인 것이다. 그 정체성 체득이 "아조 아조 멀리 해빙기의 흙덩이마냥/동해 황해 다도해, 거품처럼 떠다니다/어디엔가 넌즛이 잡혀/온 몸이 온통 황홀로……"에서처럼 우리 땅과의 '넌즛한' 만남이라는 비유를 타게 된 것은 운명론적인 맛이 있어 이 시가 아직 한(恨)의 구조 탐색 이전의 작품임을 보여주고 있다. 그러나 정체성 체득이 "황홀"로 표현된 것은 훗날 『풍장』의 희열을 예고해준다고 할 수도 있을 것이다.

「삼남에 내리는 눈」의 뒤를 잇는 시가 「허균」 1과 2라고 할 수 있다. 조선시대의 정치사회적 모순을 해결하려다 『홍길동전』이라는 유토피아 소설만을 남기고 처형당한 지식인 허균의 삶이 당시 대통령 박정희씨의 삼선 개헌 추진의 소용돌이 속에서 새롭게 나에게 다가왔던 것이다. (『홍길동전』의 저자가 허균이 아니라는 설도 있다. 지금 내가 쓰고 있는 '허균'은 그러나 본명이 그 무엇이든 『홍길동전』을 쓴 사람이다.)

그 당시 겪은 조그만 에피소드 하나를 이 자리에 적어보기로 하자. 바로 이 시를 쓸 무렵 시인 김지하의 행방을 찾고 있던 중앙정보부(지금은 안기부)에서 그의 친구들을 닦달하는 과정에서 내 이름이 떠올랐던 모양이다. 아니, 이제 숨겨 무엇하랴. 후에 술자리에서 소설가 박태순 본인의 실토로 알게 되었지만 그가 정보부에 불려가 김지하의 거처를 추궁당하는 과정에서 내 이름을 댔다는 것이다. 그렇게 하는 것이 김지하의 신변을 위해서 안전할 것 같아 그랬다는 것이다.

나는 당시 공릉동 옛 공대와 같은 캠퍼스를 쓰고 있던 교양과정부의 전임으로 일하고 있었다. 어느 날 오후 세시쯤 시간을 마치고 강의실을 나서는데 낯선 사내 둘이 다가와 낮은 소리로 다짜고짜 협조를 해달라고 했다. 누구냐고 신분을 물었더니 그냥 회사에서 나왔다고 했다. 걸릴 일은 없었으나 가슴이 덜컹했다. 그냥 회사라는 말은 그때 정보부원들이 흔히 쓰던 말로 익히 알고 있었고, 죄없이 연루되어 끌려가 며칠 동안 혼나고 나온 사람들도 잘 알고 있었기 때문이다. 출석부와 교과서를 든 채 나는 그들이 하라는 대로 건물 앞에 서 있는 검은색 지프차를 탔다. 차에는 나를 데리러 온 부원들의 상관인 듯한 자가 미리 타고 있었다. 뒷좌석에서 기다리던 자 옆에 내가 앉고 그가 자 가지, 라고 말했을 때, 그리고 아마 차의 시동이 걸렸을 때, 나는 말했다. 도대체 왜 나를 데리고 가려는지 이유나 간단히 알려줬으면 좋겠다고. 김지하의 거처를 알기 위해서라고 옆에 앉은 자가 대답했다. 나는 어느 다방에선가 한번 인사를 했을 뿐 김지하와 말 한번 제대로 나눈 일이 없는 사이라고 대답했다. 사실 그때 김지하의 얼굴을 떠올릴 수도 없었다. 한 십오 분간 약식으로, 그러나 위협적으로, 나를 취조하고 나서 그들은 오늘 일을 발설하지 말라고 한 뒤 나를 풀어주었다. 온몸이 땀투성이인 채 나는 지프차가 멀어져가다 정문 밖으로 사라지기까지 꼼짝없이 서 있었다. 그때 그 일로 김현을 비롯해 몇 친구는 남산에 있는 정보부까지 불려가서 죄없이 하룬가 이틀을 닦달받고 나왔다. 그런가 하면 정보부에서 일하고 있는 여동생을 통해 들었다고 한 친구가 내 이름이 블랙 리스트에 올라 있다는 이야기를 전하기도 했다. 사실이었는지, 아니면 제삼자를 통한 그저 몸조심하라는 경고였는지는 지금도 확실치 않다. 여하튼 그런 세월이었다.

허균 1

또 가을이다
이상한 산이 바뀌지 않는다.
그대의 슬픔에서 수많은 철새가
비산(飛散)한다 깃을 풀고, 거듭 광풍(狂風)의 일보전(一步前)
한지(韓紙)에 자꾸 번지는 눈물자국
우리의 주인공이 다시 죽는다.

도시의 중심에서는
쥐 얼굴에 범 눈을 지닌 자들이
한 획의 실수도 없이
농담도 없이 인기척도 없이
도장을 찍고
그대와 최후로 만날 약속을 한다.

문을 열고 보아라, 잠시 조용하다.

달빛에 가려진 구름뿐
순진한 조정(朝廷)도 육도(陸島)도
없다. 그대도 나도 없다.
슬픔도 없다. 책에서 보지 못한
개가 한 마리 씩씩하게 지나간다.

처음 연은 삼선 개헌 후의 정치사회 상황을 생각하면 금방 이해가 될 것이다. 아니 자연스런 정권 교체가 봉쇄된 독재정치를 생각하면 시대와 장소에 관계 없이 언제 어디서라도 이해가 가능할 것이다. "한지(韓紙)에 자꾸 번지는 눈물자국" 같은 이미지는 비슷한 시기에 쓴 「열하일기 1」의 첫머리 "밤의 창호지와 이별한다"와 같은 계열의 것으로 당시 내 정신의 결(texture)이었다고 할 수 있을 것이다. 그땐 참 한지의 질감을 좋아했다고 기억된다. 무늬가 없는 듯이 있고 손으로 쓸어보면 거친 감이 있는 듯이 없다. 아니, 그때 한지의 질감을 새로 발견했다고 하는 것이 더 정확하리라. '이상한 산이 변하지 않는' 세상에 허균이 다시 한번 왔다면 또 한번의 죽음을 면키 어려웠을 것이다. '한지'에 또다시 '눈물'이 번졌을 것이다. 제2연의 "쥐 얼굴에 범 눈을 지닌 자들"이 누구인가는 시가 진행되면서 곧 드러난다. 그들은 실수나 농담 없이 도장을 찍고 우리의 운명을 결정하는 존재인 것이다. "그대와 최후로 만날 약속을 한다"의 '그대'는 물론 '일반적인 이인칭(general you)'이겠지만 우선 허균 같은 비판적인 지식인일 것이고 시를 쓰는 시인과 그 시를 읽는 독자일 것이다. "쥐 얼굴에 범 눈을 지닌 자"들이 자의로 인간의 운명을 결정하는 그런 세계에서는 '구름에 가려진 달빛'이 아니라 "달빛에 가려진 구름"으로 자연 현상조차 거꾸로 나타나기도 하는 것이다.

순진한 조정(朝廷)도 육도(陸島)도
없다. 그대도 나도 없다.
슬픔도 없다. 책에서 보지 못한
개가 한 마리 씩씩하게 지나간다.

마지막 행에 등장하는 씩씩하게 지나가는 "개"는 무지막지한 권력의 상징으로 볼 수도 있겠지만 보다는 그 시를 쓸 무렵 저녁 당시 살던 남가좌동 집 뜰을 거닐고 있을 때 마침 집 앞을 지나가는 씩씩한 개를 본 것이 용도가 결정되지 않은 채 시 속에 나타났을 가능성이 더 크다. 다시 말해서 권력의 상징, 즉 풍자의 대상으로 쓴 것은 사실이겠으나 동시에 이런 죽음의 세상에도 생명의 늠름함은 살아 있다는 것을 나타내는 존재로 개가 "씩씩하게" 지나간다고 할 수도 있는 것이다. 다른 사람의 경우는 잘 모르겠으나 내 시에는 그런 해프닝이 곧잘 일어나곤 한다. 그렇기 때문에 선승 조주(趙州)에게 중 하나가 "달마가 서쪽에서 온 뜻이 무엇입니까" 하고 묻자 그가 눈에 보이는 대로 "저 뜰 앞의 잣나무니라"라고 대답한 유명한 일화가 처음 읽었을 때부터 그리 낯설게 느껴지지 않았다고 생각된다. 즉물주의(卽物主義)는 선승들의 중요한 정신구조 가운데 하나이다. 순간적으로 눈에 띄는 사물에 삶의 대표성을 부여하는 일은 선승들과 마찬가지로 시인들도 자주 감행하는 일인 것이다.

「허균 2」는 허균의 죽음에서 출발하여 죽음 자체의 구조를 살펴보는 명상이다.

허균 2

가르치려는 자들은
복잡하게 한다
죽음을.

우리 같이 보자
행인들
돌 든 학생들
혹은 벽에 기대선 꽃들
쓰러지며 보도(步道)에 흘리는 꽃물
그대의 죽음은 단순하다.

불을 끄고 문을 닫을 때
어두워지는 벽면(壁面)처럼 단순하다.
벽에서 사라지는 그대의 생애
하나의 막이 풀려
방바닥에 흘러내린다.

창 밖에선 소리없이 눈이 내린다.
눈이 쌓인다.
임자 없는 손이 눈을 어루만진다.
자꾸 떨리는 손
그대의 죽음을 어루만질 수 없다.

죽음에 이유를 자꾸 붙이다 보면 죽음 자체의 죽음다움이 흐려진다. 특히 지식인의 죽음의 경우 역사적 의미를 더하고 빼고 곱하고 나누고 하다 보면 더욱 그렇게 된다. 그 무엇이기에 앞서 인간의 죽음은 인간의 죽음인 것이다. 이 글을 읽고 있는 독자인 그대나 내가 이 세상에서 쉬던 숨을 멈추고 맥박을 끈 채 영원히 사라지는 사건인 것이다. 벽에 등을 돌린 채 총살당하는 사람들(그때는 월남전이 한창때라 그런 처형 광경 사진을 자주 접할 수 있었다)의 죽음도 당장 눈앞에 보이는 행인들이나 돌을 들고 데모하는 학생들처럼 '간단히' 말해 우선 실제로 존재하는 어떤 것이다. 반복하지만, "불을 끄고 문을 닫을 때/어두워지는 벽면(壁面)처럼 단순"하게 존재하는 어떤 것이며, 색다른 의미 부여 없이도 인간의 죽음은 제 명을 다한 죽음이 아닌 이상 충분히 비극적인 것이다. 아니 하나의 죽음이 다른 장식 없이 "하나의 막(幕)이 풀려/방바닥에 흘러내"리는 것으로 환치될 때 죽음의 죽음다움이 온갖 상투적인 비유들에서 풀려 '소리없이 내려 쌓이는' 눈으로, 가시적(可視的)으로 다가오게 되는 것이다.

창 밖에선 소리없이 눈이 내린다.
눈이 쌓인다.
임자 없는 손이 눈을 어루만진다.
자꾸 떨리는 손
그대의 죽음을 어루만질 수 없다.

의미 부여를 위해 만나는 죽음과는 달리 어느 이유 어느 명분으로도 "어루만질 수 없는" 죽음을 만날 수 있는 것이다. 다시 부연하지만, 살아 있던 한 인간이 인간임을 그만두는 사건의 핵심은 그가 살아 있는 인간임을 그만두었다는 사실에 있는 것이다. 거기에는 선과 악, 강함과 약함 등의 양분법(兩分法)이 자리잡을 여지가 없다. 이 인식은 후에 생명이란 무엇인가라는 생각을 본격적으로 하는 『풍장』 시리즈로 나아가는 길의 먼 시작을 이룬다고 할 수 있다. 그렇다고 해서 이 작품이 허균의 죽음을 사회로부터의 완전한 격리 속에서 보려는 시도는 아니라고 생각한다. 돌 든 학생들과 벽에 기대서서 총살을 기다리는 사람들의 이미지가 구체적으로 보여주듯 폭력과 폭력에 대항하는 또하나의 힘의 맞부딪침이 작품 속에 핵으로 도사리고 있는 것이다. 보다는 명분 속에 감춰지기 쉬운 인간의 비극을 더 드러내고 싶은 작품이었을 뿐일지도 모른다. 여하튼 세상은 점점 더 험하게 돌아가고 있었고, 드디어 1972년 시월에는 우리나라가 유신체제로 들어갔다.

내 기억에는 제3공화국은 '계엄령'을 내린 일이 없다. 유신체제로 돌입하면서 내린 계엄령 자체에도 '위수령'이라는 당의정을 입힌 낱말을 썼다고 기억된다. 세상에 정치가들처럼 말장난을 좋아하는 족속이 어디 따로 있으랴. 그들 앞에 설 때 말 다루는 일에 진이 빠져 있는 시인들도 늘 아마추어 신세를 벗기 어려울 것이다. 그러나 아마추어는 대체로 자기가 만들어놓은 것에 대해 필요 이상으로 즐거워하는 법인데 「계엄령 속의 눈」을 쓸 무렵을 회상할 때는 창작의 즐거움은 간 데 없고 힘없는 말장난을 해야 하는 한 '아마추어'의 슬픔이 대책없이 사방에 그대로 낭자하게 깔려 있었다는 생각이 든다. 이 시는 당시 동아일보 문화부 기자로 있었던 김병익의 손을 거쳐 동아일보에 실렸다. 작품 내용을 보아 문예지보다는 신문에 싣고 싶어서, 내깐엔 강도를 조금 줄인다고 제명을 「흙빛 눈」으로 잠시 고치기도 했다. 하기야 계엄령 아래서 원제명으로 그 작품을 실어줄 신문이 당시 어디 있었으랴. 이 시가 실린 다음날엔가 만난 김우창 선생이, 황 선생, 동아일보에 실린 시 참 불온(不穩)하던데요, 해서 눈에 관한 시니 불온(不溫)하겠지요라고 대답한 일이 어제 일처럼 생각난다. 그때는 참 불온(不穩)하고 불온(不溫)했다. 고등학교 동창이며 같은 학교 법대 교수인 백충현을 만나 당시의 정치 상황을 가지고 두어 차례 울분을 토한 일도 어제 일처럼 확실히 남아 있다.

계엄령 속의 눈

아아 병든 말〔言〕이다.
발바닥이 식었다.
단순한 남자가 되려고 결심한다.
마른 바람이
하루 종일 이리저리
눈을 몰고 다닐 때
저녁에는 눈마다 흙이 묻고
해 형상(形象)의 해가 구르듯 빨리 질 때
꿈판도 깨고
찬 땅에 엎드려
눈도 코도 입도 아조아조 비벼버리고
내가 보아도 내가 무서워지는
몰려다니며 거듭 밟히는
흙빛 눈이 될까 안 될까.

"아아 병든 말〔言〕이다"는 물론 총칼 앞에 말의 무력함을 나타낸 표현이겠지만, 정부가 계엄령을 위수령으로 고치는 따위의 말 사용 작폐에 대한 탄식도 들어 있으리라 생각된다. 아니 확실히 들어 있을 것이다. "발바닥이 식었다"도 물론 계엄령 속에서 자신의 발바닥이 식어오는 것을 직접 전신으로 느낀 한 지식인의 고통스러운 마음의 상태를 보여주는 것이겠지만, 한참 신나는 상태를 말하는 발바닥에 땀난다라는 숙어를 뒤집어놓은 것일 수도 있다는 사실을 상기하면 이해에 도움이 될 것이다. 뒤에 "꿈판도 깨고"의 복선이 되기 때문이다. 그러나 무엇보다도 처음부터 단문(單文)이 중첩되는 스타카토 리듬이 화자의 마음의 상태를 잘 보여준다고 할 수 있다. "마른 바람"이 이리저리 몰고 다니는 눈은 어렸을 때 입을 벌려 공중에서 받아먹곤 하던, 그리고 순식간에 폐허를 덮어 아름다운 은세계를 만들곤 하던 그런 따뜻함이 있는 눈이 아닐뿐더러 하루 종일 몰려다니며 거듭 밟힌 더러워진 눈이다. "해 형상(形象)의 해가 구르듯 빨리 질 때"는 이제 아무것도, 매일 뜨고 지는 해까지도, 진짜로 보이지 않는 계엄령 속의 삶을 표현한 것이리라. 그런 상황 속에서는 신나게 한판 벌이려는 "꿈판"(바램의 한판)마저 깨는 수밖에 없을 것이다.

꿈판도 깨고
찬 땅에 엎드려
눈도 코도 입도 아조아조 비벼버리고
내가 보아도 내가 무서워지는
몰려다니며 거듭 밟히는

그런 인간이 될 수밖에 없는 삶이 노래되는 것이다. 맨 마지막 행의 자조적인 물음은 『두시언해』의 어투가 아직 위안을 주는 틀임을 보여주고 있다.

'서울 1972년 겨울'이라는 소제목의 시까지 달고 있는 「세 줌의 흙」은 작품의 성취 정도에 관계 없이 이 시절에 쓴 내 시의 축이라고 할 수 있을 것이다.

세 줌의 흙

자장가

장난감 말이 쓰러져 뒹군다. 아니, 잠이 깬다. 몇 마디 아픈 말이 뱉어지지 않는다. 잠시 비 뿌리며 밤개 짖는 소리. 몇 개의 평면(平面)으로 사라졌던 아내와 아이들이 다시 돌아와 꿈틀거린다. 들키고 싶지 않구나. 눈을 감고 그들이 다시 사라지기를 기다린다. "그래요, 눈을 감으세요. 그리고 하늘 한가운데서 먹구름이 조금씩 꺼지고 있는 것을 들여다봐요. 가장자리에선 잔비가 뿌리고, 비 맞는 어떤 섬에서도 그대를 그리워하는 흙이 귀면(鬼面)으로 취해 기다리고 있어요. 자세히 봐요. 그대도 흙이에요. 조금은 부끄럽고 조금은 분한 대로 흙이 진하게 흙이 되려하고 있어요. 몇 마디 말은 내가 쫓을게요, 멀리 멀리, 또 멀리. 따뜻한 빗물 속에서 흙이 흙에 녹고 있는 것을 보세요. 이제 아무것도 안 보이죠. 자, 뒹굴어요. 그리고 눈을 떠봐요." 장난감 말이 쓰러져 뒹군다. 몇 마디 아픈 말이 뱉어지지 않는다.

들불

얼굴 가린 비들이 내리고 있어요. 잿빛 복면(覆面)들이 불빛 속에 빗물에 젖어 빛나요. 울타리 넘어 번지는 들불을 따라 정신없이 달리다 도처에서 들불이 죽는 것을 보고 있어요. 어떤 불길은 힘없이 쓰러져 잦아들고 어떤 불길은 마지막으로 치솟아 분노에 찬 얼굴처럼 공중에서 눈 흡뜨고 떨며 떨며 오래오래 사라지지 않아요. 작은 불길들은 북치던 손 사라진 잔 북소리들처럼 이리저리 흩어져 울고, 울음의 앞에서도 뒤에서도 얼굴 없는 비가 자꾸 내려요, 내리고 있어요.

서울 1972년 가을

이 악물고 울음을 참아도 얼굴이 분해되지 않는다. 이상하다. 마른 풀더미만 눈에 보인다. 밤에는 눈을 떠도 잠이 오고 바람이 자꾸 잠을 몰아 한 곳에 쌓아놓는다. 1972년 가을, 혹은 그 이듬해 어느 날, 가는 곳마다 마른 풀더미들이 쌓여 있다. 풀 위에 명새가 죽어 매어 달리고 누군가 그 옆에서 탈을 쓰고 말없이 도리깨질을 하고 있었다. 여기저기 그리고 내가 서 있는 자리에, 마음 모두 빼앗긴 탈들이 서로 엿보며 움직이고 있었다.

'자장가'는 당시 정치사회적인 상황과 동시에 화자가 겪은 불면(不眠)을 보여주는 것이리라. 술 마시고 잠깐 잠들었다가 깨서는 잠에 다시 못 들고 뒤척거리는 그런 삶을 한참 살았다. '자장가'는 그런 때의 '잠의 신(神)' 혹은 '잠의 요정'(그런 존재들이 혹시 있다면)과의 대화이다. 아니 대화라기보다는 잠의 요정의 권유 혹은 유혹이 채 먹혀들어가지 않는 상태를 그린 것이라고 할 수 있다. 당시 자주 들었던 슈베르트의 〈마왕〉의 마왕이 소년을 황홀한 요정의 세계로 유혹하는 노래에 매혹되었던 자취가 있을지도 모른다. 슈베르트에 귀 기울여본 자치고 피셔 디스카우의 '마왕'에 의해 한두 차례 끌려가보지 않은 자 어디 있으랴. 그러고 보니 "그래요, 눈을 감으세요" 하는 목소리는 물론 잠으로의 유혹을 말하고 있으나 죽음으로의 유혹을 속삭이고 있다고 해도 별로 빗나가지 않을 것이라는 생각이 든다. 고민이 있을 때 고민 않고 자는 잠이야말로, 또는 고민 속에서 들지 못하는 잠이야말로, 죽음에서 멀지 않은 정신의 상태일 것이다. "흙이 진하게 흙이 되려 하고 있어요" 같은 부분이 특히 그것을 암시해준다. 하긴 일회성과 다회성이라는 차이가 있지 죽음과 잠 사이에 비슷한 점이 얼마나 많은가! 그러나 결국 잠 혹은 죽음의 유혹까지도 화자를 현실의 의식으로부터 벗어나게 하지 못한다.

'들불'은 유신시대의 정신적 풍경이다. "얼굴 가린 비들이 내리고 있어요. 잿빛 복면(覆面)들이 불빛 속에 빗물에 젖어 빛나요"의 상황은 「허균 1」의 "쥐 얼굴에 범 눈을 지닌 자들이/(……)/인기척도 없이/도장을 찍고/그대와 최후로 만날 약속을 한다"의 상황과 비슷하다. 아니, 더 악화되었다고 볼 수도 있다. 「허균 1」에서는 당사자만 관련되어 있으나 이번에는 들불 전체, 다시 말해 사회 전체가 관련되어 있다고 할 수 있는 것이다. 울어도 마음이 시원해지지 않는다. "울음의 앞에서도 뒤에서도 얼굴 없는 비가 자꾸 내리고 있"는 것이다.

'서울 1972년 가을'은 1987년까지 계속되었다고 할 수 있는 넓은 의미의 유신정치 초기에 들어 있는 가을이다. "이 악물고 울음을 참아도 얼굴이 분해되지 않는다. 이상하다. 마른 풀더미만 눈에 보인다." 분해된 얼굴의 이미지는 아마 피카소의 그림 〈게르니카〉 왼쪽 부분에서 잠자듯 고요한 얼굴을 하고 죽어 있는 아이의 시체를 안고 눈 코 귀 각기 흩어진 채 울고 있는 어머니의 형상에서 나왔을 가능성이 크다. 대학 일학년 시절 서양화 학도 김정강이 빌려준 화집을 통해 처음 보고 충격받은 그 그림은 물론 그후에 여러 번 보았지만 볼 때마다 새로운 충격을 주었었다. 마지막으로 자세히 들여다본 것이 칠 팔 년 될 터인데도 디테일까지 확실히 떠오른다. 그러나 〈게르니카〉는 널리 알려져 세상 사람들의 공포와 분노를 일으켰지만 우리의 고통은 얼굴마저 채 "분해되지 않는" 상태로만 알려지고 남아 있었던 것이다.

> 풀 위에 명새가 죽어 매어 달리고 누군가 그 옆에서 탈을 쓰고 말없이 도리깨질을 하고 있었다. 여기저기 그리고 내가 서 있는 자리에, 마음 모두 빼앗긴 탈들이 서로 엿보며 움직이고 있었다.

참 이 시를 쓸 때 나는 『무인도를 위하여』의 신선한 시인 신대철과 가깝게 지냈다. 한 일 년간은 서울 서북쪽 가좌동 서로 가까운 곳에 살았다. 명새는 그의 가족과 내 가족 한 무리가 어느 여름 행주산성에 나들이 가다가 그가 나에게 가르쳐준 새다. 죽은 명새였다. 참새보다 커서 시체는 더 흉칙했다. 산에서 태어나 산에서 자란 그는 나에게 산에 대한 것을 많이 가르쳐주었고, 1975년엔가 그와 함께 그의 고향 칠갑산에 간 추억이 이삼 년 전 일 같다. 밤에 그 산 정상 언저리에서 본 별이 주렁주렁 열린 밤하늘! 1975년경에 벌써 서울 하늘은 '하늘'이 아니었던 것이다. 최근에 와서 그와 자주 만나지 않게 된 것은 그가 술을 잘 안 마시기 때문이요 또 내가 주책스럽게 왜 작품 안 쓰냐고 그를 괴롭혔기 때문일 것이다. 이젠 내 술도 줄고 주책도 줄었으니 다시 자주 만나게 됐으면 한다. 우선 칠갑산행(行)부터 할까? 칠갑산은 또 얼마나 달라져 있을까? 1992년 여름 그 산에 들렀을 때는 승용차로 너무 쉽게 넘어 산이 제대로 보이지 않았다.

"탈"은 둘째 마당 '들불'에 나오는 "복면"을 상기시켜주며, 일반 사람이 복면 쓴 자들의 세상에 살다가 모르는 사이에 자신도 복면 쓴 자가 되는 상태를 보여준다고 할 수 있을 것이다. 욕을 하면서 닮는 것이다. 그래도 복면과 탈에 차이를 둔 것은, 복면은 얼굴을 가리고 얼굴을 가린 행위에 걸맞는 짓을 하려고 쓰는 것임에 반해 탈은 탈놀이 같은 축제 행위를 하기 위해 주로 쓰기 때문이었던 것으로 생각된다. 확실히 그런가? 지금 나는 나에게 묻고 있다. 확실히 그런가?

공포는 복면으로 얼굴을 가린 자들에게도 오지만, 사태의 내면이 분명히 들여다보이는 현실 자체에서도 온다. 우리 정치 · 사회 · 문화의 내면을 들여다볼 때마다 나에게 오는 절망감 혹은 공포감을 「초가(楚歌)」처럼 극명하게 보여주는 나의 시는 달리 없을 것이다. 나는 지금 이 문단의 문장을 현재형으로 쓰고 있다.

초가(楚歌)

나는 요새 무서워져요. 모든 것의 안만 보여요. 풀잎 뜬 강에는 살 없는 고기들이 놀고 있고 강물 위에 피었다가 스러지는 구름에선 문득 암호만 비쳐요. 읽어봐야 소용없어요. 혀 잘린 꽃들이 모두 고개 들고, 불행한 살들이 겁없이 서 있는 것을 보고 있어요. 달아난들 추울 뿐이에요. 곳곳에 쳐 있는 세(細)그물을 보세요. 황홀하게 무서워요. 미치는 것도 미치지 않고 잔구름처럼 떠 있는 것도 두렵잖아요.

'초가' 는 고사숙어 '사면초가(四面楚歌)' 에서 나온 것은 분명하지만 왕에게 버림받고 양자강을 헤매다가 자결한 중국의 전국시대 초나라 지식인 시인 굴원에 내가 한때 끌렸기 때문이기도 했을 것이다. 그는 당시 초나라의 정치 · 사회 · 문화의 속들이 너무 빤히 들여다보여 사는 일을 포기한 인간으로 나에게 다가왔었다. 때로 그것이 시인의 운명이라는 생각이 든다. "나는 요새 무서워져요"에 대하여 순수파 문법학자는 고개를 갸우뚱할지는 모르나 '나는 요새 무서워요' 보다 얼마나 화자의 무력감을 더 잘 나타내주는가? "모든 것의 안만 보"이는 상태, 신문 기사를 읽어도 사건은 곧 내팽개쳐지고 속에 숨은 구조만 떠오르는 상태, 사람을 만나도 인간은 사라지고 그의 의도만 음흉하게 확대되는 상태, 그 상태에 대한 변주 속에서 '무서움' 이 '황홀한 무서움' 이 되었다가 드디어 '무섭지 않음' 이 되는 그런 변화를 겪는 것이다.

> 곳곳에 쳐 있는 세(細)그물을 보세요. 황홀하게 무서워요. 미치는 것도 미치지 않고 잔구름처럼 떠 있는 것도 두렵잖아요.

내놓고 뱉는 말은 없으나 그런 변화가 오히려 인간을 더 두렵게 만든다, 라고 지금 나는 속삭여본다.

이 시기에 씌어진 작품을 거론하자면 「정감록 주제(主題)에 의한 다섯 개의 변주」를 빼놓기 힘들겠지만 물리적으로 워낙 긴 작품이라, 주어진 공간의 한계를 생각해서 다른 기회로 미루기로 한다. 다만 첫머리

> 탈이로다, 탈이야.
> 구정(舊正)부터 탈을 쓰고
> 탈끼리 놀다,

에서 볼 수 있듯이 '탈' 에 대한 관심은 「세 줌의 흙」과 그대로 연결된다. 확대 해석하자면 탈은 「계엄령 속의 눈」의 '눈도 크고 입도 아조

아조 비벼버린' 얼굴, 당시의 우리들의 얼굴과도 무관하지 않다고 생각된다. 혹시 이 작품에 관심을 가지고 있는 독자는 이 작품을 쓸 때 같이 쓴 산문 「72년 일기」를 참조하기 바란다. 일기를 안 쓰는 나도 소위 시월 유신 첫머리에 대한 마음 상태의 기록은 일기라는 이름으로 남기고 싶었나 보다. '일기' 라고 했지만 일기 형식을 띤 산문인 것이다. 『문학사상』에 처음 실린 것을 조금 손보아 산문집 『겨울 노래』에 실었고 문학선집 『풍장』에 실었다. 첫 부분만 인용하기로 하자.

72년 일기

10월 a일

오늘도 학교는 휴교다.

점심때 식당에서 정명환(鄭明煥) 선생을 만나 이제는 사르트르보다 카뮈 이야기를 하기가 더 힘들게 되었다며 함께 가가대소를 했다. 옆에서 우리 웃음소리를 들은 사람들은 웃음에도 발악이 있구나 하고 놀랐을 것이다. 그러나 놀라는 일에 익숙해 있는 요즘 동료들은 아무도 우리 웃음에 귀를 기울이지 않았다.

학교 뒷산을 채운 나무들이 한꺼번에 단풍이 들기 시작했다. 금년 단풍철부터는 등산을 시작해야겠다고 결심한 것이 또 허사가 되고 만 것 같다.

날씨는 맑다.

10월 b일

이즈음 친구들이 모두 조심스런 발양상태(發揚狀態)를 겪는 것 같다. 김현, 김치수 들과 신촌에서 술을 마시며 실력 이상의 외설을 늘어놓았다.

밤에 깨어보니 동네 개들이 유별나게 짖는다. 냉수를 마시고 턱을 괴고 엎드려 있으려니 모든 것이 부끄러워진다.

삶 자체가 부끄럽다.

여하튼 이 자리에서는 「정감록」보다 길이가 반도 안 되는 「수화(手話)로 대신하기로 한다. 1977년인가 부산여대에서 문학 강연이 끝나고 질문을 받을 때, 강연 내용 속에 이 작품이 들어 있지 않았는데도 한 여학생이 이 시를 거론하며 쌍소리가 많다고 질책한 작품이다. 이즈음은 여류시인의 작품에도 이 작품 이상의 '쌍소리'가 들어 있는데,

수화(手話)

1

남들이 삭발했을 때, 삭발 그 때이른 눈발, 너는 아래털을 밀었어. 아내가 불현듯 웃고, 웃음 그 얼음 낀 벗음, 나선(裸線)의 전깃불로 어둡게 켜진 밤들. 너는 소리질렀어. 어둠 속으로 소리를, 열 개의 손가락으로.

어둠 속에선 힘없는 눈발이 날리고 있다. 네 절반 웃고 나머지는 웃는 너를 바라보기다. 낄낄대는 소리. 네 전부 웃고 나머지는 웃지 않는 너를 바라보기다. 낄낄대는 소리. 자세히 들으면 침묵. 어둠 속에선 힘없는 눈발이 날리고 있다. 네 걸치고 다닌 신발 모두 모아 뒤집어놓고 네가 병(病)처럼 지나가기를 기다린다. 기다리는 열 개의 손가락들. 어둠

속에선 힘없는 눈발이 날리고 있다.

2

이건 집이고
저건 나무다.
이건 조그만 집이고
저건 조그만 나무다.
이건 네가 사는 조그만 집이고
저건 네가 심은 조그만 나무다.
이건 웃지 않는 네가 사는 조그만 집이고
저건 밤에 자주 깨는 네가 살리려는 조그만 나무다.
너는 밤마다 혼자서 중얼거린다.
밖에선 무서리가 조용히 내리고
같은 자리에서 밤개가 짖고 있다.
가장 나은 패를 벌려놓고
가장 나은 패 펴놓은 표정으로
너는 속이기 연습을 한다.
이건 주위 살피지 않으려는 네 눈이고
저건 전신(全身)이 매달리는 네 눈물이다.
속이기, 아내와 아이를 팔진(八陳)에 벌려놓고
너를 감추기, 손이 떨어진다.
이건 집이고
저건 나무다.

3

오늘은 날이 맑았어. 신경 써져. 그놈은 돌아와 마누라를 세 번 조지고 다음날 오후엔 또 오입을 했어. 더 쉬운 말은 말기로 하자. 쉬운 말들, 사람, 사람다움, 자유, 대포로 쏘아도 들리지 않는 말들. 다 비었다 속삭이는 술병처럼 너는 두 손을 벌린다.

술집 밖에는 공짜 달이 떠 있다. 너는 돌아서서 오줌을 눈다. 네 그림자도 비틀대며 오줌을 눈다. 어깨 힘을 빼고 천천히 너는 주먹을 휘두른다. 그림자는 한 발 물러서서 낄낄대며 네 목을 조이는 시늉을 한다.

그 여학생의 지적이 아니더라도 이 시는 격렬하게 '외설적'으로 시작하고 있다. 아마 시월 유신 초기의 견디기 힘든 폭력적 상황에 대한 시인 나름대로의 신체적인 대응이었으리라. 미칠 상황에서 미치지 않고 견디는 방법은 사람마다 다르겠지만, 삭발로 말하자면 당시는 꼭 감옥에 가지 않더라도 항의의 표시로 스스로 삭발하는 사람들이 꽤 많이 있었다. (지금도 있다.) 꼭 그런 의미의 항의의 표시는 아니었을지는 모르나 김수영씨도 한두 번 예고 없이 삭발을 하고 술집에 나타나 나하고 술집 마담을 놀라게 했었다. 여하튼 그런 것이 "때이른 눈발"의 청초함과 동시에 힘없음의 상징으로 나에게 비쳤으리라. 화자의 아내의 웃음도 "얼음 낀 벗음" 같은 고통이 내비치는 언어로 표현되고 있다.

그러나 그 무엇보다도 첫째 마당은 밤의 어둠과 힘없이 날리는 눈발의 대비가 주된 모티프를 이루고 있고 그 대비는 이 마당뿐만 아니라 이 시의 끝까지 영향을 미치고 있다. 그 대비 속에 "나선(裸線)의 전깃불로 어둡게 켜진 밤들"이 당시 이 땅의 삶의 구조로 나타나는 것이다. 아마 이 구절은 젊었을 때의 여행 체험에서 나왔으리라. 전기가 귀했던 때, 그때 여관은 방 둘을 한 단위로 사이의 벽 천장 쪽에 구멍을 뚫고 거기에 사십 촉 정도의 전구를 켜놓곤 했다. 모기의 시체와 파리의 똥이 붙어서 불빛이 더욱 어두웠다. 그 전구의 어두운 빛이 어두운 시대의 '객관상관물'이 되어 나타난 것이다.

그 '어두운 밤'에는 보통 알 수 있는 말로 의사를 전달해서는 안 되고, 아니 그러면 화를 당하기 쉽고, "열 개의 손가락으로" "수화"를 해서 의사를 전달할 수밖에 없다. 여기서 '너'가 누구냐는 의문이 있을 수 있을 것이다. 물론 독자들, 같은 시대를 같은 곳에서 살고 있는 동료들일 것이다. 그리고 지금 이 시를 읽고 있는 독자들일 수도 있다. 그러나 이 시를 화자의 내면 독백으로 보면 화자의 내면적 자아일 수도 있을 것이다. 엘리엇의 「프루프록의 사랑노래」의 너(you)를 상기하기 바란다. "네 걸치고 다닌 신발 모두 모아 뒤집어놓고 네가 병(病)처럼 지나가기를 기다린다"는 얼마 전까지 속설을 믿는 사람들이 자기들 집안에 우환이 있을 때 다른 사람의 신발을 훔쳐다 놓고 고사를 지내면 병이 신발 임자에게 옮아간다는 미신을 변주시킨 것이다. 그렇기 때문에 더더욱 이 시를 내적 독백으로 보는 것이 이 작품을 입체적으로 즐길 수 있게 만든다고 생각된다. 내면의 자아가 지긋지긋하게 미울 때가 없었던 '행복한' 사람은 손들어보시라.

둘째 마당에서는 수화가 정식으로 진행된다. "이건 집이고/저건 나무다" 같이 단순한 발언으로 시작해서 차차 필요한 수식어를 달거나 변형되다가 드디어

이건 주위 살피지 않으려는 네 눈이고
저건 전신(全身)이 매달리는 네 눈물이다.

속이기, 아내와 아이를 팔진(八陣)에 벌려놓고
너를 감추기, 손이 떨어진다.

에까지 이른다. "팔진"은 중고등학교 때 스무 번쯤 읽은 『삼국지』에 나오는 대표적인 진으로서 주로 적을 속이기 위해 치는 진이다. 그러나 결국은 '손이 떨어져' 수화마저 못 하게 된다. 마지막 "이건 집이고……"는 말수가 줄어드는 것처럼 음악 용어 '차차 여리게'에 맞춰 사라지는 메아리와 같다.

마지막 마디는 평범한 날씨 이야기로 시작해서 곧 '외설'로 들어선다. 앞에 인용한 「72년 일기」의 '실력 이상의 외설'을 머릿속에 떠올리기 바란다. "사람, 사람다움, 자유" 같은 "쉬운" 말을 마음놓고 못 하게 될 때, 비록 착각이겠지만 우리는 외설 같은 것을 출구로 생각하게 되는 것이다. 셋째 연은 술집에서 나와 건물에 대고 소변을 볼 수 있던 때의 이야기다. 이즈음 같으면 불법으로 노상에서 소변본다는 일 자체에 신경이 쓰여 다른 생각이 떠오르지 않을지도 모른다. 이 시를 쓸 때만 해도 노상 방뇨가 평상 행위였고 술집 골목은 밤마다 오줌 냄새로 풍성했다. 여하튼 술에 취해 자기 자신이 미우니까 자기 그림자에나마 행패를 부리려다 오히려 자기 그림자에게 목을 졸리는 그런 삶을 살고 있다는 사실을 이 시는 '수화'로 알리고 있는 것이다.

이 계통의 작품을 이야기할 때 「돌을 주제로 한 다섯 번의 흔들림」마저 뺄 수는 없을 것이다. 여기서 '흔들림'의 뜻을 말하자면 그 어느 설명보다도 비슷한 시기에 씌어졌고 또 내가 아끼고 있는 작품 가운데 하나인 「김수영(金洙暎) 무덤」의 '첫째 갈피'의 뒷부분

빗소리 속에도 바람이 부는지

풀들이 흔들리는 것이 보인다.
나뭇잎들이 흔들리고
가지들이 흔들리고
이 악물고 그대가 흔들리고
마지막으로 풀들이 흔들린다.

뿌리 뽑힌 것들은 흔들리지 않는다.

이 잘 말해주리라 생각된다. 겉보기와는 달리 '흔들림'은 그 당시 삶 속에서 '뿌리 뽑히지 않은' 삶의 상징일 수가 있는 것이다. 그러면 이제 1975년 초에 상재한 시선집 『삼남(三南)에 내리는 눈』 제일 마지막 공간에 놓았던 작품인 「돌을 주제로 한 다섯 번의 흔들림」을 읽어보자.

돌을 주제로 한 다섯 번의 흔들림

작은 돌

큰 돌이 작은 돌을 쳐서 부숴뜨리는 것을 보았습니까. 마음 흔들린 돌들이 머뭇대며 눈길을 돌리는 것을 보았습니까. 뜨겁고 아픈 빛 사라지고 등들을 보이며 모두 함께 식어가는 저녁 무렵, 돌 하나가 스스로 물속으로 뛰어드는 것을 보았습니까. 물 가장자리에선 새들이 황망히 날고 길들은 문득 얽혔다 풀어지고 다음엔 틀림없이 밤이 되는 그런 시각에 아무 곳에도 매달리지 않고 돌 하나가 남몰래 물 속으로 뛰어드는 것을 보았습니까.

항상 더불어

이렇게 울지 않는 놈들은 처음 본다. 면상(面相)에 완전히 긴 금간 놈도 울지 않는다. 묵묵히 묵묵히 서 있을 뿐. 한낮의 햇볕 갑자기 타오르며 움직이던 그림자들 문득 정지하고 서로 마주 보며 살던 무리들 수레에 포개져 실려갈 때도 이들은 묵묵히 서 있다. 누군가 땀흘리며 얼굴을 지운다. 먼저 입과 코가 지워지고 눈이 지워지고 기억의 가장자리 표정이 지워지고 드디어 '너' 도 '나' 도 지워진다. 가만히 주위를 둘러보라. 어느샌가 '우리' 만 남아, 아 항상 더불어 같이 살아야 할.

이것은 당신의

이것은 당신의 머립니까?
돌려드릴까요.
당신의 목에.

이것은 당신의 한짝 손?
돌려드리지요
당신의 떨리는 다른 손에.

이것은 당신의 귀군요.
다른 귀는,
들립니까 들립니까?

잘 안 보이는 이것은,
당신 게 아니라고요?
가만 있자 가만, 그렇지
이건 제 입술이군요.

뒤에서 누가

뒤에서 누가 떨고 있는지 볼 필요 없어요. 누가 손가락을 들어 다른 돌에게 넌즈시 그대를 가리키고 있는지. 누가 그대를 향해 다가오고 있는지. 깨질 땐 정면으로 깨져요. 손가락 하나 발바닥 하나 남기지 말아요. 손금 이어지는 자리도 버려요. 지문(指紋)이 있으면 지문마저 풀어 버려요. 바람이 다시 방향을 바꿉니다. 바람이 바뀌어도 돌아보지 말아요. 그대의 깨진 조각들이 다시 깨질 준비를 하고 있어요. 그들이 밟고 있는 풀의 무늬들 너무 선명해요.

1974년 여름

어떤 내부(內部)도 난 가지고 있지 않다. 내 지폐엔 이별이 있을 뿐이다. 이별 끝에는 도시에 갇혀 도시의 이상한 공기(空氣)가 되어 떠도는 친구들이 비친다. 빚으면 소주가 되는 공기, 소주가 되어 깨는 공기. 나는 정신없이 숨을 쉬었다. 사람들이 달려가고, 그들을 따라가면 의자가 몇 개 넘어져 있고 가설무대에선 연극이 한창이었다.

《귀뚜라미의 귀가 보여.
《완전히 망가진 여름이지.

《그럼 넌?

《다들 망가질 때 망가지지 않는 놈은 망가진 놈뿐야.

'작은 돌' 은 다른 특별한 해석이 필요할 것 같지 않다. "큰 돌이 작은 돌을 쳐서 부숴뜨리는 것을 보았습니까" 같은 구절에 잘못 해설을 붙이면 오히려 췌사가 될 것이다. "마음 흔들린 돌들이 머뭇대며 눈길을 돌리는 것을 보았습니까" 도 우리가 과거에 도처에서 보고 겪은 일일 것이다. 아니 지금도 보고 겪는 일일 것이다. 다만 돌 하나가 아무데나 매달리지 않고 스스로 그리고 "남몰래" 물 속으로 뛰어드는 이미지는 남의 시선을 끌기 위한 행위보다는 남몰래 만드는 결단과 행위를 더 깊다고 생각해온 화자의 마음의 상태를 잘 보여준다고 할 수 있다. 사람들이 다른 곳을 보다가 언뜻 고개 돌리니 있던 돌이 자리에 없는 것을 보고 약간 놀라는 그런 장면을 남기고 화자는 세상을 뜨고 싶은 것이다. "길들은 문득 얽혔다 풀어지고 다음엔 틀림없이 밤이 되는 그런 시각에" 라는 부사절이 이 부분의 화자의 마음 상태가 '세상뜸' 과 멀리 있지 않음을 암시하고 있다.

'항상 더불어' 가 품고 있는 알레고리도 별로 힘들이지 않고 이해될 수 있을 것이다. "면상(面相)에 완전히 긴 금간 놈"을 알아보지 못할 독자가 어디 있으랴. 다만 "누군가 땀흘리며 얼굴을 지운다. 먼저 입과 코가 지워지고 눈이 지워지고 기억의 가장자리 표정이 지워지고" 라는 구절은 즉시 이 시를 「계엄령 속의 눈」의 "눈도 코도 입도 아자 아조 비벼버리고"에 연결시킬 것이다. 그리고 「세 줌의 흙」의 탈을 쓰는 행위에 연결시킬 것이다. 그러나 이 시는 '너' 와 '나' 가 사라지고 '우리' 만 남는 그런 상태 자체에도 경계의 눈초리를 보내고 있다. 공동체에 너무 매달리는 개성이 거부되는 삶도 결코 바람직한 삶이 아닌 것이다.

'이것은 당신의'는 이 시가 '돌들'의 시임을 다시 한번 상기시켜준다. 깨진 돌에게 깨진 조각을 돌려주는 것은 자연스럽다. 살펴보면 치유해야 할 상처난 돌들이 주위에 많이 있는 것이다. 머리가 없는 놈, 손이 없는 놈, 귀가 없는 놈, 언젠가 그들에게 잘려나간 부분(대개 정신적인 것이겠지만)을 되돌려주어야 할 것이다. 그러나 부서진 돌들에, 파괴된 타자들에, 신경을 쓰다 보면 정작 자신이 파괴되어 있다는 사실을 잊게 된다.

잘 안 보이는 이것은,
당신 게 아니라고요?
가만 있자 가만, 그렇지
이건 제 입술이군요.

게다가 부서져 떨어져나간 부분은 바로 말하는 기관인 입술인 것이다. 다시 말해 지금 화자와 청자는 「수화」의 세상에 살고 있는 것이다.

'뒤에서 누가'에서는 결국 인간이 "정면으로 깨"지는 장소는 아름답다('깨진 조각들'이 밟고 있는 풀의 무늬들 너무 선명해요)는 생각에 이르게 된다. 뒤에서 누가 그대를 손가락질해 그대의 운명을 결정하는지에 너무 신경 쓸 필요 없다. "지문(指紋)이 있으면 지문마저 풀어버"리고 정면으로 깨질 수 있으면 되는 것이다. 다시 반복하지만 자기의 삶을 무릅쓰는 장소는 그곳이 담장이건 골방이건 채석장이건 아름다운 것이다. 앞선 세 마당에 제시된 상황 속에서 인간이 인간답게 살려면 결국 이런 비극적인 생관을 가지는 수밖에 없다는 생각이 속에 깔려 있는 것이다.

'1974년 여름' 은 취함밖에 다른 길이 없는 상황이 그려지고, 그 상황 속에서 사람들을 따라가보면 결국 '가설무대 연극' 을 만나게 된다. 김병익은『삼남에 내리는 눈』의 해설에서 '가설무대 연극' 을 당시 감행되던 '정치쇼' 라고 했는데 달리 생각할 수도 있겠으나 일리가 있는 판단으로 생각된다. 그리고 마지막 4행

《귀뚜라미의 귀가 보여.

《완전히 망가진 여름이지.

《그럼 넌?

《다들 망가질 때 망가지지 않는 놈은 망가진 놈뿐야.

에서도 '다시 소생할 절망적인 희망을' 발견한 김병익의 해석을 그대로 따르고 싶다. 다만 '귀뚜라미' 의 '귀' 는 귀뚜라미의 청각기관 귀이기도 하겠지만, 귀뚜라미가 대표하는 가을의 첫머리(귀뚜라미라는 낱말의 첫머리는 '귀' 이니까)가 보인다는 뜻도 들어 있다는 것을 덧붙여 말하고 싶다. 또하나의 지겨운 여름이 지나가고 있었던 것이다.

8. '겨울 노래' 에서 '봄노래' 로

그 환한 감각 속에서,
아이와 화자 사이에 공감이 이루어지고
순간적으로 화자는 우리에게 삶의 정체성(identity)을 주는 근원이면서
동시에 삶의 형(刑)틀인 자아에서 벗어나게 되는 것이다.
낙엽이 질 때 잎진 자리에서 새싹이 예비되어 있듯이
움츠림의 극단에는 튀어오름이 예비되어 있었던 것이다.
튀어오른다.
봄이다.
청령포 속으로 들어와 박힌 겨울 잠입이 결국
삶으로부터의 도피가 아니라
삶의 새로운 봄을 맞기 위한 예비동작이었음이
밝혀지는 순간이다.

「계엄령 속의 눈」의 상황이 한계 수위를 넘어 광주항쟁으로 범람한 것은 다 아는 사실이다. 광주 일을 생각할 때마다 나는 제대로 옷을 껴입지 못하고 외출했다가 맹추위를 만나 정신 버쩍 드는 느낌을 받곤 했다. 삶의 한 진면목이었던 것이다. 「꽃 한 송이 또 한 송이」「따로따로 그러나 모여 서서」「눈감고 섬진강을 건너다」 등이 그 맹추위를 노래하고 있다. 그 일에 대한 더 직접적인 천착은 그러나 그 아찔한 삶을 직접 겪고 살아남은 문학인들에게 맡기기로 했다. 몇 년 전 노동운동이 들불같이 번지고 있을 때 어느 인터뷰에서 왜 노동시를 안 쓰느냐는 질문을 받고 나는 그 일은 노동 현장 경험이 있는 사람들에게 맡기는 것이 더 좋겠다고 대답한 일이 있다. 나처럼 그 무엇보다도 체험을 중시하는 시인에게는 더더욱 그렇다. 노동시 분야에서 내가 할 일은 그 무엇보다도 노동 체험에서 나온 어떤 시가 좋은 시일 때 그 작품이 왜 좋은 작품이냐를 밝혀주는 일이라고 생각한다.

이제 『풍장』 연작시를 이야기할 때가 되었다. 그러나 그 이전에 다뤄야 할 한 무리의 시가 있다. 1986년에 출간된 『악어를 조심하라고?』 제3부와 제1부에 주로 수록된 한 무리의 작품들로 이들은 「계엄령 속의 눈」 계통의 마무리라고도 볼 수도 있고 『풍장』과 『몰운대행(行)』의 준비라고 볼 수도 있을 것이다. 『몰운대행』에 실린 작품 가운데 제일 먼저 쓴 시가 「겨울에서 봄으로」인 사실은 우연이 아닌 것이다. 다시 말해 이 작품들은 『풍장』 연작시가 태어날 무렵의 내 정신의 모태(母胎)일 뿐만 아니라 내 시 전체가 겨울을 거쳐 봄으로, 그렇지 봄으로, 들어오는 궤적을 보여주고 있는 것이다.

내 시 가운데 번호 혹은 작은 제목이 들어가 있지 않은 시로는 아마 가장 긴 것에 속할 「겨울의 빛」을 먼저 다루기로 한다. 이 시는 비슷한 시기에 씌어진 대부분의 다른 작품들과는 달리 제작한 시기가 확실히 기억되는 몇 안 되는 시 가운데 하나이다. 1980년 2월 초 김현, 김정웅, 홍신선 여행팀과 함께 2박 3일로 영주 부석사와 안동 하회를 다녀온 다음날, 다시 말해 이화령 눈 위에서의 신나는 브레이크 성능 시험이 있은 뒤 이틀 후 초고가 완성되고 이삼 일 후 당시 출간되던 계간지 『문학과지성』에 원고가 넘겨진 작품이다. 시간으로는 10 · 26 사태가 있은 지 석 달 후 그리고 5 · 17이 있기 약 석 달 전쯤의 일이다. 지나가는 김에 한마디 하자면 1982년 지식산업사에서 나온 내 시선집 『열하일기(熱河日記)』의 해설을 맡은 평론가 김우창 교수가 그 책 맨 끝을 장식하고 있는 이 작품을 '상징주의 시'라고 평했었다. 이 시가 과연 상징주의 시인지, 그리고 설사 그렇다고 하더라도 상징주의란 예술에 있어 당연히 낮춰보아야 할 정신의 소산인지, 지금까지 의문으로 남아 있다. 별로 마음 내키지 않는 이런 이야기를 새삼 꺼내는 까닭은 지난 십여 년 동안 내 시선집의 한 부분을 그의 글이 계속 차지하고 있기 때문이다. 강조하거니와 해설하고 비평은 다른 것이다. 하기는 그 일의 껄끄러움이 내가 다른 시인의 해설 부탁 들어주기를 주저하게 만들었고 (삶의 멋쟁이 김영태를 비롯해서 해설 부탁을 들어주지 못한 여러분, 나를 너그러이 용서하시라. 김영태 이야기가 나온 김에 한마디 한다면, 나의 첫 시집 『어떤 개인 날』 소장본을 누군가 빌려간다는 말을 잊고 가져갔기 때문에 복사본이라도 남기려고 그에게 기증했던 책을 빌린 일이 있었다. 그때 크게 신경쓸 일이 생겨 책 돌려줄 일을 깜빡 잊었었다. 그러자 그는 단도직입적으로 책을 돌려 보내지 않으면 '의절' 하겠다는 편지를 보냈다. 해설 쓰는 일 자체를 주저하는데다 피치 못하게 바쁜 일이 겹쳐 해설 부탁을 두 번이나 들어주지 못한 업보이긴 하겠지만, 깜짝 놀라기도 하고 한편 화도 나서 차라리 '의절당할' 날을 기다리기로 했다) 또 일단 해설을 맡았을 때는 특히 말 하나하나 조심하게 만들었다. 그러나 너무 조심할 때는 슬퍼진다.

이왕 말이 났으니 한마디 하자. 나는 비평가들의 문학관과는 늘 일정한 거리를 유지해왔다. 김우창 교수와의 관계도 마찬가지이고 유종호 선생이나 김현과의 관계도 마찬가지이다. 김현과 내가 친했으니까 문학관도 비슷했으리라고 생각하는 사람들도 많겠지만 바슐라르식 원형에서 출발하는 그의 비평은 작품의 짜임새를 등한히하는 경향이 있고 주제 비평으로 흐르기 쉽고, 그 점에 있어서는 그와 나 사이에는 항상 가깝지만 확실한 거리가 있었다. 이 부분을 나는 조심히 쓰고 있구나. 너무 조심할 때는 슬퍼진다.

겨울의 빛

마지막으로 잠긴 창의 단추를 벗기고
단추 구멍의 실밥을 벗겨내고
자갈 위로 눈내리는 소리를 듣자.
여섯 개의 수정(水晶) 깃을 달고
어둠을 자기 몸만큼씩 흔들어 녹이고
어둠과 함께 팔다리도 녹이고
끝내는 몸뚱아리까지 녹여 없애고
작고 하얀 자들이 날아다닌다.
없는 팔로 바람을 껴안고
서로 만나고 피하며 부딪치고 숨다가
바람이 바람이 되기 위해 몸을 흔들 때
하나씩 들켜 하얀 결정체가 되어 내린다.

첫눈 녹다 말고 또 눈내리는 저녁
발목을 물에 잠그고 숨어 있던
조그만 무지개다리가 내린다.
멀리 기적 소리 들리던 기차도
일찍 켜져 어리석게 매달려 가던
불빛도 내린다.
도처에 숨어 있던
숨음 속에 숨죽임 속에 낯이 익던
너무 낯익은 자신이 무서워
거리에 나가 어리석게 들켜

숨 내쉬며 우리가 되던
우리들이 내린다.

내리지 않고 다시 뜨는 몇 송이 눈
부서지지 않고 뜨는 맛에 취해
잠시 눈을 감고 헤매다가
다른 눈에 겹쳐 내린다.

들키지 않았다면
우리는 좀더 넓게 떠돌 수 있었을 것인가?
들키지 않았다면
더 많은 들과 산을
더 긴 지평선을
그 위에 떴다 사라지고 다시 뜨는
구름과 왜가리떼와 텅 빈 하늘을
마음의 틀로 가지고 있었을 것인가?
겨울이면 자기 숨소리보다 더욱 넓게
속으로 주위를 녹이던 샘물을
마음의 틀로?

사람 사이에서 사람이 들켜 사람이 될 때
들키지 않았다면
사람 사는 거리를 열은 안개처럼 떠돌며
보이는 것과 보이지 않는 것의 중간에서
보이는 것을 그리워하는 안 보이는 것이 되어

혹은 하회(河回)를 싸고 도는 낙동강 물이 되어
하회탈들을 비출 수 있었을 것인가?
웃는 탈 우는 탈 성난 탈들을 동시에 비추는,
그 뒤에 숨어 있는 또하나의 탈을 비추는.

혹은 소백산맥의 안 보이는 부석사(浮石寺)가 되어 떠다니다
보이는 부석사를 만날 수 있었을 것인가?
혹은 들리는 부석사가 되어
돌계단을 오르며 겨울바람 소리를
인간의 귀를 모두 막아도 들릴 수 있게 했을 것인가?
그리하여 매일 자신으로 태어나는 일을 잠시 멈추고
태어나는 일 자체가 될 수 있었을 것인가?
태어남, 만남, 그리고 모든 것의 시작이
이루어질 수 있었을 것인가?

지금도 우리는 숨어 있다.
낮은 겨울해 바람에 밀리고
망치 든 구름 하늘을 가로지를 때
우리 모두의 마음 떠올라 자욱히 하늘에서 쫓길 때
타이 매고 단정히 걸으며
혹은 타이 풀고 겨울밤을 등지고
인간의 귀를 모두 열고 땀구멍까지 열고
술에 취해 큰 소리로 속 마음을 주고받아도
우리는 숨어 있다.

흰 나비가 흰 꽃에 숨어 있다.
아무도 없는 뜰에는 바람도 자는데
조용함이 햇빛을 햇빛으로 흐르게 하는데
그대는 볕에 녹아 흐르며 다가간다.
푸른 풀에서 메뚜기가 뛰고
그대의 손 앞에서 흰 꽃이 들켜
나비가 되어 날아간다
흰 꽃에서 떠나 흰 나비가 흰 나비로.

어느 날 누가 앞에 나서지 않아도
모이는 우리들
노래하며 모이는 우리들
노래에 모여서 각기 다른 목소리로
함께 노래 부르는 우리들
두려움 속에 삶에서 노래로
노래에서 삶으로 도주할 때
노래 부르지 못하는 자신이 들킬 때
혹은 들켜서 도주하지 못하고 노래 부를 때
비로소 우리는 우리가 되는 것이 아닐 것인가.
아아! 쉬잇, 감탄사는 눈을 너무 어지럽힌다.
달리다 혼자 선 채 잡혀 땅 위에 점을 찍을 때
우리는 비로소 감탄사가 되는 것이 아닐 것인가.
감탄사 속에 숨은 틀이 되는 것이 아닐 것인가.

눈이 내린다.

눈송이 하나하나가 어둠 속에서
눈내리는 소리로 바뀌는 소리 들린다.
가본 부석사와 못 가본 부석사가 만나
서로 자리를 바꾸는 광경이 나타난다.
창의 단추를 다시 잠그고 자리에 누워도
들린다, 들린다, 창의 고리를 벗기고 다시 눕는다.
내 감춘 모든 것이 나에게 들켜
부석사가 되고 더러는 떨어져나가
하회가 된다.
다시 가보아야 하리.
가는 길은 사람 사이에서 자신에 들켜 숨쉬며
자기가 되는 길이리.
우선은 마음의 관리인을 집으로 돌려보내고
새벽 눈 위에 찍힌 그의 발자국을 따라가보리.
모든 마을의 맨 처음 입구(入口)를 만나리.

이 시의 열쇠 말은 '들키다'이다. 첫째번 연에서는 창 밖에 내리는 눈을 통해 이 모티프가 제시된다. 화자는 그때까지 연속되어온 행위의 "마지막으로", 그러니까 새로운 일련의 행위로 볼 때는 '처음으로', 의식적으로 창을 연다. 마음의 창을 열고 보면, 즉 상상력을 통해서 보면, 눈송이 하나하나가 눈을 확대시킨 사진에서 볼 수 있는 육각 수정(水晶) 깃을 달고 살아 날아다니는 주체로 나타난다. 그러나 이들이 살아 있는 주체로 되기 위해서는 "하나씩 들"키는 단계를 거쳐야 하는 것이다. 눈 뭉치 속에서는 '육각 수정 깃'이 존재할 수 없는 것이다. 숨지 않고 들켜야 비로소 자기 자신이 될 수 있다는 삶의 한 원칙

이 일단 제시되자 다음 연에서는 기억 속에 있던 조그만 무지개다리들이 들켜 나타나고, 기차, 기차 꽁무니의 불빛이 들켜 되살아나는 것이다. 그리고는 우리도 결국 들켜야 "숨쉬며 우리가 되는" 존재라는 생각이 마음속에서 형상화되는 것이다.

그러나 '들킴'은 들키지 않으려는 노력 끝에, 그 노력과의 오랜 싸움 끝에, 드디어 일어나는 불꽃과 같은 것이다. 고통을 겪지 않은 고해성사는 별 의미 없는 것이다. 미리 들킬 수는 없다. 우리는 계속 감춘다. 우리 자신에게까지도, 어쩔 수 없이 들켜 적나라한 자기 자신이 될 때까지. 그래서 순간적으로 우리는 불꽃이 된다. 가톨릭의 고해성사가 가진 힘은 이 삶의 원칙 하나를 품고 있기 때문인 것이다.

내리지 않고 다시 뜨는 몇 송이 눈
부서지지 않고 뜨는 맛에 취해
잠시 눈을 감고 헤매다가
다른 눈에 겹쳐 내린다.

제4연부터 제6연까지 세 연은 들키지 않고 사는 삶의 유혹에 대한 것이다. 물론 채 들키지 않은 존재는 '들켜서 자기 자신이' 되어버리고 만 존재보다는 겉으로 훨씬 안정되어 보이고 더 많은 가능성을 가진 존재로 보일 것이다. 그러므로 우리는 한사코 우리의 속을 들키지 않으려고 발버둥치는지도 모른다. 그리고 때로는 들키지 않으려는 노력에 형이상학적 의미를 부여하려고 들기까지 하는 것이다.

들키지 않았다면
우리는 좀더 넓게 떠돌 수 있었을 것인가?

들키지 않았다면
더 많은 들과 산을
더 긴 지평선을
그 위에 떴다 사라지고 다시 뜨는
구름과 왜가리떼와 텅 빈 하늘을
마음의 틀로 가지고 있었을 것인가?

라는 물음에서 출발한 더 풍부한 존재가 될 수 있는 가능성의 진단은 드디어 보이는 것까지 포함하는 안 보이는 존재의 출현을 꿈꾸기에 이르는 것이다.

들키지 않았다면
사람 사는 거리를 옅은 안개처럼 떠돌며
보이는 것과 보이지 않는 것의 중간에서
보이는 것을 그리워하는 안 보이는 것이 되어
혹은 하회(河回)를 싸고 도는 낙동강 물이 되어
하회탈들을 비출 수 있었을 것인가?

그러나 그것은 형이상학적인 물음일 뿐이다. 그 물음의 끝이랄 수 있는 "그리하여 매일 자신으로 태어나는 일을 잠시 멈추고/태어나는 일 자체가 될 수 있었을 것인가?/태어남, 만남, 그리고 모든 것의 시작이/이루어질 수 있을 것인가?"에까지 이르자 화자는 형이상학적인 명상을 잠시 멈추고 자신을 되돌아본다. 다시 말해 제7연 첫행의 "지금도 우리는 숨어 있다"는 자각에 이르게 되는 것이다. 우리깐에는 마음을 모두 열어놓았다고 생각하고 대범하게 행동을 해도 우리는 아직 들키기 이전의 상태에 있는 것이다. 다음 연의 "흰 나비가 흰 꽃에" 숨어 있듯이 숨어 있는 것이다. 숨었다 들켜서 흰 꽃에서 떨어져 나가 흰 나비로 날아갈 때 흰 나비는 비로소 흰 나비가 되는 것이다. 그러자 이 시를 쓸 당시 들킴과 들킴을 통한 자기 변화를 보여주는 가장 가깝고 절실한 예로 '노래 데모' 상황이 제시된다.

노래 데모는 유신 말기에 이르러 정상적인 시위가 전혀 불가능하게 되자 새로 등장한 시위 형태였다. 학생들이 조직적으로 혹은 우발적으로 무리로 모였을 때 선창자(先唱者)가 드러나지 않도록 누군가 반독재 운동권 노래의 운을 떼면 모여 있던 학생들이 무리지어 따라 합창하는 그런 데모였다. 그러면 사복 경찰과 전경들이 달려오곤 했다. 그 무리가 흩어져 달아나고 얼마 있다가 다른 건물 모퉁이에서 또다시 귀에 익은 합창이 터지곤 했다. 이 시가 씌어지기 몇 달 전 1979년 10 · 26 사태 직전이 내가 있던 대학 노래 데모의 전성기였고 선생인 나는 거의 매일 그 광경을 만나곤 했다.

일사불란한 것은 아니었다. 특히 어쩌다 맨 앞에 서게 된 학생들 가운데는 입을 거의 다물고 노래 부르는 흉내만 내는 학생도 있었고 형사들이 다가오기까지 아예 노래를 못 부르고 서 있는 학생도 있었다. 그러다가 "노래 부르지 못하는 자신이 들킬 때/혹은 들켜서 도주하지 못하고 노래 부를 때/비로소 우리는 우리가 되는 것이 아닌 것인가"라는 물음에 대한 대답처럼 남들이 보는 앞에서 입을 뗄 때 '들킴'이 발생하는 것이다. 그렇다. 10 · 26 이전 이삼 년 동안 젊은이들 사이에서는 노래 데모가 '들킴'의 주된 광장이었다. 들켜서 도주하다 잡힌다면 바로 그것이 인간이 감탄사로 새로 태어나는 순간이 되는 것이다. 새로 태어남은 조금 전에 '들키지 않음'에서 유보한 형이상학을 형이상학이 아닌 현실 속에서 다시 살리는 행위가 되는 것이다.

그 살리는 행위는 자연스레 현실(가본 부석사)과 이상(못 가본 부석사, 혹은 들키지 않은 부석사)이 만나는 것으로 형상화된다. 마지막 연에서는 '들킴'의 모티프가 반복되고 고전음악으로 치면 코다(coda)에 해당하는 부분이 제시된다.

> 우선은 마음의 관리인을 집으로 돌려보내고
> 새벽 눈 위에 찍힌 그의 발자국을 따라가보리.
> 모든 마을의 맨 처음 입구(入口)를 만나리.

그 코다는 그러나 형식화된 끝마무리 패턴을 따르고 있지 않다. 화자는 "마음의 관리인" 즉 당대의 지배 이데올로기를 해고하고 그의 뒤를 밟아 그 이데올로기의 거처를 확인하려는 것이다. 그리고 지배 이데올로기가 있기 전의 삶 혹은 "모든 마을의 맨 처음 입구"를 찾아가려고 하는 것이다.

이 작품을 읽은 독자는 이 시가 내 시들 가운데서 가장 메시지가 강하게 들어 있는 작품 가운데 하나라는 것을 느꼈을 것이다. 아무리 생각해도 이 시는 전달하려는 명제적인 메시지가 극도로 억압되어 있는 상징주의 시가 아니다. 하지만 상징주의 시라면 또 어떤가? 이 시의 메시지를 그냥 음악적인 모티프로, 그리고 이 시 전체가 지식인인 화자의 혼의 상태를 그리는 것으로 본다면, 그러면 또 어떤가? 다만 이즈음처럼 모든 주의(主義)가 공존하는 때 한 작품이 어떤 주의의 시라고 미리 폄된다면, 그 작품이 좀 억울할 것 같다는 생각이 들 뿐이다.

당대의 지배 이데올로기를 해고한 「겨울의 빛」은 그 무엇보다도 변화를 예고한다. 그 이후의 시를 살펴보면 그 변화는 작은 것일지는 모르나 확실한 것이다. 후에 반복되어 천명되지만, 진짜 자유란 결국 변화에 있는 것이다. 『악어를 조심하라고?』 가운데서 가장 평범한 작품 가운데 하나라고 생각할 수 있는 「벌도 나비도 없이」를 읽어보기로 하자.

벌도 나비도 없이

서리 자잔히 몇 번 치고
베란다의 풀과 나무들이 거실로 쫓겨 들어왔다.
문주란, 소철, 귤,
아파트나라의 관음죽,
우표만한 빨간 잎 이마에 달고 서 있는 단풍.

첫눈 내렸다.
관음죽 옆의 유도화가
갑자기 나타나 꽃을 피웠다.
진한 향내.

보아줄 벌도 나비도 없이
살아 있는 것이 그냥 좋아서?

아내와 아이들이 외출한 사이
FM을 수도물처럼 쏴 틀어놓고
목욕 마친 수건바람 그대로
유도화 향기 속에 갑자기 나타나 춤을 추었다.
춤!

종전의 시들보다 더 구체적으로 되었다. 전 같으면 그냥 화분의 꽃 정도로 표현되었을지도 모르는 식물들이 따로따로 이름을 부여받고 있다. 자연스런 삶과 동떨어진 아파트 식물들의 삶의 리듬에 대해서는 이 시를 쓰기 조금 전 「아파트의 리듬과 자연의 리듬」이라는 산문에서 자세히 밝힌 바 있다. 식물들이 여름에 싱싱할 때는 베란다에 나가 직접 기르는 사람에게 잘 보이지 않는 삶을 살고 겨울에 힘이 다 빠질 무렵에야 거실로 들어와 사람들과 동거하게 되는 아파트의 식물들에 관한 글이었다. 그런데 그 자연스럽지 못한 상황 속에서도 우리 인간이 알 수 없는 그들의 '삶'이 진행되고 있는 것이다.

관음죽 옆의 유도화가
갑자기 나타나 꽃을 피웠다.
진한 향내.

보아줄 벌도 나비도 없이
살아 있는 것이 그냥 좋아서?

그러나 이 시는 그 삶의 발견으로만 끝나지 않는다. 이 시를 쓸 때는 벌써 '발견'으로는 만족할 수 없어 어떤 방식으로든 '참여'하는 시를 모색하고 있었던 것이다. 화자가 그 발견에 신체적으로 참여하는 것이다. "목욕 마친 수건바람 그대로/유도화 향기 속에 갑자기 나타나 춤을 추었다/춤!" 살아 있는 것들의 삶의 향연에 화자는 살아 있는 것의 하나가 되어 참여하는 것이다. 그 참여 속에 조금이라도 자신이 변하는 것이다. 그 변함 속에, 그 춤 속에, 지금까지 자유를 찾아

바다를 찾고 산을 찾고 한 모든 행동이 집약되지 않는가?

이무렵 쓴 시를 이야기하자면 「악어를 조심하라고?」를 빼놓을 수 없을 것이다. 더구나 그 시의 끝머리에는 「벌도 나비도 없이」의 끝에서와 마찬가지로 작고한 김수영씨와 함께 즐거운 어깨춤을 추며 노래하는 장면도 나온다. 그러나 이 자리에서 다루기에 그 시는 너무 길다. 같은 장(章)에서 긴 「겨울의 빛」을 읽고 또 그보다 더 긴 시를 하나 더 읽는다는 것은 바람직하지 않다고 생각된다. 보다는 그 길이가 「악어」의 반쯤밖에 안 되는 「청령포(淸泠浦)」를 읽는 편이 나을 것이다. 다만 「악어」의 둘째 마당에서 악어가 뜨거운 배를 대고 있는 옥상 난간 밑에 사는 아파트 주민들이 빠져 있는 〈사랑과 진실〉은 당시 그 프로그램이 방영될 때는 거리의 인적까지 줄어들곤 했던 텔레비 연속극 제목이라는 것을 밝히고 싶다.

강원도 영월군에 있는 청령포는 단종이 유배 왔다 살해된 곳이다. 1981년 2월 중순경 김정웅 시인과 함께 간 일이 있다. 이즈음처럼 유명한 관광지가 되기 훨씬 전 일이다. 그러나 정작 이 작품이 만들어진 것은 몇 년 후인 1985년경이라고 생각된다. 절대온도로 볼 때 이 시를 쓴 때나 유신 때나 마음의 추위는 별 차이가 없었다.

청령포*

늦눈

대철(大哲) 플라톤이 이상국가에서 시인들을 몽땅 내쫓았다며,
노점상인 쫓듯이, 좌판들을 뒤엎고!
거 참 잘한 짓이지.

가객(歌客)은 이따금 불러 창(唱) 한차례 듣고
술 멕여 보내는 거여.
아문!
술 먹고도 행복치 않은 자나
행복치 않은 체하는 자들은 꼬리표를 달도록.
꼬리표 달아 어디로?
청송 보호감호소?
아니, 영월 청령포로 보내지.

스스로 자수해 신고하는 자도 있겠지.
어느 늦눈 뿌린 날 오후, 영월 시외버스 정류장에 내려
택시 잡아타고 청령포로 달려가
강을 가로질러 매어논 와이어를 잡고 건너는
밑이 평평한 배를 타고 서강(西江)을 건너곤
며칠 동안은 소리쳐 불러도 모른 체하라고
사공에게 돈을 주며 사정하는 자도 있겠지.
눈 뿌린 끝이 환한 날.

금표비(禁標碑)

삼면이 강물이고 뒤에는 육육봉(六六峰) 험준한 봉우리
그 사이에 웅크리고 앉아 있는 송림(松林) 오천 평.
"동서(東西) 삼백 척 남북(南北) 사백구십 척
이 밖으로는 절대 나갈 수 없음."
늦겨울 햇빛 눈부신 눈이불 속에

송림(松林)이 따스하다.

금표비 곁에 조그만 움집 하나 짓는다면
힘든 계절 하나를 예서 나고 싶다.
먹을 것 한 짐 싸지고 들어가
눈을 쓸고
종아리까지 빠지는 삭정이와 솔잎 걷어
밝고 가벼운 불 지피고
아침 저녁 서강물로 씻어내면
정신의 군더더기는 며칠내 절로 빠지겠지.
꿈속에서마저 살이 마른 며칠 후
새로 구멍 뚫어 허리 조인 혁대를 매고 강가에 나가
불러도 건너오지 않는 사공을 기다릴 것인가?
혹은 아무 생각 없이 자갈밭을 거닐다
저녁이 오면 흔쾌히 움막으로 되돌아갈 것인가?
아니면, 이건 비밀이다.
신발과 양말 벗고 몸이 더 가벼워져
흐르는 얼음장 피하며 물을 살짝살짝 밟고
유유히 걸어 강을 건너볼 것인가?

청령포의 봄노래

아이들이 노래하고 있다.
얼음장 하나에 네댓씩 올라가
때로는 발을 구르며

긴 막대들을 삿대처럼 저으며.

얼음장들이 노래하고 있다.
강 건너에는 어느샌가 여자애 여남은 명이 모여
재잘대고 깔깔대며 얼음뱃놀이를 구경하고 있다.
저녁 햇빛을 받아
얼굴들이 모두 환하다.
빛나는 것들이 재잘대고 깔깔거린다.

얼음장들이 노래한다.
청령포가 오르내린다.
노래하고 웃는 것들 앞에서
노래하고 웃는 몸짓이라도 해야 할까
마음을 온통 바람에 맡기고……
저놈 봐!
애 하나가 자지러지듯 웃다가 미끄러져 물 속에 빠진다.
아 차거!
그애와 내가 동시에 떨며 건져진다.
위아래 이가 힘차게 부딪칠 때
같이 한참 환하게 웃는다.

* 영월 청령포는 단종(端宗)이 유배되어 일 년을 보내고 죽임을 당한 곳. 청령포 송림(松林) 안에는 단종의 행동을 제약하는 명령문이 새겨진 금표비가 지금도 서 있다.

플라톤은 시의 옹호자이며 동시에 시의 파괴자이다. 그는 극히 시적인 대화편을 많이 남겼으면서도, 그리고 그 누구보다도 다분히 시적인 형이상학을 꾸몄으면서도, 대표적인 저서 『국가론』에서 자신이 애써 만든 이상국가로부터 시인들을 추방했다. 이백(李白)이나 보들레르는(아무리 천재라도 이백이 플라톤의 존재를 알 수는 없었겠지만) 그 사실을 역으로 이용해서 스스로가 추방(유배)당한 인간(혹은 신선)으로 행세했지만, 이 시를 쓸 무렵 나도 시인은 결국 이상국가에서는 추방당할 수밖에 없는 존재가 아닌가 생각했었다. '이상국가'는 아니지만 후기산업사회의 복지국가들에서 문학 특히 시가 맥을 못 추고 있는 현상도 무시할 수는 없을 것이다. 넓은 의미의 이상국가를 만들기 위해 몸을 바치고는 결국 거기서 추방당하도록 운명지어진 존재인 시인이 궁극적으로 갈 곳은 과연 어디인가? 아마 빠삐용의 절해고도 감옥보다 운치는 없지만 그만큼 빠져나오기 힘든 청송의 보호감호소쯤 되리라. 혹시 자수해서 광명을 찾는다면, 조선시대 세조가 단종을 유폐시키기 위해 팔도강산에서 찾고 찾아 발견한 영월의 청령포쯤 되지 않을까? (이 자리를 빌려 바보 같은 질문을 하나 하자. 플라톤이 혹시 이 시의 무대인 제5공화국 시대에 한국에서 살았다면 어떻게 자신의 사설학원 '아카데미아'를 운영했을까? 아마 위장(僞裝)학원으로 운영했을 것이고, 그 성공을 내가 빌지 않았을까?)

문제는 이 시대에 사회에서 추방당하는 시인은 스스로 그 길을 택하게 된다는 데 있다. 지금은 아마 동력선 관광 나룻배가 빈번하게 건너다니겠지만 당시는 사공이 "강을 가로질러 매어논 와이어를 잡고 건너는/밑이 평평한 배를 타고" 강〔西江〕을 건넜다. 그때 시인은 한 걸음 더 나아가 강 건너 청령포에서 제발 다시 되건너게 해달라고 소리쳐도 모르는 체하라고 사공을 매수까지 하는 것이다. 그러나 스스로 유배를 택한 날이 생명적으로는 "눈 뿌린 끝이 환한 날"로 표현되고 있는 것에 유의할 필요가 있을 것이다. 이때부터 '환하다'는 형용사가 차츰 내 시의 핵심 가운데 하나로 들어오게 된 것 같다.

다음 마당은 청령포 송림 속의 유배 생활 모습을 보여준다. 단종의 행동을 제약하는 포고령이 새겨진 금표비(禁標碑)가 있는 오천 평 송림에는 민화(民話)에 자주 등장하는 거북 등껍질의 노송(老松)들이 잔뜩 들어서 있었다. (지금도 그렇기를!) 이 시가 완성되고 얼마 후에 씌어진 「최후의 솔거(率居)」의 주된 이미지가 되는

한 둥치에서 두 줄기 높이 자란 노송(老松)으로
가슴 벌어진 채 설 때

의 가슴 쩍 벌어진 신화적인 소나무도 거기에 있었다. 후에 웬일인지 청령포만은 일부러라도 다시 들르지 않았지만, 그래도 한두 번 가볼 생각을 한 것은 그 소나무를 보고 싶었기 때문이었다.

눈에 덮여 있기도 했겠지만 가파른 벼랑 육육봉으로 둘러싸여 있어서 그곳은 다른 곳보다 따뜻했다. 거기서 움막을 하나 짓고 소식(素食)을 하며 바깥일이 희미해질 만큼 나날을 보낸다면 육체와 정신의 군더더기는 저절로 다 빠지고 말리라는 생각이 들었다. 그렇게 해서 몸이 가벼워지면, 오지 말라고 매수한 사공이 소리쳐 불러도 오지 않더라도 마음이 편안하고, 또 열심히 바란다면 신발마저 벗고 맨발로 가볍게 걸어 강물을 건널 수도 있지 않겠는가? 인간이 물 위를 유유히 걸어간 사건은 성경에 나오는 예수의 일이 가장 유명하지만, 중국 명말(明末) 화가 진계유(陣繼儒)가 그린 「달마도강도(達磨渡江圖)」의 달마도 맨발로 양자강 물결 위를 유유히 걷고 있다. 결국 예수나 달마

가 물 위를 걸은 것도 상징적인 차원에서 보면 속을 모두 비우고 몸과 마음이 가벼워졌다는 뜻이 아니겠는가? 물론 이 시는 사공의 도움 없이도 강을 건너 청령포 밖으로 나와 예컨대 서울로 가겠다는 뜻을 담고 있지는 않다. 걸어서 깊은 강물을 건너는 행위 자체만으로 조류(鳥類)가 아닌 인간으로서는 날고 싶은 바램이 이루어지는 황홀한 의미가 있고 그 의미가 다음 마디의 '봄노래' 를 유도하는 시발이 되는 것이다.

마지막 마당 '청령포의 봄노래' 는 1981년 늦겨울날 그곳에서 직접 본 광경과 상상력의 결합으로 태어났다. 그때 경험은 몇 년 후 이 시를 쓰기 직전 끄적거린 산문 「봄소식과 어깨춤」에 일어난 사실을 중심으로 재현되어 있다. 일부를 옮겨보기로 하자.

> 김 시인과 나는 같이 혹은 따로따로 청령포 이곳저곳을 돌아다녔다. 단종이 한 발짝도 벗어나서는 안 된다는 명령이 새겨져 있는 금표비도 찾고, 노송(老松)숲과 유적지도 둘러보고는 바위절벽을 기어올랐다. 그리고는 강원도 특유의 뾰족한 산들과 서강의 심한 굴곡이 오후의 햇빛 속에 잠겨 있는 것을 넋놓고 바라보았다. 그때였다. 상 · 하류 양쪽에서 노랫소리가 들려오는 것이 아닌가. 자세히 살펴보니 동네 아이들 그리고 소년들이 뗏목을 타듯이 얼음장에 올라들 타고는 장대를 삿대처럼 써서 이리저리 얼음장을 몰며 노래를 부르는 것이었다. 신기한 광경이었다. 바람이 없는 오후였지만 그래도 2월 중순의 추위 속에서 어깨를 웅크리고 있던 나는 마음속 어디에선가 홍이 솟아오름을 느꼈다. 잘한다, 잘해. 대여섯 명을 태운 큰 얼음장 하나가 내가 앉아 있는 절벽 밑에 와서 노래를 들려줄 때 나는 어깻짓을 하고 있었다.(1985)

이 시의 앞 두 마당을 쓰면서 나는 사실 어떻게 이 시의 끝을 마무리할까 막막했었다. 그러다가 둘째 마당 끝의 물 위를 걷는 장면을 쓰며 마음속에 갑작스런 환희를 느꼈던 것이다. 그날 청령포 언덕 위에서 내려다본 아이들의 얼음뱃놀이 광경이 마음속에 떠올랐던 것이다. 그리고 어깨춤을 중시한 산문에는 빠졌지만 그날 한 애가 찬 물에 빠졌다 건져졌을 때 그애와 꼭같이 나도 물에 빠졌다 막 건져진 것처럼 느꼈던 그 차갑고도 환한 삶의 감각이 되살아났던 것이다.

저놈 봐!
애 하나가 자지러지듯 웃다가 미끄러져 물 속에 빠진다.
아 차거!
그애와 내가 동시에 떨며 건져진다.
위아래 이가 힘차게 부딪칠 때
같이 한참 환하게 웃는다.

그 환한 감각 속에서, 물에 빠졌다가 끌어올려지는 아이와 그 광경을 보는 당시 사십대 화자 사이에 공감이 이루어지고 순간적으로 화자는 우리에게 삶의 정체성(identity)을 주는 근원이면서 동시에 삶의 형(刑)틀인 자아에서 벗어나게 되는 것이다. 낙엽이 질 때 잎진 자리에 새싹이 예비되어 있듯이 움츠림의 극단에는 튀어오름이 예비되어 있었던 것이다. 튀어오른다. 봄이다. 청령포 속으로 들어와 박힌 겨울 잠입이 결국 삶으로부터의 도피가 아니라 삶의 새로운 봄을 맞기 위한 예비 동작이었음이 밝혀지는 순간이다.

제작순에 관계 없이 시집 『악어를 조심하라고?』 제일 앞에 실린 「꽃」처럼 이 시 무리의 속모습을 잘 보여주는 작품은 따로 없을 것이다. 「벌도 나비도 없이」를 쓰고 얼마 안 되어 완성한 작품으로 기억된다.

꽃

나는 나무들이 꽃을 잔뜩 피워놓고
열매가 생기기를
우두커니 서서 기다린다고 생각할 수가 없다.

사방에서 벌이 잉잉거릴 때
꽃들은 먼발치서 달려오는 벌을 맞으러
하나씩 문을 열 것이다.

꽃송이 하나하나가
마침 파고든 벌을 힘껏 껴안는
이 팽팽함!

배나무나 벚나무 상공(上空)에서
새들은 땅 위에서 환한 구름이 일어나는 것을 보고
잠시 천상(天上)과 지상(地上)을 잊을 것이다.

「벌도 나비도 없이」를 쓸 무렵부터 나는 생물 특히 식물들의 삶에 관심을 가지기 시작했다. 동물보다는 식물이 침착하고 깊기 때문에 식물이 더 관심을 끈 것은 어쩔 수 없는 일이다. 그 관심은 『풍장』에도 그대로 계속된다. 여하튼 이 시에서 벌들이 꽃 속을 파고들 때, 꽃 하나하나가 벌을 감싸안는 자세를 취하는 것은 물론 꽃가루를 벌에게 더 많이 묻히기 위해서일 것이지만, 그러나 꽃은 그런 생식 행위만을 하고 있지는 않을 것이다. 생물 공통의 본능인 사랑의 행위를 동시에 하고 있는 것이다. 이 자연의 사랑 행위, 그것이 자연의 눈, 예를 들어 공중에 떠서 시야가 넓어진 새들의 눈에는 어떻게 비칠 것인가?

배나무나 벚나무 상공(上空)에서
새들은 땅 위에서 환한 구름이 일어나는 것을 보고
잠시 천상(天上)과 지상(地上)을 잊을 것이다.

자연 속에 일어나는 자연의 환희를 슬쩍 엿보는 일은 인간이 지구의 껍질 위에서 사는 동안 누릴 수 있는 최상의 순간이 아닐 것인가? 지상이 천상으로 보이고 천상이 지상으로 보여 "천상과 지상"의 차이를 일순이나마 잊을 수밖에 없는 환희, 그 환성에 참여하는 순간인 것이다.

일단 그런 순간을 누리고 나면 봄이 가는 것도 그냥 하나의 봄이 가는 것으로 될 뿐 가는 봄에 대한 감상적인 아쉬움이나 미련은 사라진다. 「꽃」과 비슷한 시기에 씌어진 「꽃이 질 때」를 읽으며 이 장을 끝내기로 하자. 이 시의 중요한 대상으로 등장하는 서부해당화는 꽃사과라고도 불리는 새로 개량된 나무로 해에 따라 좀 차이가 있기는 하지만 대개 정말 난폭하게 꽃을 피운다. 꽃은 그만하면 예쁘고 풍성하지만 시들 때는 꽃잎이 떨어지지 않고 온통 나뭇가지에 매달려 보기 흉하다. 끝이 깨끗한 벚꽃과 정반대라고 할 수 있다. 그러나 그런들 또 어떠랴? 필 때 그리고 피었을 때 도도한 환희를 누렸으면 됐지 이따금 필요없이 가지를 꺾는 인간들을 위해 마지막 화장을 할 필요는 없을 것이다. 인간도 자연의 일부라는 기본적인 사실을 우리는 얼마나 애써 외면하고 살고 있는가?

꽃이 질 때

아 행복의 끄트머리가 흐지부지된들 어떠리.
어느 봄날 저녁
뭇벚꽃으로 환하게 흩날린들.
칙칙하게 서부해당화로 시들어
나뭇가지 휘어잡고 어둡게 매어달린들.
하나의 노래가 흐르다가
풍금 소리 뒤로 흔쾌히 사라진들.

(혼자 발 밑에 폈다 소리없이 사라지는 꽃도 있다.)

주머니 속에서 두 손의 뼈를 꺼내
무릎뼈 위에 올려놓고
기척 없이 앉아 듣는
꽃잎 날리는 소리.

식물의 생물다움에 끌리다 보니 한 동물이 두 손을 무릎에 올려놓는 행위가 "두 손의 뼈"를 "무릎뼈 위에" 올려놓는 것으로 되었다. 그 동물은 손의 뼈가 무릎뼈 위에 놓여 있을 때 가장 경건하게 보인다. 『풍장』의 온몸이 뼈만으로 보이는 순간 하나가 이 시에 언뜻 묻어난 것이다.

9. 풍장(風葬)

『풍장』은 아직도 천천히 계속 씌어지고 있다.
어디까지 갈는지는 나도 모른다.
두어 달 전에 씌어진 51번이 마지막 풍장이 될지도 모른다.
다시 또 한 차례 목적지 따로 없는 긴 여행을 떠나더라도
일단 한 여행의 마침표를 찍고 싶기는 하다. (……)
궤도를 마음대로 조정할 수 없는 떠돌이별을
마음속에 하나라도 가지고 있지 않은 사람이 어디 있겠는가?
그 떠돌이별이 어느 날 갑자기 환히 타오른다면!

1982년 가을 어느 날 나는 지금도 끝이 보이지 않는 한 긴 여행길에 나서게 되었다. 처음 시작할 때는 1950년대 말과 1960년대 중반에 떠돌이로 들렀던 서해와 남해안 섬이나 몇 돌아보고 시 대여섯 편 거두어가지고 오려고 생각했었다. 그러나 세번째 작품부터 장소가 서울로 옮겨지더니 우리나라 전역으로 확산되었던 것이다. 대여섯 편 예정이 이 글을 쓰는 현재 오십 편이 넘었고, 한번 언뜻 떠난 길손이 벌써 십 년이 넘는 한반도 남쪽 전체에 걸쳐 발자국을 남기는 떠돌이가 되었던 것이다.

그때가 바로 사십대 중반, 그때면 대개 겪게 되는 죽음 길들이기 충동이 목적지 내 몰라라의 손〔客〕으로 나를 출발시키지 않았나 생각된다, 가벼운 가방 하나를 든 떠돌이로. 사람들이 너도나도 살려고만 발버둥치는 세상에서 죽음을 천천히 길들여 자기 것으로 만들어 지니고 사는 일은 현실적으로도 얼마나 해볼 만한 일인가? 죽음은 밀어내면

낼수록 더 집요하게 밀고 들어오는 괴물이 아닌가? 자기가 죽어 들어가 누울 관을 미리 정성들여 짜 마루방에 놓아두고 이따금씩 그 속에 들어가 누워보곤 하는 사람은 오히려 다른 사람들보다 더 건강하게 오래 산다지 않는가. 게다가 죽음을 길들여 자기 것으로 만들면 또 삶의 공포 가운데 가장 큰 것이 사라질 뿐만 아니라 언젠가는 죽도록 되어 있는 타자(他者)들과 운명공동체적인 연대감도 갖게 되는 것이다. 그러나 그 무엇보다도 죽음이 존재의 뿌리의 흙을 북돋아주지 않는 삶, 혹은 삶을 위한 제사 행위와 관계가 없는 죽음은, 의미가 없는 것이다. 삶과 죽음은 서로 손잡고 서로 상대의 일부를 이룰 때 각각 진정한 의미를 획득한다. 죽음이 있기 때문에 삶이 비로소 유한함을 벗어나 죽음처럼 무한한 것이 될 수 있는 것이다. 하지만 처음 여행을 떠날 때는 여행길 자체의 매력과 사사로운 불편을 무릅쓰려는 떠돌이 정신이 나를 황홀하게 만들었고, 다른 목표는 따로 생각나지 않는다.

풍장은 황해나 남해의 섬에서 아들이 보름이고 스무날이고 고기잡이 나갔을 때 부모가 세상을 뜨면 매장하지 않고 그가 돌아와 얼굴이라도 볼 수 있게 하기 위한 장치라고 할 수 있다. 땅에 묻기 전에 마지막으로 시신을 볼 수 있게 하기 위한 다른 방법이, 냉동 시설이 없던 시절에는 따로 있을 수 없었을 것이다. 사람이 죽으면 가까운 조그만 무인도에 간단히 초막을 짓고 시신을 안치한 후 풀로 덮는다. 때로는 사람들이 사는 섬의 외딴 곳에 풍장터를 마련하기도 했다. 한 장면을 연출해보자.

어떤 초가을 오후 한 떠돌이 사내가 선유도 선착장에 내린다. 두 개의 봉우리가 마주 보고 있는 망주봉이 바라다보이고 망주봉이 있는 섬과 인가가 있는 섬 사이를 잇는, 그리고 그 자체가 해수욕장으로 사용되는 가느다란 백사장이 보인다. 해수욕객들이 다 떠나가고 텅 빈 조그만 여관에 가방 하나뿐인 짐을 푼다. 황해에 박혀 있는 섬에서는 저녁이 워낙 좋다. 바로 저녁해가 기울 때 망주봉이 있는 섬으로 간다.

망주봉 쪽으로는 깊은 숲이 있다. 소나무들을 피해가며 얼마 들어가다 보면 누군가 자기를 쳐다보고 있다는 느낌을 받게 된다. 인적 하나 없는 저녁 어스름이다. 문득 옆에 낮은 헛간 같은 조그만 나무 건조물이 눈에 띈다. 말로만 듣던 풍장집이로군! 그 당시는 이상한 공포감에 사로잡혀 가까이 가 들여다볼 염을 감히 못 내고 돌아서서 빠른 걸음으로 숲 밖으로 빠져나온다.

한참 지나 시체가 완전히 탈골되면 뼈를 추려 간단히 매장하는 것으로 풍장은 완성된다. 지저분한 봉분이나 비석들이 없다. 대학 시절 서해안, 남해안을 돌아다닐 때까지 그 풍습이 남아 있었으나 위생 문제로 단속을 해서 이제는 없어졌다고 한다. 그러나 어느 섬들에서는 지금도 몰래 풍장 풍속을 지키고 있을지도 모른다. 나보다 한참 후에 선유도나 보길도에 갔던 사람들이 풍장 현장을 보았다고도 하니, 지금도 서남해에 뿌려져 있는 섬 어디에선가는 세상 뜬 살붙이를 얼마 동안 지상 가까이에 두고 같이 살 초막을 짓고 있을 것이다.

그러나 풍장 풍습의 기이함이 나를 지금까지 내가 과거에 떠돈 곳들을 떠돌게 하는 것은 아니다. '풍장'은 우리 삶 자체의 알레고리가 될 수 있는 것이다. 우리는 의식하고 있지 않는 사이에 계속 죽어가고 있다. 풍장은 구체적으로 우리가 어느 정도 죽어 있는가, 혹은 어느 정도 해탈〔탈골(脫骨)〕했느냐를 땅 속에 숨기지 않고 보여주는 장치이다. 다시 말해서 풍장은 계속 죽고 있는, 그러면서도 계속 죽음을 이기거나 죽음에 지고 있는, 우리 자신의 삶 자체인 것이다. 뿐만 아니라 원래 매장은 내세가 있다는 형이상학을 앞에 내세워 죽은 자를 산 자들의 삶에서 보이지 않는 곳으로 쫓아버리는 상징적인 행위였다. 그러나 그렇게 함으로써 삶과 죽음이 한 동전의 앞뒷면이라는 사실이 흐려지게 되었던 것이다. 그때 나는 그 사실을 흐리는 형이상학을 부숴버리고 싶었던 것이다. 이제 한 인간의 '풍장'을 살펴보기로 하자.

풍장(風葬) 1

내 세상 뜨면 풍장시켜다오.
섭섭하지 않게
옷은 입은 채로 전자시계는 가는 채로
손목에 달아놓고
아주 춥지는 않게
가죽가방에 넣어 전세 택시에 싣고
군산(群山)에 가서
검색이 심하면
곰소쯤에 가서
통통배에 옮겨 실어다오.

가방 속에서 다리 오그리고
그러나 편안히 누워 있다가
선유도 지나 통통 소리 지나
배가 육지에 허리 대는 기척에
잠시 정신을 잃고
가방 벗기우고 옷 벗기우고

무인도의 늦가을 차가운 햇빛 속에
구두와 양말도 벗기우고
손목시계 부서질 때
남몰래 시간을 떨어뜨리고
바람 속에 익은 붉은 열매에서 툭툭 튕기는 씨들을
무연히 안 보듯 바라보며
살을 말리게 해다오.
어금니에 박혀 녹스는 백금 조각도
바람 속에 빛나게 해다오.

바람을 이불처럼 덮고
화장(化粧)도 해탈(解脫)도 없이
이불 여미듯 바람을 여미고
마지막으로 몸의 피가 다 마를 때까지
바람과 놀게 해다오.

첫 연이 벌써 삶과 죽음 사이의 금을 흐려놓고 있다. 죽은 시체가 "아주 춥지는 않"도록 해달라는 말은 죽은 시체마저도 추위나 더위를 느끼지 않게 산 사람처럼 다루라는 전통적인 마음씨에서 나온 것일 수도 있지만 "옷은 입은 채로 전자시계는 가는 채로"라는 극히 사실적인 표현 다음에 나오기 때문에 생사의 구별이 흐려진 마음의 상태를 보여주는 말이라고 할 수 있다. 그리고 "전세 택시"의 등장은 이 작품이 아직 자가용 승용차가 널리 보급되기 전에 태어났다는 사실을 알려주고 있다. 여하튼 항구에서의 승선 검색을 피하는 범법 행위는 위생을 앞에 내세운 풍장 자체의 범법 행위 취급과 맞물려 이 작품을 쓸 때 기분이 좋았다. 그냥 남들처럼만 살라는 세상에서 자기답게 살려는 시도는 그 자체가 얼마큼씩은 범법 행위인 것이다.

둘째 연은 선유도 부근의 무인도에 상륙하고 나서 일어나는 일이다. 피운반체가 바람 속에 탈골될 수 있도록 옷, 구두, 양말을 벗기우는 제사 행사가 벌어진다.

무인도의 늦가을 차가운 햇빛 속에
구두와 양말도 벗기우고
손목시계 부서질 때
남몰래 시간을 떨어뜨리고

사람이 죽는다는 것은 결국 같이 살던 시간과 헤어진다는 것이리라. 그러나 비유적으로 볼 때 그 헤어짐은 사람이 초시간적인 존재, 우리가 의식 무의식으로 갈구해온 초월적인 존재가 된다는 의미도 지니는 것이다. '분별(分別)'에서 벗어난 존재, 바람 속에 익은 붉은 열매에서 튕기는 씨들을 "무연히 안 보듯 바라"볼 수 있는 존재가 되는 것이다. 그런 존재는 이미 "화장(化粧)도 해탈(解脫)"도 필요없을 것이다. 있는 그대로 바람〔風〕과 놀면 족한 것이다. 바람과 놀다 보면, 제2연에 나오는 자연스레 "바람 속에 익은 붉은 열매"가 될 수 있다는 가능성이 여운으로 남는다. 그리고 죽음의 의식〔葬〕이란 결국 인간이 만든 가장 진지하고 동시에 마음을 비우는 가벼운 놀이일 수도 있다는 여운 또한 남는 것이다.

「풍장 2」는 풍장당하며, 다시 말해 위에 말한 그런 존재가 되며, 새로 보게 되는 세상, 여기서는 새로 보게 되는 햇빛과 바다를 열어준다.

풍장 2

—유평근에게

아 색깔들의 장마비!
바람 속에 판자 휘듯
목이 뒤틀려 퀭하니 눈뜨고 바라보는
저 옷벗는 색깔들
흙과 담싼 모래 그 너머
바다빛 바다!
그 위에 떠다니는 가을 햇빛의 알갱이들.

소주가 소주에 취해 술의 숨길 되듯
바싹 마른 몸이 마름에 취해 색깔의 바람 속에 둥실 떠……

햇빛의 알갱이들까지 보이고, 바다가 고정관념의 고삐를 벗기운 채 비로소 "바다빛 바다"로 보이는 그런 상태가 되는 것이다.

바람 속에 판자 휘듯
목이 뒤틀려 퀭하니 눈뜨고 바라보는
저 옷벗는 색깔들.

그것은 마음속에 죽음을 겪은 자에게 주어지는 순간인 것이다. 죽음과 삶 그 어느 것도 혼자만으로는 제대로 의미를 갖지 못한다는 것을 깨달은 자에게 주어지는 순간인 것이다. 마지막에 술이 등장하는 것은 그 순간이 도취의 상태에서 멀지 않음을 시사하고 있다. 시사라니? 도취임을 강조하고 있는 것이다. 유평근은 이 시를 쓸 당시 가까운 말술 친구였던 같은 직장의 불문과 교수이다.

첫번째 시를 빼고 『풍장』 연작시의 처음 몇 편 가운데 구조적으로 가장 중요한 시를 고르라면 「풍장 4」가 될 것이다.

풍장 4

쓸쓸한 길 화령길
어려운 길 석천(石川)길
반야사는 초행길
황간 지나 막눈길

돌다리 위에 뜬 어리숙한 달
(그 달?)
등지고
난간 위에 눈을 조금 쓸고
미끄러운 목숨 내려놓고.

이곳에서 부처를 만나면 부처를 죽이고
루카치 만나면 루카칠
바슐라르 만나면 바슐라를
놀부 만나면 흥부를……

이번엔 달을 내려놓고.

1970년대 말부터 관심을 갖기 시작한 선(禪)이 이 시에 와서 직접 작품에 뛰어들었지만 원래부터 선시를 쓰려는 의도는 없었다. 예나 지금이나 나는 선시를 시로는 별로 좋아하지 않는다. 선의 경지에 드는 것은 불립문자(不立文字)의 경지에 드는 것, 다시 말해 언어를 쓰는 시가 필요없는 경지에 드는 것이다. 게다가 선사(禪師)란 언제나 대답을 할 준비를 하고 있지 질문을 할 준비를 하고 있지 않는 존재이다. 때로는 따르는 자들에게 이런저런 질문을 해봐라라고 유도하기도 한다. 그 질문을 하자마자 벼락같이 답이 내려지는 것이다. 그러나 시는 대답보다는 세계에 대한 물음인 것이다.

내가 선에 관심을 갖기 시작한 것은 사십대에 들어와 온통 서양것으로 차 있는 내 정신의 한계를 벗어나기 위해서는 무언가 서양것이 아닌 틀이 있어야 한다고 느꼈고 그 틀을 찾는 중에 선이 다가왔던 것이다. 기독교나 서양철학의 저 엄격한 '분별'의 틀, 즉 선과 악, 옳음과 그름, 죄와 구원 같은 양분법에서 출발한 사고의 틀을 벗어난 어떤 것을 목말라 찾고 있을 때, '분별'을 없애야 진정한 삶을 누릴 수 있다는 마음의 상태가 어느샌가 나에게 다가왔던 것이다. '저는 이런저런 죄를 지었습니다. 제 죄를 용서해주십시오.' 라는 기도를 끝없이 하는 것보다는 '저는 이런저런 인간적인 일을 했습니다. 앞으로 이런 일을 더 많이 하겠습니다.' 라고 기도할 수 있는 마음의 상태를 원했던 것이다. 그러나 내 자서전과 상관없이도 선은 삶을 가지고 만들 수 있는 가장 매력 있는 틀 가운데 하나라고 생각한다. '틀'이 거부감을 일으킨다면 생관(生觀)이라고 해도 상관없을 것이다.

지금은 편안한 포장도로가 놓였겠지만 1970년대만 해도 충북 영동군 황간에서 반야사(般若寺) 가는 길은 외롭고 험한 길이었다. 우선 버스를 타고 좁고 험한 화령길을 한 이십 리 달려야 했다. 그리고는 반야사 입구에서 내려 석천(石川)내를 끼기도 하고 징검다리로 건너기도 하며 십여 리 가는 길이었다. 중간에 집이 한 채 있었으나 빈 집처럼 고요하였다. 눈이라도 내린 길은 위험하기도 하고 만나는 사람 하나 없어 그야말로 적막한 길이었다. 겨울날 달이 있으면 더 적막하였다. 너무 적막해서 목숨 자체가 어깨에 메고 다니다 어디에고 내려놓을 수 있는 짐으로 보이기도 했다. 목숨을 일단 자신에게 떼어내 내려놓게 되면, 깨달음에 방해가 될 때는 부처를 만나면 부처를 죽이고 부모를 만나면 부모를 죽이라고 가르친 저 중국 당나라 선승 임제까지 필요하다면 죽일 계기가 마련되는 것이다.

이곳에서 부처를 만나면 부처를 죽이고
루카치 만나면 루카칠
바슐라를 만나면 바슐라를
놀부 만나면 흥부를……

루카치는 1980년대에 우리 문학을 지배한 이데올로기 가운데 하나이고 그가 좌파를 지배한 것처럼 바슐라르는 그 당시 우파를 지배했다. 그들이야말로 진정한 자신의 문학을 위해서는 우선 '죽여야 할' 정신들인 것이다. 그러나, 그렇다 그러나, 이런 말 자체가 '분별(分別)' 에서 나온 말이 아닌가? 분별이야말로 우리가 자아의 좁은 틀에서 벗어나려면 먼저 찢고 나와야 할 껍질인 것이다. "놀부를 만나면 (놀부가 아니라) 흥부를 (죽이고)……" 이라는 표현은 분별에서 벗어나야 한다는 마음의 상태를 구체적으로 보여주고 있다고 생각된다. 그 경지에 도달하는 순간, 하늘의 달을 다리 위에 내려놓을 수 있는 레토릭이 탄생하는 것이다.

『풍장』 연작시에는 나와 비슷한 화자 '나'가 계속 나온다. 누군가 나에게 당신이 이 작품들의 화자처럼 득도한 인간이요? 하고 묻는다면 대답하기 곤란할 것이다. 나의 다른 시들의 경우도 별 차이는 없겠으나 그 무엇보다도 『풍장』에 등장하는 화자 '나'는 인간 황동규이며 동시에 인간 황동규가 아닌 시적(詩的) 자아(自我)라는 사실을 말하고 싶다. 그 둘 가운데 어느 하나가 나머지를 침해하면 이 연작시에 탄력을 주고 있는 긴장이 허물어질지도 모른다. 그 둘 사이의 아슬아슬한 균형이야말로, 혹은 둘 사이의 끊임없는 주고받음이야말로, 이 연작시에서 시인이 노린 점 가운데 하나이며, 그 긴장 속에서 시인 자신이 끊임없이 자신을 새로 만드는 작업을 이 시가 보여준다고 할 수가 있는 것이다. 그 긴장을 생각하지 않는다면 「풍장 4」 자체가 이즈음 심심치 않게 만나는 선(禪)적으로 도통한 체하는 작품이 될 수도 있는 것이다. 절세(絶世)의 시인 미당 서정주 선생이 『질마재 신화』를 쓰기 전 어느 시점에선가 화자 '나'와 인간 서정주 사이의 간격을 줄인 후 시의 긴장이 많이 풀어진 사실을 상기하기 바란다.

'누구누구를 죽이고'가 나온 김에, 자기의 삶을 살려고 할 때 죽음을 어떻게 다루어야 하겠는가라는 물음을 찾아 「풍장 8」을 읽어보자.

풍장 8

곤한 잠이 두어 시간 나를 데리고 놀다
물결처럼 가버린 후
투덜대는 소리 들린다.
"개는 죽지 않았어.

이건 그가 아냐.
그에게 있었나, 놀부네 제비 낯짝 같은
이 웃음이?"
발소리 사라지기 기다려 나는 속삭인다
"내가 채 죽지 않았다면
이건 참 큰일인걸."

삼문(三門) 벼랑에, 집어쳐라 집어쳐,
물기둥 치는 소리.

죽은 자들이 모여 산다는 곳으로
안경 없이 찾아가다 문득 길을 잃어
안개 낀 골짜기와 언덕을 헤매다가
시외 버스에 실려 풀이 죽어 다시 세상에 나타난다면,
플라자 호텔 앞을
빈정나라에서 욕나라로 막 들어온
멍청한 개처럼 걷다가
뜻없이 컹컹 짖어……

삼문 벼랑에, 집어쳐라 집어쳐,
물기둥 치는 소리.

잠이 죽음으로 비유되는 것은 심리학이나 정신분석학 또는 문학작품에서 흔히 볼 수 있는 일이다. 그러나 이 시에서는 죽음이 오히려 잠으로 비유되고 있다. (시는 때로 사실의 역순이다.) 죽는다고 죽었는데 그게 진짜 죽음이 아니고 잠이라면 얼마나 난감하겠는가? 장례 의식이 다 끝난 풍장집 풀더미에서 시체가 부스스 일어나 온몸을 한 번 떨고 마을로 비실비실 내려온다면?

그러나 남해의 한 섬에서는 그런 시시한 물음은 집어치우라고 물기둥이 삼문(三門) 벼랑에 와 부딪친다. 그런 걱정 또한 분별에서 나온 것이다. 삼문 벼랑은 서남해의 섬에 바닷물이 바위에 구멍을 내어 만든 벼랑들의 고유명사 아닌 고유명사이다. 그 삼문 벼랑들의 물기둥 치는 소리를 배음(背音)으로 받으며 제3연에서는 첫 연의 죽음과 잠의 관계가 더 구체적으로 제시된다.

> 죽은 자들이 모여 산다는 곳으로
> 안경 없이 찾아가다 문득 길을 잃어
> 안개 낀 골짜기와 언덕을 헤매다가
> 시외 버스에 실려 풀이 죽어 다시 세상에 나타난다면,

다시 반복하지만, 여하튼 죽는다고 죽었는데 정작 살아 있다면 얼마나 낭패일 것인가? 그야말로 어처구니없는 상황이 아니겠는가? 그리고 이 구절 첫 행의 모순('죽은' 자들이 모여 '살고' 있는 모순)은 "안경 없이 찾아가다 문득 길을 잃어", "(안경이 없으니) 안개 낀(것처럼 보일 수 있는) 골짜기와 언덕을 헤매다가", "시외 버스에 실려", "플라자 호텔 앞을" 같은 극히 사실적인 진술들의 힘을 빌려 비현실적이기보다는 괴기한 분위기를 만들어준다. 그 괴기함은 죽음도 두려운 것이 아니라 사실은 괴기한 것이 아닌가 하는 생각을 불러일으킨다. 게다가 그 모든 것은 앞에 말한 바닷물의 집요한 "집어쳐라 집어쳐"라는 극히 현실적인 소리를 반주로 받고 있는 것이다. 그렇다. 죽음은

공포스러운 것이라기보다는 괴기한 것이다.

「풍장 16」은 1986년 출간된 시집 『악어를 조심하라고?』의 '풍장' 부분의 마지막 시이며, 초기 '풍장' 몇 년 동안의 떠돌이를 요약하고 있다.

풍장 16

어젯밤에는
흐르는 별을 세 채나 만났다.
서로 다른 하늘에서
세 편(篇)의 생(生)이 시작되다가
확 타며 사라지는 것을 보았다.

오늘 오후 만조(滿潮) 때는
좁은 포구에 봄물이 밀어오고
죽었던 나무토막들이 되살아나
이리저리 헤엄쳐 다녔다.
허리께 해파리를 띠로 두른 놈도 있었다.

맥을 놓고 있는 사이
밤비 뿌리는 소리가 왜 이리 편안한가?

사실 우주 전체를 놓고 볼 때 별의 삶이나 인간의 삶 사이에 별 차이가 없을지도 모른다. 아니 150억 년 전이라고 하는 '거대 폭발(The Big Bang)' 이후 적어도 은하계들을 무대로 해서 살고 죽는 별들의 삶이 인간의 삶보다 더 스케일이 크고 격렬하고 드라마틱할지도 모른다. 태양과 같은 별이 아니고 떠돌이별이면 또 어떠랴. 아니면 어둡고 왜소하게 떠돌다가 한번 확 타고 사라지는 별똥별이면 또 어떠랴. 오늘날 생물학에서는 생물과 무생물 사이의 간격이 좁아지고 있다. 사실 이즈음 대두되고 있는 '신과학(新科學)'에 의하면 지구 전체가, 혹은 우주 전체가, 하나의 생명체로 취급돼야 하는 것이다. 나는 환경보호도 내가 쓰레기를 잘못 버리면 지구가 아프고, 지구가 아프면 지구에 사는 생물인 내가 아프다라는 생각에서 출발해야 한다고 생각한다.

장소는 지금은 횟집 동네로 바뀌어 아마 포구 역할을 포기했을 안산시의 사리(四里) 포구였다. 좁은 물길로 밀물이 밀려오자 한때 우리 가까이 얌전히 살다 잘려 포구 구석에 숨어 있던 나무토막들이 떠올라 헤엄치듯 떠다녔던 것이다. 그 토막들이 살아 있는 나무의 일부였을 때보다도 더 살아 있는 것으로 보였다. 어떤 놈은 허리에 해파리 띠들까지 두르고? 그런 광경과 혼자 하늘에서 사라지는 별을 본 일들을 가까이 겪고 어느 시골 여관 방에 홀로 앉아 어둠 속에 밤비 내리는 소리를 듣는다 하자.

> 맥을 놓고 있는 사이
> 밤비 뿌리는 소리가 왜 이리 편안한가?

이 구절은 전에 느끼지 못했던 감정이다. 여행하다 어쩌다 민박할 때, 그때는 정전(停電)이 잦던 때라 예고 없이 전기가 나간 암흑 속에서, 혼자 앉아 한참 동안 듣는 밤비 내리는 소리는 그야말로 적막하기 그지없었다. 그 적막이 별과 나무토막의 삶과 죽음의 구조를 들여다보고 나서, 그 구조의 형상화 속에서, 편안한 마음으로 바뀐 것이다. 다시 말하지만 자유는 변화에 있다.

앞의 두 연의 준비 없이 마지막 두 행만 떼어놓는다면, 혹은 떼어놓고 약간 확대시킨다면, 영락없이 선시(禪詩)가 될 것이다. 임제나 조주(趙州)와 겨룰 수 있는 선승이 못 되고 임제의 가르침이나 겨우 알아보는 속인일 때, 우리는 그 두 행을 띄어 읽으며 전형적인 선시(禪詩)가 얼마나 바람직한 시가 못 되는가를 확인할 수 있을 것이다. 선시는 선시를 벗어나야 진짜 선시가 된다. 그게 바로 선이다.

「풍장 16」을 쓰고 한참 동안 풍장에서 멀리 살았다. 더 쓸 계획도 없었다. 「겨울에서 봄으로」와 「다산초당(茶山草堂)」을 쓰고 미국 뉴욕대학에 일 년간 머물며 「브롱스 가는 길」 「견딜 수 없이 가벼운 존재들」을 쓰고 미국 현대시를 읽으며 이 년여를 보냈다. 그 세월이 지난 후에 계속 목이 말라 다시 시작한 떠돌이가 1991년 출간된 『몰운대행(行)』에 실린 '풍장' 들이다. 처음에는 『악어를 조심하라고?』의 '풍장' 들과는 달리 삶이니 죽음이니 하는 문제를 떠나 주위의 사물이 존재하는 양상과 황홀감을 노래하려고 했다. 사십대 후반, 내 육체의 건강을 보아도 좋은 시절이었다고 생각된다. 「풍장 17」은 그 시절의 첫머리에 놓여 있는 작품이다. 사물을 눈만으로가 아니라 마음으로 보는 순간의 절실함을 노래하고 있다.

풍장 17

땅에 떨어지는
아무렇지도 않은 물방울
사진으로 잡으면 얼마나 황홀한가?

(마음으로 잡으면!)
순간 튀어올라
왕관을 만들기도 하고
꽃밭에 물안개로 흩어져
꽃 호흡기의 목마름이 되기도 한다.

땅에 닿는 순간
내려온 것은 황홀하다.
익은 사과는 낙하하여
무아경(無我境)으로 한번 튀었다가
천천히 굴러
편하게 눕는다.

그 좋은 시절은 「풍장 25」의 늦가을 저녁 문경군 봉암사행(行)에까지 이어진다. 스님들의 수도를 위한 절이라 미리 허락을 맡지 않은 사람의 출입을 금하여 산문을 막아선 스님에게 사정사정해서 들어갈 수 있었다. 같이 간 정규웅, 김주영, 김원일, 이근배, 김종해, 황동규 무리가 구걸하다시피 해서라도 들어간 것은 정말 잘한 일이었다. 새로 낸 길을 일부러 피해 들어간 옛길에 쌓여 있는 무릎까지 빠지는 낙엽도 일품이었지만, 다시 말해서 깊은 낙엽을 밟으며 걷는 마음도 황홀했지만, 절 뒤로 방금 저녁 햇빛에 빛나는 하얀 희양산 봉우리가 마음을 조이게 했고, 또 그 주위에 모여 있는 진한 옥색 하늘은 마음을 저리게 했다.

풍장 25

희양산 봉암사에 다가갔다.

늦가을 저녁
발목이 깊은 낙엽에 빠지고
시냇물 소리도 낙엽에 빠지고
바람 소리까지 낙엽에 빠지는
늦가을 저녁.

걸음 멈추면
소리내던 모든 것의 소리 소멸(消滅).
움직이던 모든 것의 기척 소멸,
문득 얼굴 들면
하얗게 타는 희양산 봉우리,
소리 없이 환한.

주위엔 저 옥보라색.
빛들이 몸 가벼운 쪽으로 쏠리다 맑아져
분광(分光) 그만두고 스펙트럼 벗어나 우주 속에 사라졌다가
지구의 하늘이 그리워 돌아온
저 색!

때맞춰 하얗게 타는 산봉우리.

지금도 내 마음속에는 그 봉우리 모습 그 하늘 색깔이 생생하게 남아 있다. 작년 여름에 여행을 하다가 좀 돌아가더라도 봉암사를 다시 한번 들러보려다가 그만둔 일이 있었다. 마음속에 몰래 빛나고 있는 희양산으로 아직 족했던 것이다. 그러나 사실은 위의 시가 나온 방문 때 봉암사는 다른 절들과 마찬가지로 새 건물을 짓느라 야단하고 있었는데, 대체로 사찰의 새 건물은 절을 망치기 십상이므로(월정사, 수덕사 등등 예외가 거의 없다), 새로 만나게 될 가능성이 큰 망가진 절 모습에 겁이 나기도 했던 것이다. 그러나 언젠가 마음속 봉암사의 모습이 바랠 때가 오면 봉암사 하나만을 위한 여행이라도 한번 떠날 생각이다.

그러다 1990년 6월 김현이 타계했고, 『풍장』은 나도 모르게 다시 죽음 쪽으로 방향을 잡게 되었다. 『악어를 조심하라고?』 속에 들어 있는 풍장보다도 한 발짝 더 생활에 가까워진 죽음이었다.

베란다에 함박꽃 필 때
멀리 있는 친구에게
친구 하나 죽었다는 편지 쓰고
편지 속에 죽은 친구 욕 좀 쓰려다
대신 함박꽃 피었다는 얘기를 자세히 적었다.

밤세수하고 머리 새로 씻으니
달이 막 지고 지구가 떠오른다.

초고는 이보다는 훨씬 길었지만 꼭 필요하지 않은 가지를 자꾸 치다보니 그만 위의 시가 되었다. 가까운 친구의 죽음에는 긴 사설이 오히려 군더더기가 될 수가 있는 것이다. 김현이 아니고 내가 죽은 자라 해도 긴 사설을 싫어했을 것이다. 여기서도 마지막 2행

> 밤세수하고 머리 새로 씻으니
> 달이 막 지고 지구가 떠오른다.

만 떼어내어 따로 시를 만들었다면 이번에도 영락없이 한 편의 선시가 되었을지도 모른다. 그랬으면 나도 모르게 이 시를 아낌없이 버렸을 공산이 크다.

「풍장 27」도 죽음과의 대화이며 앞 시만큼 짧은 시이다. 그러나 시간이 좀 지난 만큼 차분하다.

풍장 27

> 내 세상 뜰 때
> 우선 두 손과 두 발, 그리고 입을 가지고 가리.
> 어둑해진 눈도 소중히 거풀 덮어 지니고 가리.
> 허나 가을의 어깨를 부축하고
> 때늦게 오는 저 밤비 소리에
> 기울이고 있는 귀는 두고 가리.
> 소리만 듣고도 비 맞는 가을 나무의 이름을 알아맞히는
> 귀 그냥 두고 가리.

처음 쓸 때는 느끼지 못했는데 지금 이 글을 쓰려고 다시 한번 읽어 보니 죽음을 담담히 받아들이면서도 한번 산 삶에 대한 고마움이 마

음을 허물고 밖으로 나오는 느낌을 받게 된다. 그 느낌이 '귀'로 형상화되어 이 지상의 것들에 대한 끝없는 애정을 표현하고 있는 것이다.

허나 가을의 어깨를 부축하고
때늦게 오는 저 밤비 소리에
기울이고 있는 귀는 두고 가리.

「풍장 16」에서 마음 편안하게 해주던 밤비는 이제 지친 가을의 어깨를 부축하고 오는, 남을 돕고 있는 존재로 형상화되어 있고, 화자는 그 존재를 밝히기 위해 죽더라도 귀는 두고 죽겠다고 노래하는 것이다. 여기서 화자가 귀 기울여 알아맞히는 가을비를 맞는 나무는 어떤 나무일까? 지난해 가을 술좌석에서 우연히 이 시 얘기가 나왔을 때 조정권 시인은 오동나무라고 했다. 아무 말 안 했지만 원래 나는 후박나무를 생각했었다. 후에 그 나무는 후박나무로 잘못 알려진 '일본 목련'임이 밝혀졌지만, 그러나 오동이면 어떻고 일본 목련이면 어떤가. 또 잎만 크다면 오리나무면?

추상(抽象)은 시의 적(敵)이지만 죽음의 적이기도 하다. 어느 날 내 풍장이 얼마나 진행되었는가 자신의 몸을 들여다보니 아내의 말대로 내 몸은 한창 삭고 있는 중이었다. 이 글에서나마 '썩다' 대신 '삭다'를 쓰기로 하자. 아니다. 문자 그대로 한창 썩고 있는 중이었다. 그런데 창 바깥은 오랜만에 보는 맑은 겨울 햇빛. 그때 생각난 것이 이 시를 쓰기 얼마 전에 당시 정치적인 문제로 대학에서 쫓겨나 있었던 비평가 정현기 집에서 마신 정현기씨 부인이 만든 밀주(密酒)가 식도를 막 넘어 위에 들어갈 때의 구체적인 맛이었다.

풍장 33

아내가 내 몸에서 냄새가 난다고 한다.
드디어 썩기 시작!
먼저 입이 썩고
다음엔 항문이 썩으리라.

마음을 마알갛게 말리는
저 창 밖의 차분한 초겨울 햇빛.

입도 항문도 뭉개진
어느 봄날,
돈암동 골짜기 정현기네 집
입과 항문 사이를 온통 황홀케 하는 술
계속 익을까?

잡지사에 주기 위해 이 시를 다시 베껴놓고 보니 좀 마음이 슬퍼진다. 풍장의 세계에서도 늙는 일, 즉 낡는 일은 슬픈 것이다. 하기는 삶 자체가, 죽음까지 포함된 삶 자체가, 전체적으로 좀 슬프다는 생각도 든다.

그 슬픔은 그러나 『몰운대행(行)』을 엮은 후에 씌어진 「풍장 36」에서는 의도적이든 운명적이든 죽음의 '획득'이 인간이 누릴 수 있는 가장 신나는 일이 아닌가라는 노래가 되어 나타나기도 했다. 자살이야말로 '죽음'의 적(敵)인 것이다.

풍장 36

내 마지막 기쁨은
시(詩)의 액셀러레이터 밟고 또 밟아
시계(視界) 좁아질 만큼 내리 밟아
한 무리 환한 참단풍에 눈이 열려
벨트 맨 채 한계령 절벽 너머로
다이빙
몸과 허공 0밀리 간격 만남.

아 내 눈!

속에서 타는
단풍.

한계령 구비구비를 돌다 보면, 더구나 저 밑 참단풍 핀 뼝대(벼랑의 강원도 정선지방의 방언. 벼랑은 끝에 다가가서 밑을 내려다볼 때 더 어울리고 뼝대는 밑에서 앞을 막는 절벽을 올려볼 때 더 어울린다. 특히 병풍처럼 서 있는 바위 벼랑일 때는 더욱 그렇다)를 돌다보면 크든 작든 몸을 허공에 한번 던지고 싶은 충동을 받게 된다. 그 충동은 대개 옆으로 지나가지만 항상 현재형이다.

몸과 허공 0밀리 간격 만남.

그런 곳이 어디 한계령뿐이랴만 우리나라의 다른 어느 굽이보다도 그곳이 내 전신(全身)을 끌어당기곤 했고, 그 가파른 산굽이를 넘으며 뛰어내리고 싶은 충동을 이겨낼 때마다 나는 사는 것이 철없이 즐겁곤 했다. 위의 시보다 한 반 년 앞서 씌어진 「시인은 어렵게 살아야 3」에서는 그 고개의 중턱인 오색(五色)을 내 죽음의 장소로 택하기까지 했다. 그것도 어느 봄날 푸근한 산벚꽃과 황홀한 개복사꽃이 필 때 민박하다 세상을 뜨는.

너무 슬픔에 몸을 맡기고 있구나 하는 생각이 죽음에 몸을 맡기려는 충동 못지않게 마음속에서 자라고 있었다. 무엇에고 몸을 맡기고 살면 우선 편하다. 그렇기 때문에 그건 인간 타락의 첫걸음인 것이다. 무엇인가 슬픔보다 죽음보다 더 절실한 것을 찾아야 한다. 새로 찾아야 한다. 목말라하던 중 정말 오래 전 신대철 시인과 함께 그의 고향 칠갑산에 가서 본 밤하늘의 그야말로 주렁주렁 열린 별들이 떠올랐던 것이다.

풍장 48

바람의 손길 한결 서늘해지고
날이 저문다.
마른 풀잎에 포근히 싸여
혼자 잠들고 싶을 때
피여 잠드지 마라,
피여 잠드지 마라.
정상 코빼기까지 차로 오를 수 있는
해발 561미터 칠갑산에만 가도
별은 하늘 가득

별은 하늘 가득
하늘과 마음이 만나는 곳이면
지평선 넘어서까지
하늘에 마음 뺏겨 붙박이된 불꽃처럼
주렁주렁 주렁주렁 달려 번쩍인다.
피여 잠드지 마라.

서울 같은 대도시에서는 좀처럼 보기 힘든 광경이다. 그러나 지구 어디에서고 머리 위에 별들이 살아 빛나며, 돌고 있는 한 이 세상은 자신에게 주어진 한도까지 살아볼 만하지 않은가? 설사 그 한도가 얼마 안 된들 어떠랴. 같이 사는 대부분의 동물들보다는 우리에게 주어진 시간이 길다. 게다가 "마른 풀잎에 포근히 싸여/혼자 잠들"어 풍장 당하고 있다가도 때로 메말라가고 있는 피를 흔들어 깨워 몸을 일으켜 밤하늘 가득히 빛나는 별들을 쳐다보며 황홀해할 수 있지 않을 것인가? "피여 잠드지 마라"!

그러나 위 시를 쓴 후 얼마 지나지 않아 김병익의 소개로 알게 되었지만 같은 학년으로 대학을 다닌 뛰어난 변호사며 뛰어난 인간이었던 황인철의 죽음이 기다리고 있었다. 「풍장 49」는 그가 타계하기 직전 입원하고 있을 때 씌어진 것이다.

풍장 49

늦가을 저녁 아우라지강을 혼자 만나노니
나의 유해(遺骸) 예까지 끌고 와 부릴 만하이.
앞산 한가운덴 잎갈이나무들 위통 벗고 모여

마지막 햇빛 쪼이고 있고,
주위로 침엽수들 침착히 서서
두 강이 약속 없이 만나는 것을 내려다보고 있다.
껄끄러운 두 강 만나
고요한 강 하나 이룬다.
빈 배 하나 흔들리며 떠 있다.
시간이 고이지 않는다.

유해 끌고 오다 고단하면
어느 잿마루에 슬쩍 버려도……
강 만나려 가다
끝내 못 만난 강처럼.

물론 그의 건강만이 아니고 내 건강도 극도로 나쁜 때였다. 학생기자들하고 다투며 또 서로 협력하며 그래도 재미있게 일하던 서울대학 신문 주간직을 중도에 그만두어야 할 만큼 혈압이 높아 있었다. 주위 사람들에게 너무 걱정을 줄 것 같아 내색을 안 했지만, 약을 두 배 먹어도 약을 바꾸어도 혈압이 떨어지지 않았다. 게다가 여름방학 때 미리 계획한 정치성을 띤 여론조사 건이 끝날 때까지 삼사 주일간은 감히 사직원조차 내지 못하고 토요일 오후부터 다음날 새벽 세시까지 신촌에 있는 조판소에 나가 신문을 만들며 이러다가 이 자리에서 폭삭하는 것이 아닌가는 강박관념에 시달렸다. 그때 내 마음을 잡아준 것이 비록 지금은 관광지로 변하고 있지만 그래도 깊숙한 강원도 정선의 풍광이었다.

빈 배 하나 흔들리며 떠 있다.

시간이 고이지 않는다.

시간이 흘러가는 소리가 느껴지기 시작한 것은 그 무렵부터이다. 높은 혈압이 아마 그렇게 만들었을 것이다. 그러나 혈압이 안정된 지금도 그 소리를 희미하게나마 느끼니 혈압 때문만은 아닐 것이다. 시간이 어떤 때는 편안히 흐르고 어떤 때는 여울을 이루며 흘렀다. 앞이 막혀 고일 때도 있었다. 위 이야기는 넓은 의미의 수사학에 속하리라. 아니, 수사학이 아니다. 특히 혼자 있을 때면, 혼자 있다는 것이 의식될 때면, 시간이 내 모든 감각을 미세하게 진동시키며 감각의 그물에 걸릴 듯 말 듯 그러나 여실하게 흘러가는 것이다. 처음에는 내 육체가 반발을 했으나, 그 소리가 결국 삶이 확인되는 장치라는 방향으로 생각을 몰아갔다. 그 소리는 상상력과 무관하지 않을 것이다. 시간 속에 얼굴을 집어넣으면 조약돌을 계속 쪼으고 있는 조그만 물고기가 보이기도 하고 물밑 모래에 비친 내 몸의 그림자가 겹쳐 보이기도 하는 것이다. 시간이 고여 혼탁해질 때가, 시간의 소리 속에 얼굴을 들이밀어도 캄캄하게 아무것도 보이지 않을 때가, 문제인 것이다. 시간의 매장(埋葬)인 것이다. 시간이 고이지 않는 곳이라면(아 시간도 풍장시킬 수 있다면!) 이 땅 그 어디라도 잠시 마음 붙이고 살 만하지 않겠는가?

『풍장』은 아직도 천천히 계속 씌어지고 있다. 어디까지 갈는지는 나도 모른다. 두어 달 전에 씌어진 51번이 마지막 풍장이 될지도 모른다. 다시 또 한 차례 목적지 따로 없는 긴 여행을 떠나더라도 일단 한 여행의 마침표를 찍고 싶기는 하다. 그러나 이런 여행은 대체로 여행자의 마음대로 안 되는 요소가 들어 있는 법이다. 오디세이아! 지중

해! 강원도! 다도해! 무작정 떠나기! 성미 까다로운 난(蘭) 기르기! 궤도를 마음대로 조정할 수 없는 떠돌이별을 마음속에 하나라도 가지고 있지 않은 사람이 어디 있겠는가? 그 떠돌이별이 어느 날 갑자기 환히 타오른다면!

10. 거듭남의 시학(詩學)

나는 처음부터
시가 그 속에서 무엇인가 일어나
시적 자아(自我)가 조금씩이나마 변하는,
거듭나게 되는,
장(場)이 되는 구조물이 되기를 바랐다.
거듭 말하지만 해방은 변화에 있는 것이다.

처음부터 나는 사랑을 찬양하든 사회의 불의를 파헤치든 사물의 실체에 접근하든 시인의 자세 혹은 마음의 상태만을 주로 보여주는 시들에 별로 매력을 느끼지 못했다. 1950년대와 1960년대의 어설픈 모더니즘 시들이야말로 대표적으로 그런 상태의 시들이고, 내 성장기에 발표된 많은 시인의 시가 내 마음속에서 공백으로 남아 있는 것은 그 때문이다. 지금도 나는 그런 상태의 시를 별로 좋아하지 않는다. 상투적인 운동권 시를 좋아하지 않는 이유도, 미리 도통해서 더이상 화학변화의 여지가 없는 선시(禪詩)에 애정을 가지고 있지 않는 이유도, 그 때문이다.

나는 처음부터 시가 그 속에서 무엇인가 일어나 시적 자아(自我)가 조금씩이나마 변하는, 거듭나게 되는, 장(場)이 되는 구조물이 되기를 바랐다. 거듭 말하지만 해방은 변화에 있는 것이다. 처음 쓸 당시에는 비록 의식하고 있지는 않았지만, 『어떤 개인 날』의 겨울 노래들은 말할 것도 없고 그 이전에 씌어진 「시월」도 이런 내 바램의 준비운동을 보여주고 있을 것이다. 「시월」은 마냥 서정적이었던 시적 자아가 자연의 변환 속에서 자신의 자리를 발견하고 "이제 나도 한 잎의 낙엽으로, 좀더 낮은 곳으로 내리고 싶다"라고 원하는 존재로 변하는 마당인 것이다.

시 속에서 무엇인가 일어나는 시, 내가 후에 붙인 용어로는 '극서정시(劇抒情詩)'를, 적극적으로 생각하기 시작한 것은 『나는 바퀴를 보면 굴리고 싶어진다』의 시들 예컨대 「지붕에 오르기」 「바다로 가는 자전거들」이 씌어질 무렵부터이다. 그 의식은 「지붕에 오르기」가 더 극명하게 보여주겠지만, 그 작품은 꼼꼼히 읽기만 하면 이해가 비교적 용이한 시이기 때문에 보다 좀 복잡한 구조를 지닌 「바다로 가는 자전거들」을 읽어보기로 하자. '바닷가로 가는 자전거'의 제목은 내가 좋아하는 드보르작의 현악 사중주 〈아메리칸〉(원제명은 〈검둥이(Nigger)〉였으나 미국인들이 1950년대에 고쳤다)에서 나왔다고 기억된다. 이 곡 제4악장 론도의 주제를 들을 때마다 나는 자전거를 타고 해변을 달리는 기분을 느끼곤 했고 지금도 그렇다. 그 주제의 밝은 분위기가 유신시대의 낮은 명도(明度)로 바뀐 것은 현장을 중요시하는 나의 어쩔 수 없는 선택이었을 것이다.

바다로 가는 자전거들

1

어둠이 다르게 덮여오는군요. 요샌 어둡지 않아도 오늘처럼 어둡습니다. 이젠 더 자라지 않겠어요, 마음먹은 조롱박 덩굴이 스스로 마르는 창엔 이상한 빛이 가득 끼어 있습니다. 그 빛 속에서 동네 집들이 모두 언덕으로 기어오릅니다. 이상한 빛이 되어 기어오릅니다. 언덕 위에서는 어깨 높은 일단(一團)의 집들이 줄지어 길을 막고 있습니다. 길이 없군요. 없습니다. 한 점씩 불을 켠 채 언덕을 오르는 아이들. 자 문들을 나서 아이들의 길을 걸어보실까요. 아이들은 넘어지지 않습니다. 쓰러집니다. 우리들이 휘청대다 넘어집니다. 모든 것이 너무 가벼워져서 가슴속에 돌아가는 바퀴들과 공기를 밀어넣는 펌프가 보입니다. 그 밖에는 아무것도 보이지 않습니다.

2

모두 넘어지고도
날이 저물지 않았어요.
언 빨래들이 묵묵히
매달려 있었어요.
빨랫줄에는 놀란 듯 한두 점
흰 눈이 묻어 있었어요.
잊혀지지 않은 것들은
모두 그렇게
조그맣게
묻어 있었어요.

《여보세요, 당신은 바다를 보았나요?
《여보세요, 나는 개를 향해 짖었어요.
《여보세요, 바다로 가는 길엔

아직 자전거가 달리고 있습니까?
《여보세요, 요새는
짖는 개도 물어요.

3

또 비탈! 눈 자갈이 튀고 그가 쓰러지고 나도 쓰러졌다. 자전거는 밭에 들어가 돌고 있었다. 수수 그루터기마다 한 모금씩 한 모금씩 눈이 녹고 있었다. 그를 일으켜세우며 나는 바다 냄새를 맡았다. 그의 흰 옷엔 피가 배어 있었다. 어떤 꽃무늬보다도 눈이 부신, 허리에 크게 번지는 꽃. 또 비탈! 자갈이 튀고 우리는 다시 쓰러졌다. 그가 나를 일으켜주었다. 내 옷에도 피가 배었다. 신기했다. 내 몸에서도 바다 냄새가 났다. 우리 자전거는 나란히 달렸다. 서로 살필 필요 없이.

1981년인가 1982년 신대철 시인이 국문과 교수로 있는 국민대로 문학 강연 갔다가 문학 서클 학생들이 몇 파트로 나뉘어 이 작품을 연극적으로 낭송하는 것을 듣고 보며, 아! 이 시가 꽤 극적일 수가 있구나 하고 생각을 한 적이 있었다. 후에 비평가 김주연이 문학과지성사에서 출간한 시 사화집 『길이 끝난 곳에서 길은 다시 시작되고』의 편자(編者)의 글로 지난 몇십 년간의 우리나라 시를 정리하는 자리에서 먼저 이 시를 다루고 시대 정신과의 관계 속에서 자세한 해설을 붙였다. 주로 유신 시절의 고통과 연결시킨 그 해설을 그대로 인용해도 재미있겠지만 길이가 너무 길고 또 이 자리는 이 시에 시대적인 자리매김을 하기보다는 극적인 구조에 더 관심을 두는 자리이므로 필요한 사람들이 참조할 수 있도록 언급하는 것으로 그치기로 하자.

첫 마당은 김주연이 말한 대로 유신시대의 전형적인 분위기요 장면이라고 할 수 있다. "요샌 어둡지 않아도 오늘처럼 어둡습니다" 이상으로 지금도 나는 그 당시 상황을 압축해서 표현할 수 없다. 이 시를 쓸 당시 내가 살던 남가좌동 집, 거실 겸 침실로 쓰던 두 평도 안 되는 동향 방 창에는 아내가 심은 조롱박 넝쿨이 올라와 있었는데 어느 저녁 혼자 술을 마시고 있는 나에게 "이젠 더 자라지 않겠어요"라고 속삭였다. 그러나 그 속삭임을 다시 듣기 위해 조심히 귀를 기울이면 그냥 어둠이었다. 그 어둠은 성북동이나 동빙고동 언덕 위에 살고 있는 힘있는 자들과 밑에서 기어오르는 힘없는 자들 사이의 긴장이 지탱해주는 어둠이기도 했다. 힘없는 자들은 힘에 부딪칠 때 넘어지지 않고 '쓰러진다'. 그 상황이 당시 내가 살고 있던 울퉁불퉁한 남가좌동 국민주택 골목길에서, 비만 내리면 미끄러운 진흙길이 되는 골목길에서, 이따금 본 쉽게 쓰러지는 자전거들의 이미지를 이끌어들였던 것이다. 막 쓰러진 자전거를 볼 때마다 "모든 것이 너무 가벼워져서 가슴속에 돌아가는 바퀴들과 공기를 밀어넣는 펌프가 보"이는 느낌을 받곤 했다.

다음 마당이 보여주는 것은 당시 우리 삶의 내부 구조이다.

언 빨래들이 묵묵히
매달려 있었어요.
빨랫줄에는 놀란 듯 한두 점
흰 눈이 묻어 있었어요.
잊혀지지 않은 것들은
모두 그렇게
조그맣게

묻어 있었어요.

빨랫줄에 "놀란 듯" 눈이 묻어 있듯이 "언 빨래" 같은 우리의 삶 위에 우리의 조그만 모습들이 몇 점 눈처럼 "놀란 듯" 묻어 있는 것이다. 부조리(不條理)하다. 그러자 그 느낌 때문에 깨어난 듯 그 뒤를 마치 부조리극에 나오는 대사의 단편(斷片) 같은 목소리들이 바싹 이어지는 것이다. 한 목소리는 삶과 해방의 상징 역할을 주로 해오는 '바다'와 '바다로 달리는 자전거'에 대해서 말하고 있고, 다른 목소리는 「허균 1」에 나오는 '개'보다도 더 개다운 짖는 개, 짖으면서도 무는 개에 대해서 말하고 있다. 서로 다른 말을 하고 있지만 그 당시는 말할 것도 없고 지금 내 귀에도 당시 상황에 대해서 같은 말을 하고 있다고 느껴진다. 절망에 뿌리가 가 있는 말은 논리를 초월하는 것이다.

세번째 마당은 "또 비탈!"로 시작된다. 비탈이 상징하는 삶의 상황 속에서 '나'와 '그'는 방금 자전거를 타고 달리는 것이다. 그가 쓰러진다. 첫번째 마당의 아이들의 '쓰러짐'을 지금 겪고 있는 것이다. 쓰러진 그를 일으켜세울 때 그의 몸에서 바다 냄새를 맡고, 그의 옷에 배인 피를 본다. 그리고 다음번에는 내가 쓰러지고 쓰러진 나를 그가 일으켜세울 때 내 옷에도 피가 배고 내 몸에서도 바다 냄새가 난다. 둘 다 옷에 "어떤 꽃무늬보다도 눈이 부신" 피가 배었다. 같은 길을 걷는 자들의 표지를 가시적으로 몸에 두른 셈이 되었고, 그런 동료의식이야말로 내 시의 화자가 전에는 별로 가져보지 못한 의식인 것이다. 변화는 해방인 것이다.

우리 자전거는 나란히 달렸다. 서로 살필 필요 없이.

전과는 조금은 다른 사람들이 되어 자유의 상징 또는 생명의 근원인 '바다'를 향해 '나'는, '우리'는, 달리고 있는 것이다.

시집 『악어를 조심하라고?』의 뒤표지에는 '시인의 말'로 "서정시만으로는 양이 차지 않는다"라는 말과 "극(劇)적 구조를 지니고 싶다"는 말이 적혀 있다. 그 책이 나온 1986년 가을의 시에 대한 내 마음을 잘 보여주는 글귀들이다. 용어는 좀 후에 만들어졌지만 '극서정시'를 쓰겠다는 말인 것이다. 그 시집의 제목이 되는 시 「악어를 조심하라고?」는 시적 자아의 극적 변화를 원형적(原形的)으로 보여준다. 그러나 제8장 「겨울 노래에서 봄노래로」에서 인용하려다 말았듯이 이번에도 너무 길어 내용만 이야기하고 넘어가기로 하자. 내가 아주 아끼고 있는 작품인데도 두 차례나 인용에서 제외되는 것을 보면 운이라는 말이 새삼 떠오른다. 운명을 사랑하기로 하자. 이 시는 삶에서 계속 좌절을 겪은 화자가 상상력 속에서 작고한 시인 김수영을 재회하고 삶을 받아들이는 웃음을 한바탕 같이 웃고 어깨춤 추며 같이 노래할 수 있는, 삶에 대해 좋다!라고 할 수 있는 사람이 되는 마당이 된다. 이 시가 지니고 있는 극적 구조와 요소에 대해서는 비평가 정효구의 「황동규 시의 연극성」(『작가세계』 1992년 여름호)을 참조해보시기 바란다.

극서정시를 예로 들자면, 『악어』와 같은 시집에 들어 있으면서 제8장 「겨울 노래에서 봄노래로」에서 다룬 「겨울의 빛」이나 「청령포」를 시적 자아의 변모 혹은 거듭남 쪽으로 무게중심을 옮겨놓고 읽으면 안성맞춤일 것이다. '극서정시'라는 것을 의식하고 쓴 작품들만을 다루기에도 이 글의 지면은 빡빡하다.

그렇다면 어느 작품을 고를 것인가? 「견딜 수 없이 가벼운 존재들」이나 「몰운대행(行)」, 아니면 「다산초당」을 예로 들면 편할 것이다. 그러나 이 작품들은 이 책 뒤에 실은 1992년에 쓴 시론(詩論) 「알레고리와 상징의 밀회(密會)」 같은 글들에서 꽤 자세히 다룬 적이 있다. 좀더 관심이 있는 사람은 비평가 이광호의 『위반의 시학』에 실려 있는 「기행의 문법과 시적 진화 '황동규'」를 윗글과 함께 읽어보기 바란다. 여러 가지를 생각해서, 숨어 있는 작품이라 할 수 있는 「브롱스 가는 길」을 다뤄보기로 한다. 일단 정하고 보니 이 작품이 '극서정시'의 구조를 가장 잘 보여주는 시가 아닌가 하는 생각도 든다. 이 시는 1987년 가을부터 다음해 여름까지 미국 뉴욕대학에서 일 년간 보낸 삶의 한 중요한 대목을 노래하고 있다.

이 시를 쓰기 얼마 전 나는 뉴욕 42번가 타임 스퀘어 부근에서 대낮에 중인환시리에 두 흑인에게 강도를 당했다. 돈만 빼앗긴 것이 아니라 발목까지 삐어 한참 동안 절룩대며 걸어야 했다. 말로만 듣던 일을 직접 당한 것이다. 그러고 며칠 후 나는 갑자기 우울증에 걸렸다. 어느 날 오후 플러싱 변두리 샌포드 가(街) 160로(路) 부근에 있는 자취방에서 책을 읽다가 갑자기 가슴이 답답해지고 심장이 곧 멎을 것 같은 느낌을 받았던 것이다. 방 안을 내처 걸어도 무턱대고 슈퍼에 갔다 와도 침대에 누워 버텨도 아무 소용 없었다. 참다 참다 뉴욕에 살고 있는 막내동생을 불러내어 저녁에 플러싱에 있는 조그만 중국집 '양자강'에서 한잔하고 그 느낌은 가라앉았지만 다음날도 또 가슴이 답답해오는 것이었다. 다 집어치우고 귀국할까 생각도 했지만 그것은 내 자존심이 허락하지 않았다. 그러다가 그 우울증을 고친 과정이 이 시의 골격을 이루는 것이다.

브롱스 가는 길

1

브롱스는 주로 흑인들이 사는 곳
얼핏 버스 시간을 확인하고
서둘러 자취방을 나선다.
모든 전기를 잠재웠는지
(천장 배선 고장으로 방바닥 여기저기 흐트러져 있는
소켓 속에서 무언가 번쩍이고 있지나 않은지)
가스의 목은 철저히 조여놓았는지
(조금만 숨쉬어도 그 복잡하고 화끈한 냄새)
찜찜하다.

한 블록을 건너면
슈퍼에서 고기를 사올 때만
울타리 뛰어오르며 짖어대던 개가
울타리 치며 암팡스레 짖는다.
이제 비로소 내 몸에서
고기 냄새가 나기 시작하는가 보다
샌포드 가(街) 160로(路)에서 버스를 기다린다.

2

옆에는 흑인 남자

앞에는 중국인
뒤에는 이탈리아 여자가 타고 있다.
언뜻 보아도 다 안다.
중국인은 세계일보를 보고 있고
창에 얼굴이 어른거리는 이탈리아 여자는
창 밖을 내다보고 있다.
눈이 내리려는지 거리가 어둡고
왕관 모양으로 전정을 한 측백나무가 지나간다.
흑인이 나를 보고 있다.
눈썹이 이쁘군,
고개를 돌리며 그에게 인사를 한다.
"굿 애프터눈!"
흰 이를 내밀고 그가 인사를 받는다.
"굿 애프터눈 투유, 투!"

3

뉴욕 도착 보름 만에 겪은 '머깅'이 떠오른다.
5번가 도서관 근처 일본 서점에서
얄팍한 영어판 선사전(禪事典) 하나 골라들고
7번가를 통해 펜 스테이션으로 가는 길이었지.
대낮, 흑인 둘이 달려들어
오른편 바지 주머니에 손을 넣지 않겠나.
그냥 털렸으면 되는 건데
대낮, 자율신경이라는 게 있지 않은가.

들어온 손을 두 손으로 꽉 잡고
진창에 뒹굴고 발을 삐었지.
더러워진 바지 때문에
아무도 옆에 앉지 않으려는 기차를 타고 숙소로 돌아올 때
아무도 보이지 않던 객차 안.

4

플러싱에서 7번 전철을 타고 책을 읽는다.
데리다?
아니면 데리다는 실패라고 속삭이는 책들,
아니면 애거서 크리스티?
아냐, 그네의 책은 한 달 전에 끝냈다.
(외로울 때면 그 여자를 찾았다.
ABC 살인, 오리엔트 특급, 나일 강의 죽음……
허나 도서관에서 빌린 그네의 책을
안 읽고 반납했을 때 그네와 이별했다.)
그럼 바흐친?
마틴 부버의 새로 나타난 형제.
"타인의 눈이 나를 완성시킨다."
그렇다면, 눈이 부시다.
눈이여 부서라,
내 눈이 타인을 완성시킨다!

74로에서 7번을 내려

지하 이층을 내려가
E나 F를 기다린다.
오라, 어느 기차든,
맨해튼 5번가 다음 정거장에서
D로 갈아타면 된다.
오라, 어느 기차든,
(어느 인생이든!)

5

객지가 객지다우라고
마종기는 크리스마스 카드를 두 장씩이나 보내왔다.
불쌍한 녀석!
미국 의사 생활 22년에
파리 로마 구경 한 번 못 하고
(나 같은 빈털터리도
파리 거리를 세 번이나 헤맸는데)
무용가 어머님이 스페인춤 보고 싶다고 해서
스페인 한 번 모시고 간 것이 고작
여가만 있으면 늘 서울로 달려오곤 했지.
과격한 사람들은 그를 센티멘털리스트라고 부르겠지만
애국자들 어디 손들어봐요!
비원 뒷골목 무교동 술집을 그리며 22년을 보냈다면
마음속에 진주가 들어도
엄청 크고 답답한 것이 들어 있으리.

6

7번가에서 E를 내린다.
플랫폼에서 청년 가수 하나가
모자를 앞에 내놓고
기타를 치며 노래하고 있다.
여기도 답답한 진주가 하나 있구나!
귀기울이면 컨트리송,
이럴 때 상송이나 베싸메 무쵸라면 얼마나 좋으랴
(최진희의 「낙엽」이라면!)
동전을 모자 속에 던지자
천천히 D가 들어온다.

7

러시아워가 아니라선지
텅 빈 칸,
조심스러워진다.
아, 흑인 청년 셋이 저편에 앉아 있다.
일제히 나를 쳐다보는 것 같다.
일어나 다른 칸으로 갈까?
차창 있는 칸이 어느 쪽이지?
그러다 살펴보니 밉지 않은 얼굴들,
인제는 피부의 색이 된 인고(忍苦)의 저 얼굴,

발들을 흔들며 흥얼대고 있다.
그들에게서 시선을 거둘 때
한순간 진주 세 알갱이가 빛난다.

8

브롱스는 주로 흑인들이 사는 곳
식물원이 있는 베드포드가 섬처럼 떠 있다.
섬에 가 닿는다.
좀 작은 토끼만큼 큰 다람쥐가 오르내리는
엄청나게 큰 나무 사이로 어깨를 펴고
마음놓고 걸어본다.
하늘이 개이고
주위가 환해진다.
큰 나뭇가지 사이로
얼굴 하나가 나타난다.
조그맣고, 춥고, 밝은,
뒷방에서 오래 몰래 떨며 조각한 그런 얼굴
(우리나라의 얼굴?)
아 그 얼굴이 천천히 공중에 떠오른다.
구름들이 찬란한 광채를 띠고 있다.
대낮, 두 팔을 힘껏 높이 쳐든다.
가스여, 터져라!
전기여, 지끈지끈 타올라라!
세상의 모든 답답한 진주여, 터져나오라!

이상하게 어지러움도 없이
몸이 공중에 떠오른다.

첫번째 마당은 그때 숙소로 정했던 뉴욕 퀸즈 구역의 이탈리아 사람들이 주로 사는 곳에 있는 중국인 여자가 집주인인 월세방에서 출발하는 것으로 되어 있다. 두어 달 후에 씌어진 「견딜 수 없이 가벼운 존재들」의 주무대가 되는 거실 겸 침실 하나에 간단한 취사 시설과 샤워 시설이 붙어 있는 소위 스튜디오형 월세방이었다. 어느 따뜻한 겨울날 주로 흑인들이 사는 브롱스에서 살고 있는 친구를 찾아갈 겸 그곳에 있는 식물원을 구경할 겸해서 길을 나선다. 마침 천장의 배선 상태가 나빠 전선들이 침대 옆에 내려와 흩어져 있었다. 가스레인지도 너무 낡아 때로 마음을 조마조마하게 했다. 평범한 나들이다. 그러나

한 블록을 건너면
슈퍼에서 고기를 사올때만
울타리 뛰어오르며 짖어대던 개가
울타리 치며 암팡스레 짖는다.
이제 비로소 내 몸에서
고기 냄새가 나기 시작하는가 보다.

라는 구절이 보여주는 것처럼 평상의 나들이와는 다른 나들이가 될 조짐이 처음부터 보이기 시작하는 것이다. 다시 말해서 삶의 균형을 되찾기 시작하는 (비로소 몸에서 "고기 냄새가 나기 시작하는") 감이 느껴지는 때인 것이다.

두번째 마당은 버스 속의 풍경이다. 그때는 흑인한테 당한 일 때문

에 흑인이 옆에 앉는 사실부터가 신경이 쓰였다. 그러나 흑인들이라고 다 그런가! 이번에 옆에 앉아 있는 흑인은 먼저 인사를 하고 싶을 만치 마음을 끌었다. 이 마디에서 중국인이 읽고 있는 세계일보는 1987년 당시 뉴욕에서 제일 많이 읽히는 중국어 신문이고, "왕관 모양으로 전정을 한 측백나무"는 후에 마종기에게 보여주었더니 어디 왕관처럼 생겼느냐고 핀잔을 받게 한 나무이다. 마종기가 다녀간 후 다시 보았을 때도 그 나무는 왕관 모양으로 전정되어 있었다.

세번째 마당은 앞서 말한 뉴욕 시내에서 대낮에 강도당한 기록이다. 소매치기나 좀도둑은 몇 번 맞았지만 강도로는 내 일생에 처음으로 당한 일이었기 때문에 충격이 클 수밖에 없었을 것이다. 뉴욕에 온지 한 달여 후의 일이었지만 시에 긴박감을 주려고 "보름"으로 했다. 시는 사실의 고지식한 기록이 아닌 것이다. 그러나 대낮은 대낮이었다.

대낮, 흑인 둘이 달려들어

대부분 늙은 여자들뿐이긴 했지만 옆에 있던 아무도 관여하려 않고 구경만 하고 있었기 때문에 충격이 더욱 컸다. 빼앗긴 돈의 액수야 별거 아니었지만, 폭행을 당해 며칠은 오른발을 절룩이며 다녀야 했고, 발을 절지 않게 되었어도 며칠간은 운동화밖에 신을 수가 없었다. 여하튼 앞서 말했듯이 지금은 잊었지만 마종기로부터 들은 학명(學名)까지 붙은 전문적인 우울증에 걸리게 하기에 충분한 충격이었다.

러시아워가 아닐 때 뉴욕 지하철은 그야말로 책 읽기에 안성맞춤이다. 당시 문학지식인 사이에서 열병처럼 읽히던 데리다는 사실 너무 힘들어 곧 지하철용 독서목록에서 빼버렸지만 데리다에 관한 책들은 지하철에서 곧잘 읽었다. 애거서 크리스티의 추리소설은 외로울 때 서울서도 읽은 책이니 말할 것도 없고, 바흐친은 이름은 알고 있었으나 미국에 가서 그의 글과 정식 인사를 했다. 그의 글을 대할 때마다 나는 마틴 부버의 『나와 너』의 분위기를 느끼곤 했다. 그의 다성성(多聲性, Polyphony) 현상은 결국 인간과 사물화된 인간 사이가 아닌 인간과 인간 사이의 주고받음을 전제하는 것이고 그것은 내 청년 시절에 읽은 부버의 『나와 너』의 구조를 가지고 있다고 말할 수 있을 것이다. 여하튼 그의 책이나 그에 관한 책은 지하철 독서 목록에 자주 끼곤 했다. 이 시에 나오는 7 D E들은 뉴욕의 전철이나 지하철 호선 이름이다. 뉴욕 시내에서 직장을 다니거나 학교를 다닌 사람이면 내가 어떤 전철과 어떤 지하철들을 어디서 바꿔 타고 내린 동선(動線)이 빤히 보일 것이다. 서울도 몇 년 후면 뉴욕처럼 지하철과 전철을 몇 번씩이나 바꿔 타고 내려 도착할 목적지들이 생길 것이다.

물론 실수였겠지만 마종기는 1987년 12월 며칠 사이로 나에게 크리스마스 카드를 두 번 보냈다. 그해 가을 아이오와대학 '국제 창작계획' 20주년 기념식에 참석하는 길에 그가 살고 있는 오하이오 주 톨리도 시에 들러 며칠 보냈을 뿐, 미국은 너무 커서 쉽게 왔다갔다할 수 없어 도미하기 전하고는 달리 편지 대신에 주로 전화를 하고 지낼 때였다. 그는 후에 내 충고를 받아들여 1988년부터는 유럽 여행을 다니기 시작했지만 그때까지는 시에 나오는 그대로 무용하시는 모친에게 스페인 춤을 보여드리기 위해 스페인을 한 번 다녀온 것이 유럽 여행의 전부였다. 시간만 나면 마냥 서울로 날아오곤 했다. 외국서 우리말로 계속 시를 쓰며 청춘을 다 보낸 그의 가슴이 오죽 답답했으랴. 그런 답답함의 알갱이가 인간의 내부에서 진주조개의 분비물처럼 인간 정신의 분비물을 뒤집어쓰고 자란다면 그게 바로 진주가 아니겠는가!

두번째 카드를 받던 날 나는 마종기의 마음속에 엄청 큰 진주가 들어 있을 것이라고 느꼈고 지금도 그렇게 생각하고 있다.

E선을 타고 가다 D로 갈아타기 위해 7번가에서 내린다. 청년 가수 하나가 모자를 벗어놓고 기타를 치며 노래하고 있었고 노래의 질이 괜찮았다. 뉴욕의 지하철역 같은 데서 노래를 하거나 바이올린을 켜며 동정을 구하는 행위는 처음에는 진기한 광경이었지만 얼마 후부터는 친숙하게 되었다. 서울의 음악 구걸인들보다는 음악의 질이 월등 좋았고 개중에는 거의 프로에 가까운 가수들도 있었다. 가던 길을 멈추고 되돌아가 이십오전짜리 동전을 모자 속에 넣어준 일도 두어 번 있다. 참 그때는 서울서 가지고 간 최진희 테이프를 돌리고 또 돌리던 때였다. 마침 우리나라에도 CD판이 나오기 시작하던 때라 CD 플레이어가 있는 마종기에게 주는 선물로 최진희의 CD를 사다 주었다. 처음 나온 상품답게 한 곳에 흠이 있는 CD여서 지금까지 종기가 가지고 있는지 버렸는지 궁금하다. 여하튼 월세방에서 카세트로 계속 들었다. 좀 센티멘털했지만 「낙엽」이 참 좋았고 가사까지 좋았다. 「견딜 수 없이 가벼운 존재들」에서 종기와 둘이서 밤늦게 그 곡을 틀어놓고 합창을 하다가 주인인 중국 여자에게 불려나가 야단맞게 한 곡이다. 거리의 가수 노래를 듣다 보니 브롱스 내부로 들어가는 D차(車)가 들어온다.

차에 타고 좌석에 앉자 즉시 나는 가슴이 서늘해졌다. 거의 빈 칸이었고, 사선(斜線)으로 건너편 쪽에 흑인 청년 셋만이 앉아 있는 것이었다. 그후에 안 일이지만 러시아워가 아닐 때 뉴욕 지하철에서는 차장이 열차의 바로 가운데 칸 둘만을 오가며 그 두 칸에서 일어나는 일에 대해서만 책임을 진다고 한다. 나머지 칸에서 일어나는 일은 아무도 책임을 지지 않는 것이고, 따라서 러시아워가 아닌 때 대부분 승객은 가운데 칸이 선다고 표지한 곳에서 기다리다가 가운데 두 칸에만 타는 것이다. 나처럼 동양인이 나머지 칸에 타는 것은 여지없이 화를 자초하는 일이 될 수 있는 것이다. 요새 글들에 유행하는 옛 일본식 어투를 따른다면, 화자초에 다름아니게 되는 것이다. 당장 좌불안석이 되어 빨리 달아나야지 하고 서둘렀으나 당황한 나머지 어느 쪽이 차장이 타는 칸인지 떠오르지 않았다. 이를 어쩌지. 그러나 그들은 나한테 관심을 두지 않고 저희들끼리 흥얼대며 낮은 소리로 노래하고 있는 것이었다. 마음을 가라앉히는 내 눈에 그들의 내부에서도 진주 알갱이들이 빛날밖에. 사실 흑인들이야말로 우리 식으로 말하자면 미국 사회에서 특징적으로 한(恨)을 지닌 존재들이 아니겠는가.

식물원이 있는 베드포드는 가난한 백인들과 동양인들이 흑인들에 둘러싸여 사는 섬 같은 곳이다. 참 미국 다람쥐는 우리 다람쥐〔chipmunk〕와는 전혀 다른, 좀 과장하자면 크기가 토끼만한 다람쥐〔squirrel〕이다. 그래도 덜 징그러운 것은 그곳 나무들이 대개 크기 때문이리라. 마종기의 이중 카드를 받았을 때부터 준비된 것이지만 사람들 속에서 진주를 발견하게 되는 짧은 여행을 통해 우울증의 종말을 보게 된 화자는 "엄청나게 큰 나무 사이로 어깨를 펴고/마음놓고 걸어본다". 그러자 우리나라의 상징이랄까 정표랄까 "조그만" 얼굴 하나가 공중에 떠오르는 것이다.

> 아 그 얼굴이 천천히 공중에 떠오른다.
> 구름들이 찬란한 광채를 띠고 있다.
> 대낮, 두 팔을 힘껏 높이 쳐든다.
> 가스여, 터져라!
> 전기여, 지끈지끈 타올라라!

세상의 모든 답답한 진주여, 터져나오라!

우울증과 함께 삶의 조바심도 가셔진 것이다. 일종의 '거듭남'이 이루어진 것이다. 그 거듭남의 구조는 "이상하게 어지러움도 없이/몸이 공중에 떠"오르는 상태로 표현되고 있다. '조그만 얼굴'이나 '광채 띤 구름'의 역할을 간과해서는 안 될 것이다. 예를 들어 베토벤의 제5 교향곡 끄트머리의 잘 들리지는 않지만 보석처럼 박힌 피콜로의 도입은 그 부분의 극적 효과를 얼마나 돕고 있는가?

거듭남의 구조를 염두에 둔 채 비교적 최근에 씌어진 지난해 작품 「밤새워 글쓰기」를 읽으며 이 글을 점차 마지막으로 몰고 가기로 하자. 마지막으로 다룰 작품으로 「오어사(吾魚寺)에 가서 원효를 만나다」를 몇 번이나 생각하다가 마지막 순간에 바꿨다. 좀 덜 드라마틱한 작품을 원했기 때문이다. 그러나 「밤새워 글쓰기」가 더 드라마틱하다는 사람이 있으면 그의 견해에도 찬성의 손을 들 수밖에 없을 것이다.

밤새워 글쓰기

1

방학 핑계삼아 밤새워 쓴 글들
새벽에 모두 헐겁게 흩어진다.
먼동은 훤히 터오는데
창을 열면
엷은 안개 속에
며칠 전 눈 여전히 쓰고 있는 앞산,

작년 겨울 같은 저 겨울.
혀로 입 안을 핥아본다.
가죽과 가죽이 만난다.
인간의 혀가 무두질당한 밤이여,
가죽과 가죽이 만난다.

2

간밤 글 속에서
모든 '나'를 '그'로 바꿔본다.
조그만 가방 어깨에 걸치고
그가 시외버스에서 내린다.
사자산 법흥사.
단풍 든 산 능선에는
나뭇잎 갓 벗어논 나무들이
황홀한 레이스(lace)로 붙어 있다.
좌우 능선도 황홀,
뒷능선도!
새로 짓는 법당을 버리고 산길에 들어선다.
붉은색 갈색 노란색 낙엽이 알맞게 깔려
삼색(三色) 길을 만들고 있다.
옛 본당 거쳐 오른쪽으로 난 길로 접어들며
약수를 마시고
적멸보궁에 오른다.
규모 조금 작을 뿐

오대산 보궁과 꼭 같은
사람 몸의 불두덩 모습이 자태를 나타낸다.
주위를 한번 돌고
역시 불상(佛像)이 없는 보궁 안을 들여다본다.
가방과 함께 그가 문득 사라진다.
밤새 쓴 글이 모두 메아리로 바뀐다.
메아리
나는 '그'의 마음의 메아리!

3

꼭 같은 공간을
장욱진 화백이 시외버스에서 내렸다,
가방도 없이.
선생은 주머니에서 바리캉을 꺼내
우선 능선의 레이스를 밀고
(저 비구니들의 머리!)
단풍색을 뭉개어 빛나는 회색을 꺼내 길을 깔고
주춧돌 세 개 위에 선(線)으로 집 한 채 짓고
그 위 빈 하늘에
까치 한 마리 날렸다.
집 옆에는 선(線) 주춧돌로 쓰려다 만
철선을 조심히 구부려 만든 사람 한 점(點).
아 '그'!
그가 슬며시 '내'가 된다.

4

커피가 달고
아스피린 두 알도 달다.
세면대에 뱉어놓는다.
아 나는 결국 풍경 중독자인가?
저 산의 눈 작년 눈이면 어떠리,
내년 눈이면?
사자신이 추억 속에서 머리 깎이면 어떠리.
시간(時間)이 이발당한들!
아니, 내 글이 '그'의 글이 되면 어떠리.
글보다도, 가죽처럼 무두질당한 혀와 입이 서로 비비며
더 확실히 삶의 감각을 되살리지 않는가!

집 안이 깨어 웅성대기 시작한다.

1992년 2월 초에 씌어진 시다. 그때는 직장인 학교의 대학신문사 주간직을 맡고 있을 때여서 기획과 인사 문제로 계속 신경을 써야 했고, 부주간이 갈릴 때이기도 해서 정신이 없었다. 게다가 바로 이 글 한 회분을 써야 할 때가 되었는데다가 약속한 수필도 두어 편 밀렸고, 또 몇 달 동안 시도 못 써, 마침 겨울방학도 끝나가는 중이니 나로서는 이게 마지막이니 천지신명이여 보아주십사고 발원(發願)을 하고 한번 밤을 새웠던 것이다. 사실 근력이 달려 그후로는 지금까지 '밤새워 글쓰기'를 못 하고 있다. 그러나 밤새워 한 일이 먼동 틀 무렵 모두

별것 아닌 일로 보일 때의, 금년 겨울이 "작년 겨울 같은" 것으로 보일 때의, 그 한심함, 그 쓸쓸함, 그 쓸쓸한 가벼움, 그것을 한번쯤 더 겪고 싶다. 여하튼 그 쓸쓸함이 이 시를 쓰게 했고, 좀 과장하자면 이 시의 초고를 만들기 위해 밤을 새운 셈이 되었다. 입 안과 혀는 내 입 혀 같지 않게 깔깔해지고.

혀로 입 안을 핥아본다.
가죽과 가죽이 만난다.
인간의 혀가 무두질당한 밤이여,
가죽과 가죽이 만난다.

객관적인 분위기를 주기 위해서만이 아니라 '나'의 확대를 위해, 밤새 쓴 글의 모든 '나'를 마음속으로 '그'로 바꾸어보았다. 전해 가을 친구들과 영월군 사자산 법흥사에 갔던 일이 떠올랐다. 이제 '내'가 아닌 마음속의 한 인물이 되어 다시 가을에 그곳을 찾아가본다. 절 주변은 그야말로 단풍의 절정이다. 그러나 전해 가을과 마찬가지로 마음을 끌어당긴 것은 단풍보다도 절을 둘러싸고 있는 산능선들에 가지런히 레이스처럼 붙어 있는 잎 진 나무들의 모습이다. 사방이 레이스 능선. 법흥사도 신라 말 선산구문(禪山九門)의 하나라 같은 선산구문들인 보령 성주산 성주사나 장흥 가지산 보림사 들과 마찬가지로 산들에 폭 둘러싸여 있다. 게다가 이 절은 진신사리를 모신 적멸보궁까지 가지고 있어서 위 절들보다는 해발고도가 높아, 이른 단풍철인데도 보궁에 오르는 길은 양 옆의 나무들도 빨강 노랑 갈색의 선명한 삼색낙엽, 길바닥에 깔린 것도 선명한 삼색 낙엽이다. 오대산 상원사 적멸보궁과 마찬가지로 이곳 보궁도 정말 명당자리에 터를 잡았다는 느낌이 절로 든다. 명당자리란 인간과 산이 호흡을 나누며 대화를 할 수 있는 곳이다. 좀더 예민한 사람은 산의 기(氣)를 눈으로 직접 볼 수 있는 곳이리라. 시에는 나타나 있지 않지만 심호흡을 몇 번 한다. 그러자 '그'가 문득 사라지고 '내'가 '그'의 메아리가 되어 나타난다.

그 많은 '그'들 속에서 내가 특히 좋아한 화가 고(故) 장욱진 화백이 법흥사 버스 종점에 내린다. 나의 보통 분신(分身)과는 달리 그는 가방도 없이 내린다. 그리고는 옛스런 머리 깎는 기계 바리캉을 꺼내 사방을 둘러싼 능선의 레이스들을 밀어버린다. 레이스 깎인 능선의 선을 "(저 비구니들의 머리!)"라고 표현한 것은 비슷한 무렵에 쓴 시 「죽음 즐긴 라이프니츠」에서 사람들이 죽을 때 철학자 라이프니츠처럼 무덤을 남기지 않는다면 지구가 얼마나 깨끗해질까를 생각하며 "(아 비구니의 머리!)"라고 표현한 것과 같은 맥일 것이다. 괄호를 친 것까지 같다.

나는 장욱진 화백이 후기에 자주 사용한 회색을 그냥 회색으로 본 적이 없다. 그 색이야말로 현란한 단풍색을 뭉개어 만든 색감을 가지고 있는 것이다. 딱히 어떤 그림이라고 잘라 말하기는 힘들지만 그가 만년에 주로 그린 철사 선(線)으로 만든 것 같은 집 한 채, 까치 한 마리, 그리고 역시 철사 선으로 만든 사람 한 명의 공간이 완성되었다. 융(Jung) 식(式)을 따르자면, 단순한 색과 단순한 형태를 그리워하는 우리 민족 심상의 원형(原形)의 하나가 재현된 것이다. 게다가 고맙게도 '그'는 '내'가 되어주기까지 하는 것이다.

비록 정신적이긴 하지만 장욱진 화백과의 몸 서로 바꾸기 경험이 행해지자 일상적인 나에게 조그맣지만 확실한 변화가 일어난다. 우선 낡아서 지겹던 앞산의 눈에서 전과 다른 생기를 얻는 것이다.

저 산의 눈 작년 눈이면 어떠리,
내년 눈이면?
사자산이 추억 속에서 머리 깎이면 어떠리,
시간(時間)이 이발당한들!
아니, 내 글이 '그'의 글이 되면 어떠리.

이 작품이 가치가 있다면 내 이름을 달지 않고 누군가 다른 인간의 이름을 달아도 족하리라는 생각이 든다. 인간의 이름을 제대로 못 달고 무명씨(無名氏)로 되면 또 어떤가! 그 무엇보다도 "가죽처럼 무두질당한 혀와 입이 서로" 맞비비는 절실한 감촉에서 살맛을 얻는 그런 인간이 되고 있는 판에. 어느새 '나'는 변해 있었다. 다시 반복하거니와 변함에 해방이 있는 것이다. 실패할지는 모르나 언젠가 다시 한번 '밤새워 글쓰기'를 시도하지 않고 견딜 수 있겠는가?

11. 나의 시의 빛과 그늘

밖은 밤이다.
건너편 아파트가 환히 켜져 있다.
자세히 보면 꺼져 있는 구석도 있다.
살아 있는 건물의 모습이다.
건너편에서 보면
내가 한구석에 앉아 있는 아파트의 모습도 마찬가지일 것이다.
나의 시들이 행여 세월의 청소를 견디고 살아남게 된다면
내 시의 구성요소들이 독특하게 영원성을 획득했다기보다는
인간의 마음이 시간적이면서도 초(超)시간적이기 때문일 것이다.
나는 아직도 인간을 믿는 바보이다.

지금 나는 이 책 첫머리에 등장하는 회현동집의 이층방처럼 마구 어질러진 사당동 아파트의 방 속에 앉아 있다. 예나 지금이나 어느 정도 어질러진 방이 나를 편안하게 만든다. 참 이상하다. 미래도 그럴 것 같다는 생각이 든다. 방은 말할 것도 없고, 실내를 너무 깨끗하게 단장한 '청결한' 승용차를 타도 내 마음은 조금 덜 편하다. 다른 게 있다면 회현동의 산밑 목조 이층이 아니고 아파트 팔층이어서 창 밖으로 올려다보던 남산 대신 사당 3동의 집들이 내려다보인다. 그 건너로는 작년 겨울만 해도 눈에 쌓여 계속 더러워지던 산이었던 곳에 금년 봄과 여름에 새로 생긴 아파트 단지의 건물들이 막강하게 서 있다. 또 달라진 것이 있다면 방이 많이 좁아졌고 남향이 아닌 동향 방이라 "언제나 지금처럼 어둠이 빨리 온다"는 점이다. 참 그러고 보니 바로 앞 구절을 인용한 「바다로 가는 자전거들」을 쓸 때의 남가좌동 슬라브 지붕 가옥의 더 좁은 한 평 반짜리 방도 동향이었다. 달라진 것이 또 있다. 회현동 이층방 한가운데를 주인처럼 차지하고 있던 연탄 난로가 사라졌다. 어디로 갔을까? (주위를 둘러본다.) 아 내 몸 속으로 들어갔구나. 어쩐지 몸이 늘 후텁지근하고 무겁더라니. 참 지난 몇 년간 산문을 쓸 때는 없어서 안 되는 워드 프로세서용 컴퓨터 한 대가 앞에 놓여 있고, 제니스 라디오보다는 음질이 훨씬 좋은 음향기기에서 베토벤의 현악사중주가 흘러나오고 있다. 알반 베르크 사중주단의 베토벤 연주는 엄격하고 아름답다. 나는 내 시가 그들의 연주처럼 엄격하고 아름다웠으면 하면서도, 동시에 엄격에서 풀리기를 바란다.

신문이나 잡지에서 나를 인터뷰할 때, 선생님을 시의 모범생이라고들 하는데 어떻게 생각하십니까, 라는 질문을 할 때가 있다. 시인에게 그 타이틀은 물먹은 무거운 나무관(冠)이리라. 얼마나 많은 정열의 낭비를 그 낱말은 품고 있는가? 그 말을 들을 때마다 나는 시를 본격적으로 쓰기 시작한 지 얼마 안 된 때를 떠올리곤 한다. 후에도 많이 버렸지만 처음 몇 년간 나는 참으로 많은 시를 버렸다. 반드시 마음에 안 드는 작품만을 버린 것은 아니었다. 그런 '모범생'이 어떻게 '시인'이 될 수 있겠는가? 어떤 때는 작품의 마음에 듦 안 듦과는 상관없이 지난 한 달 것 모두를 태워버려야 견디기 식의 버림도 있었다. 그 가운데는 한 구절을 지금도 채 잊지 못하고 간직하고 있는 것도 있다.

그대 손을 들면
없던 강물 흘러오고

제목조차 생각나지 않는데도 끈질기게 기억 속에 삼십여 년 남아 있는 구절이다. 그러나 "그대 손을 들면"이라는 표현은 「더 조그만 사랑노래」의 한 구절로 다시 태어나긴 했을 것이다. 그러나 "없던 강물"

은 어디 갔는가? 다시 태어날 기회마저 못 가진 수많은 느낌과 생각의 덩어리들, 고통의 응어리들을 그대로 품고 살기, 그것이 '모범생'을 만드는 비결인 것이다.

내가 시를 가지고 이룩하려 한 것은 결국 무엇인가? 사회 정치에 참여하는, 당시의 표현을 쓰자면 어둠을 밝히려는 시도 한때 상당히 썼다. 앞에 아무것도 안 보이는 순간도 있었다. 그러나 그 무엇보다도 독자들이 '내가 뭐지?' 라는 질문을 할 때, 혹은 '내가 뭐는 아니지!' 라는 다짐을 할 때, 피가 도는 답을 하나라도 만들 수 있도록 하기 위하여 시를 써온 것이 아니겠는가. 사람이 자기 자신이 무어냐 물을 때 답은 메타포로밖에 나오지 않는다. 메타포의 고향은 시인 것이다.

'내가 뭐지, 즉 인간이 뭐지?' 의 답은 삶의 기쁨으로도 나타나고 슬픔으로도 나타나고 그 무엇보다도 같이 고통을 겪는 사람들에 대한 사랑으로 나타난다. 증오의 시는 오래 못 간다. 조잡한 감정이기 때문이요, 또 너무 쉬운 감정이기 때문이다. 여하튼 '나는 뭐지?' 에 대한 이 땅의 대답들이 모여 민족의 혼(魂)을 만들고 또 그게 모여 세계의 혼을 만드는 게 아니겠는가.

곡절은 많았으나 전체적으로 볼 때 나는 내 시가 사랑의 시라고 믿고 싶다. 초기의 사랑노래부터 최근의 「몰운대는 왜 정선에 있었는가?」에 이르기까지 사랑은 나의 시의 핵심이었다고 생각된다. 그 사랑은 칸트의 인간관의 핵심을 이루는 사상, 즉 인간은 어떤 것의 수단이 되는 존재가 아니라 하나하나가 스스로 목적이 되는 존재라는 사상을, 불교 식으로 말하자면 인간 하나하나가 다 부처(목적적인 존재)라는 사실을, '거듭남' 을 통해 시적 자아의 확대를 통해, 구체적으로 구현하려는 시도(試圖)의 받침목일 것이다. 다시 말해서 인간은 변화의 가능성을 지닌 존재임을, 그의 변화에 그의 자유와 해방이 있음을 확인해온 것이다. 이런 생각을 가진 사람은 대개 상처가 있는 사람이다. 나의 상처는 무엇일까? 무엇이 나를 새벽이면 찢어버릴 글을 밤새 쓰게 했는가? 바로 시(詩)가 아닌가?

밖은 밤이다. 건너편 아파트가 환히 켜져 있다. 자세히 보면 꺼져 있는 구석도 있다. 살아 있는 건물의 모습이다. 건너편에서 보면 내가 한구석에 앉아 있는 아파트의 모습도 마찬가지일 것이다. 나의 시들이 행여 세월의 청소를 견디고 살아남게 된다면 내 시의 구성요소들이 독특하게 영원성을 획득했다기보다는 인간의 마음이 시간적이면서도 초(超)시간적이기 때문일 것이다. 나는 아직도 인간을 믿는 바보이다.

글을 끝내려는 마음으로 먼저 쓴 스크랩한 것들을 뒤적여보니 역시 불만스럽다. 다시 쓰거나 지워버리고 싶은 곳투성이다. 젊었을 때처럼 확 다 불태워버리고 싶다는 생각도 불현듯 든다. 그러고 나서 다시 쓴다면? 그러나 바로 그 불만스럽다는 이유 때문에 새로 또 글을 쓰게 되는 것이 아니겠는가. 얼마 전 어느 문학잡지의 내 신작 시특집에 붙인 산문의 마지막 부분을 인용하며 이 글을 끝내기로 하자.

> 불만스러우면 바로 그 때문에 쓰는 것이 아니겠는가. 불만스러운 작품일수록 자연스러운 작품이 아닌가 하는 생각까지 들곤 한다. 시에 관한 한 만족보다는 불만에 찬 채 죽기를 나는 바란다.

에피소드 하나만 더 보태자. 한 십 년 전 나는 운전을 못 했다. 아버님을 모시고 여행을 하고 싶은데, 모르는 지방 버스 시간표로 일정을 짤 수는 없어, 김정웅 시인을 유혹해서 그의 차에 당시 초등학교 고학년이던 김 시인과 내 아들 하나씩도 태우고 다섯이서 선운사를 들르고 곡성 압록에서 강수욕도 하고, 화엄사, 연곡사, 쌍계사 진주를 거쳐 김천 청암사를 마지막으로 구경하고 서울로 돌아올 때였다. 연 사흘 강행군이 무리였는지 아버님이 속이 안 좋으시다고 하셨다. 나는 김 시인에게 어디 약방 앞에 차를 대자고 했다. 그러나 아버님은 그러지 말고 가게에 가서 소주 한 병만 사오라고 하셨다. 의아했으나 따를 수밖에. 아버님은 속도를 변화시켜가며 조금씩 술을 드시는 것이었다. 한두 시간 후 이화령을 넘을 무렵 아버님은 여기가 어디냐고 물으시고 이제 다 나았다고 하셨다. 이홉들이 소주병에는 삼분의 일가량의 술이 남아 있었다.

몇십 년 계속 드셨으면 술을 병을 일으키는 원인으로도 병을 고치는 약으로도 쓸 수 있어야 하는 것이다. 습작기까지 생각하면 나도 시를 위해 사십 년은 족히 보낸 셈인데도 '불만에 찬 채 죽고 싶다' 운운하는 것을 보면 나는 아직 멀었다는 생각이 들기도 한다. 나는 아직 멀었다. 이상하게 그 생각이 힘을 준다. (1993)

알레고리와 상징의 밀회(密會)

범속을 벗어난 경지를 노래하는 것보다는
범속을 벗어나는 순간을 간신히 포착하는 시가 인간적으로,
더 정확히 말하자면 생물적으로, 아프고 아름답다.
그런 순간이야말로 삶의 일이 비유가 되는 세계,
즉 넓게 보아 알레고리의 세계와 혼(魂)—
혼이 실제로 존재하지 않는다 해도
결국 인간의 목마름이 만든 것이 아니겠는가—의 세계,
상징의 세계가 만나는 순간이다.
그저 만나는 것이 아니라 뜨겁게 밀회(密會)하는 순간이다.

새삼스레 시론을 쓰라고 한다. 습작을 빼고, 첫 시집에 실린 작품 가운데서도 최초의 작품이라 할 수 있는 「즐거운 편지」를 쓴 지 벌써 삼십육 년, 그 동안 나의 시론이라고 쓴 적이 두어 번 있지만 두 번 다 그야말로 비유적이고 우화적인 이야기로 시종일관했다는 생각이 든다. 정색을 하고 달려들면 결국 시인이 자기 말에 자신을 얽어맬 위험이 있고, 또 진짜 시론은 한 시인의 시와 산문 전체에 걸쳐 산재해 있는 것이기 때문에 너무 친절히 만들어놓았다가는 독자들을 게으르게 만들기 십상인 것이다. 그러나 이즈음 와서는 설사 자신이 얽매임을 당한들 어떠랴, 그리고 독자들에게 때로 즉석음식(fast food)을 대접할 수도 있지 않느냐 하는 생각도 들어, 쓰고 싶은 것을 그냥 적어놓아도 괜찮겠다는 기분이 고개를 들기도 한다. 그 기분을 최대한 살려 보기로 하자.

그러나 막상 쓰려고 하니 우선 내 작품이 지난 삼십육 년간 여러 번

변했다는 생각이 든다. 물론 최근의 내가 '나'에 가장 가깝겠지만, 그전 것들도 하나같이 내 분신(分身)들이고, 또 그들 가운데는 지금의 나보다 더 힘있고 멋있는 분신도 있는 것이다. 그런데 시간과 지면은 정해져 있다. 그러니 통시(通時)적인 시론을 하나 거창하게 재구성하는 것은 불가능하고, 결국 최근 작품들을 중심으로 지난 십여 년간의 내 시를 보여주는 글을 쓸 수밖에 없을 것이다.

시론을 시론답게 만들자면 우선 '낯설게 하기'에 대해 한마디 해야 할 것이다. 사람에 따라서는 산문처럼 계속 연달아 인쇄하지 않고 구절들을 연에 맞춰 시적(詩的)으로 나열한 것만 가지고도 '낯설게 하기'에 충분하지 않느냐고 할지 모르나, 다른 시인들의 시와 내 시가 다르다는 신호 또한 해주어야 하기 때문에 나는 시의 첫머리의 '낯설게 하기'에 특히 신경을 쓴다. 전체적으로 볼 때 과격한 형식 파괴를 별로 즐겨 쓰지 않는 나이기 때문에 더욱 그렇다. 그래서

> 어제를 동여맨 편지를 받았다.
>
> —「조그만 사랑노래」 첫 행

같은 표현이 시 첫머리에 흔히 나타나는 것이다. 다시 말해서 첫 행부터 당돌하고 의표를 찌르는 작업을 해야 하는 것이다. 그 일은 다음의 예처럼 상상력이 많이 가미된 표현이 해내기도 한다.

> 지구가 손 내밀어 소매 넌짓 당길 때
> 어느 봄 저녁 설악산 오색쯤에서
> 민박하다 뜨고 싶다.
>
> —「시인은 어렵게 살아야 3」 첫 3행

혹은 「K에게」에서처럼 북받치는 마음이 과장을 허용하여 낯섦을 주기도 한다.

> 네가 병원에 가고부터
> 술맛이 떨어졌다.
> 입술과 혀의 세포들이 모두 고개를 돌렸다.
>
> —「K에게」 첫 3행

그런가 하면

> 큰 돌이 작은 돌을 쳐서 부숴뜨리는 것을 보았습니까?
>
> —「돌을 주제(主題)로 한 다섯 번의 흔들림」 첫 행

와 같이 화자(話者)의 열기가 충전되어 있는 발언을 불쑥 내세우는 경우도 있다. 그런 '낯설게 하기' 경우들을 찾으려면 한이 없을지도 모른다. 그러나 한 예만 더 들자면,

> 바다는 젖어 있었다.
>
> —「풍장 20」 첫 행

같이 너무도 당연하기 때문에 오히려 낯설게 하기 효과를 보면서 동시에 화자의 심리 상태를 강하게 보여주는 경우가 있을 수 있을 것이다.

*

범상하게 지내던 사람이 갑자기 새롭게 보이는 때가 있다. 삶의 '낯설게 하기'이다.

*

지난 십여 년간 내 시에 주목해온 사람들은 내 작품에 여행이 많이 등장한다고 한다. 옳은 말이다. 나는 여행을 좋아한다. 아니 그 무엇보다도 좋아한다. 그러나 여행을 좋아하기 때문에 여행이 내 작품에 자주 등장하는 것만은 아니다. 사실 동서고금 대가들의 시에는 일상생활이 아닌 여행시가 의외로 많은 것이고, 아마 이백(李白)과 두보(杜甫)의 시 가운데 거의 반절이 여행이나 피난에서 얻은 시거나 그 생활을 그린 시가 아닌가 싶다. 우리가 항용 일상생활이라 부르는 생활은 우선 시를 '낯설게 하기'에 실패하는 경우가 많은 것이다. 앞 문장의 '항용'에 주의하기 바란다. 사실 일상생활이야말로 '낯설게 하기'에 앞서 시의, 문학의, 영원한 보고(寶庫)이기 때문이다.

초월적인 것을 다루는 많은 시들이 처음부터 초월적이고 추상적인 명제에서 출발하는 것과 달리 내 시는 대개 일상생활에서 출발한다. 다시 강조하지만 생활에서 멀어질수록 공허해지기 쉽고 또 문학의 생명이랄 수 있는 구체성에서 멀어질 위험이 있는 것이다. 굳이 뛰어난 작품이라기보다는 금방 손에 잡히는데다 길이도 알맞은 예를 하나만 들어보자.

오미자 술

오미자 한줌에 보해소주 30도를 빈 델몬트 병에 붓고
익기를 기다린다.
아, 차츰차츰 더 바알간 색.
예쁘다.
막소주 분자(分子)가
설악산 오미자 기개에 눌려 하나씩 분자 구조 바꾸는 광경.
매일 색깔 보며 더 익기를 기다린다.
내가 술 분자 하나가 되어
그냥 남을까 말까 주저하다가
부서지기로 마음 먹는다.
가볍게 떫고 맑은 맛!

욕을 해야 할 친구 만나려다
전화 걸기 전에
내가 갑자기 환해진다.

약술을 담아 마셔본 사람이면 흔히 떠올릴 수 있는 장면이다. 구체적인 것을 사랑하기 때문에 소주 이름이며 빈 오렌지 병 이름까지 사실 그대로 등장시켰다. 이즈음처럼 어깨에 힘을 주거나 추상적인 시가 대부분인 때 이런 구체적인 사물의 제시는 그 나름대로 '낯설게 하기'의 장치 역할도 하고 있다고 생각된다. 여하튼 이런 일상적인 생활 속에서, 그리고 평범한 사물과의 관계 속에서, 그러나 예술가적인 상상력의 움직임과 그 움직임 속에서 만난 구체적인 술맛에 힘입어, 화자는 갑자기 변화를 체험하게 되는 것이다.

*

술 이름과 그 도수, 그 술을 담는 병 이름의 구체적인 제시, 그것은 세계에 대한 시인의 감사의 표지이다.

*

이 시의 후반에 가서 화자는 변화를 겪는다. 친구에게 욕하는 전화를 걸려다가 자신의 몸이 갑자기 환해짐을 느끼는 것이다. 다시 말해 친구를 용서하는 것이다. 굳이 종교적인 용어를 쓰자면 규모는 작지만 '거듭나는' 변화를 겪는 것이다. 이런 거듭남의 변화가 작품 속에서 일어나는 서정시를 나는 '극서정시(劇抒情詩)'라고 부른다. 1980년에 쓴 「겨울의 빛」 이후, 아니 의식하지 않은 것까지 합치면 그보다 훨씬 이전부터, 내내 추구해온 것이기 때문에 그런 작품을 내 시 속에서 찾기는 쉬울 것이다. 일상생활을 하다가 얻은 상처를 "흠없는 혼이 어디 있으랴"라는 랭보의 시구를 떠올리며 극복하는 「오늘의 입은 마음의 상처」 같은 작품에서도 조용하게 그 일이 행해진다.

> 사람 모여 사는 곳 큰 나무는
> 모두 상처가 있었다.
> 흠없는 혼이 어디 있으랴?

오늘 입은 마음의 상처,
오후내 저녁내 몸 속에서 진 흘러나와
찐득찐득 그곳을 덮어도 덮어도
아직 채 감싸지 못하고
쑤시는구나.
가만, 내 아들 나이 또래 후배 시인 랭보와 만나
잠시 말 나눠보자.
흠없는 혼이 어디 있으랴?

"흠없는 혼이 어디 있으랴"를 쓴 랭보를 아들 나이 또래 후배 시인으로 만들고 보니 어느덧 마음의 상처가 별로 문제되지 않는 상태가 되지 않았겠는가?

그러나 극서정시의 면모를 나의 '여행시'들처럼 극명하게 보여주는 예는 달리 없을 것이다. 그 시들은 하나같이 단지 여행의 즐거움이나 처음으로 만나는 풍물의 기이함과 기이함을 접하는 재미로 되어 있지 않고 일상을 떠나는 여행을 계기로 해서 이룩되는 삶에 대한 깨달음과 깨달음이 낳는 조그만 거듭남들을 담고 있다.

「다산초당(茶山草堂)」을 예로 들어보자. "만나는 사람들의 몸놀림 계속 시계침 같고/ '반포치킨'에 묻혀 맥주 마시는/내가 지겨운 기름 냄새 같을 때"라는 첫머리처럼 일상생활의 반복 속에 생각마저 생기를 잃었을 때 화자는 옛사람들이 귀양을 가듯이 여행을 떠나려고 마음먹는다. 다산이 귀양 가지 않고 계속 관리로 있었다면 아마 그의 위대한 사상이나 저술은 이룩되지 않았을 것이다. 그러나 그 여행 끝에 귀양과 여행의 구조적인 차이가 인식되고, 큰일을 할 수밖에 없었던 한 인간을 상상력 속에서 역사를 뛰어넘어 만나게 되어 화자를 소규모지만 거듭나게 하는 것이다. 그 거듭남은 다음과 같은 비유적인 상황 속에 그려져 있다.

> 옆에 놓인 플라스틱 바가지를 들고
> 다산이 차 달일 때 썼다는 약천(藥泉) 물을 뜬다.
> 샘 안에 눈길을 주자 두꺼비 한 마리가 웅크리고 있었다.
> 버리려던 물을 그냥 들고 마신다.
> 참 달군!

다시 말해서 전 같으면 약간 기겁하며 쏟아버렸을 두꺼비가 들어 있는 약수물을 마시고 또 그 맛이 달다고 느끼는 새로운 자세가 마음속에 형성되는 것이다.

*

술에 취해보지 않고 술에서 해방되는 방법은 없다. 술에 취해보고 술에서 해방되는 방법도 없다. 술을 술(術)로 바꿔도 마찬가지이다. 그러나 무엇이든 술(術)이 막 완성되는 순간만이 해방의 가능성이 주어지는 순간이다. 그 순간을 놓치면, 술 아니면 술(術)이다.

*

나는 선(禪)적인 요소가 들어 있는 시는 좋아하지만 선시(禪詩) 자체에는 마음이 끌리지 않는다. 한산(寒山)의 시보다는 이백이나 왕유의 시가 좋은 것이다. 일단 선의 경지에 들고 나면 왜 더이상 시가 필요할 것인가? 범속을 벗어난 경지를 노래하는 것보다는 범속을 벗어나는 순간을 간신히 포착하는 시가 인간적으로, 더 정확히 말하자면 생물적으로, 아프고 아름답다.

그런 순간이야말로 삶의 일의 비유가 되는 세계, 즉 넓게 보아 알레고리의 세계와 혼(魂) — 혼이 실제로 존재하지 않는다 해도 결국 인간의 목마름이 만든 것이 아니겠는가 — 의 세계, 상징의 세계가 만나는 순간이다. 그저 만나는 것이 아니라 뜨겁게 밀회(密會)하는 순간이다. 그 순간의 절실함이 이삼 년 전에 쓴 시 「몰운대행(行)」의 마지막 마당을 앞마당들의 평서체와는 달리 경어체로, 다시 말해서 간절함체(體)로 만들었을 것이다. 밀회가 화자와 풍경을 동시에 황홀케 하는 순간이다. 그리고 거기에는 '날것' 으로 표현되는 삶 자체의 가치에 대한 확인이 들어 있다. 세번째 마당에 보면 해발 1,280미터의 만항재에서,

> 자글자글대는 엔진을 끄고 차를 내려 내려다보면
> 소나무와 전나무의 물결
> 가문비나무의 물결
> 사이사이로 비포장도로의 순살결.
> 저 날것,
> 도는 군침!

이라는 부분이 나온다. 그리고 마지막인 다섯번째 마당에는

새가 하나 날다가 고개 돌려 수상타는 듯이 나를 쳐다보았습니다.
모기들이 이따금씩 쿡쿡 침을 놓았습니다.
(날것이니
침을 놓지!)

즉 화자 자신이 아직 때묻지 않은 자연의 일부를 자신의 삶 속에 가지고 있음을 확인하는 것이다. 그 깨달음이 삶에 대한 경외감으로, 경어체의 노래로, 나타나는 것이다.

그러나 정작 시를 쓸 때에는 그 사실을 의식하고 있지 않았다. 의식하고 있었다면 아마 세번째 마당의 "저 날것/도는 군침!" 부분을 다섯번째 마당에서처럼 괄호로 둘러

(저 날것,
도는 군침!)

으로 했을 것이다. 그러면 독자들이 그 둘 사이의 연관을 더 쉽게, 그리고 더 확연히, 알 수 있었을 것이다. 그러나 나는 그 시를 쓰는 현장에서는 그것을 채 의식하지 못했고, 후에 그 둘 사이의 연관을 발견한 뒤에는 독자들도 내가 한 것처럼 스스로 그것을 발견하는 것이 좋겠다고 생각해서 그대로 둔 것이다. 그렇다. '극서정시'에는 무의식이라는 요소가 들어 있다. 의식보다 더 깊은 무의식의, 혹은 잠재의식의 도움이 없이는 알레고리와 상징이 만나 새로운 정신적인 구조물을 만들 수 있는 상황이 주어지지 않는 것이다.

뉴욕 생활에서 얻어진 작품 「견딜 수 없이 가벼운 존재들」도 마찬가지이다. 이국 도시에서 혼자 사는 일의 고달픔과 친구 마종기와 술을

마시며 하루 밤을 보낸 경험을 그리려고 마음먹었을 뿐 그 시는 어떻게 시작해서 어떻게 끝낼지 계획이 없이 시작되었다. 그러다가 "이런 괴로운 시절에 망명(亡命)가신 형이 부럽습니다"라는 말이 적힌 시인 김광규의 편지에 생각이 가고 뒤따라 신라 고승치고는 거의 유일하게 당나라에 발들여놓지 않고 스스로 위대한 사상가가 된 원효가 생각났다. 그러자 혹시 원효가 당나라에 갔으면 어떻게 되었을까에 생각이 갔다. 그 모든 것이 어울려 토막토막 유기성이 없는 경험들을 새로 연결해 마지막에는 센트럴 공원에 가서 물고기에 쫓겨 달아나는 물벼룩을 발견하고 물벼룩에게도 심장이 있고 그 하나하나에 내면(內面)생활이 있으리라는 깨달음을 이룩하게 만든 것이다. 그 깨달음이

한순간 허파 한 쌍과 마음 한 채가 몽땅
그 한 점에 깊숙이 빨려들었다가
확 놓여난다.

라는 표현으로 나타나는 조그만 거듭남으로 이어지는 것이다. 처음부터 차분히 계획을 세우고 그 계획에 따라 글을 써나갔다면, 무의식과의 합작이 만들어준 이 작품보다는 훨씬 논리적일지는 모르나 깊이가 엷은 시가 되었을 공산이 크다. 이왕 나온 김에 한마디 더 하자면, 「다산초당」도 제주도 여행 계획에서 빗나가 다산초당을 방문하게 된 작품이다. 처음 제목은 그냥 '여행'이었고 제주도 여행에서 문충성 시인과 만난 경험을 마치 추사(秋史)가 유형가서 그 고장 사람들과 이국적인 풍물을 만나는 작품으로 만들려는 것이었다고 기억된다. 그러나 도중에 글의 방향이 바뀌어 목적지가 그 시를 쓰기 바로 한 해 전에 들렀던 다산초당이 되고 제주도와 문충성 시인은 흔적으로만 남게 되

었다. 그러니 이 작품 또한 무의식과의 합작이 아니겠는가?

*

중간을 끝처럼 만드는 요령이 읽을 만한 모든 글들의 비결이다. 죽음밖에 끝이 어디 있는가? 그 역(逆)도 참이다. 그런 글들 속에 죽음이 어디 있는가? (1992)

동서양 틈새에서 글쓰기

이제 경계들이 무너져가고 있다. (……)
그것을 오히려 기회라고 보는 낙관주의자도 있을 것이다.
그러나 '같음' 보다는 '다름' 에 아름다움이 있는 것이다.
나는 고통스럽지만 동서양의 틈새에서 살게 된 것을,
적어도 동서양의 전형적인 삶들과 다른 삶을 살 수 있었기 때문에
다행이라고 생각하고 있다.
현대 서양인이 아니었기 때문에
내 시에는 지나친 자의식이 없고,
전통적인 동양인이 아니었기 때문에
내 시에는 거듭남의 의지가 있는 것이다.

이 글을 나에게 쓰라고 한 사람들의 의도가 이번 회의 발표자의 대부분을 이루는 비평가들처럼 역사적 혹은 통시적으로 문학의 '경계 넘어 글쓰기'를 개관하든가 숨은 원리를 논리적으로 캐어내든가 해달라는 것은 아닐 것이다. 보다는 동서양의 경계를 힘들게 넘나들며 사십 년 넘게 작품을 써온 한 시인의 정신의 얼개를 보여달라는 뜻일 것이다. 나는 이 기회를 내가 산 삶, 서양문학을 가르치면서 동양의 체험을 주로 시로 형상화한, 어릴 때 서양의 기독교에서 삶의 틀을 발견했으나 점차 동양의 자연관과 선(禪)으로 돌아온, 다시 말해 동서양의 틈새에서 글을 써온 한 시인, 내가 알고 있는 한국 시인들 가운데 가장 잘 알고 있는 시인 황동규의 정신적 구조를 밝히는 데 쓸 생각이다. 별로 중요하지 않다고 생각해온 그의 삶이 의미를 가지게 되는 글이 될 것인가 아닐까를 미리 예측하지 못하고 쓰는 글이다. 그러나 한 가지 일을 몇십 년 계속해서 해온 사람의 것치고 조금이라도 의미가 없는 삶이 어디 있겠는가.

1

이즈음 마음이 울적할 때면 들여다보는 그림이 있다. 중국 원 시대의 화가 예찬(倪瓚, Ni Zan)의 그림이다. 그의 그림은 약간씩 차이는 있지만 대개 전면에 바위 사이에 발톱을 박고 서 있는 잎 진 나무 몇 그루, 빈 농막 하나, 꽤 넓은 물 건너 비스듬히 누워 있는 돌산, 그리고 여백이다. 어쩐지 처음 보고부터 잊기 힘든 풍경이다. 몇 년 전 동경에 갔을 때 그의 그림이 든 화집을 구하기 위해 없는 시간을 쪼개어 서점가를 헤맨 일이 기억난다. 그리고 얼마 전에 안 것이지만 허소치가 예찬의 호 운림(雲林)을 따서 자신의 화실을 「운림산방」이라고 한 것을 보면 나뿐 아니고 우리나라 사람들의 심성에 그의 그림이 무언가 간절함을 주었고 또 지금도 주고 있지 않나 생각도 한다. 넓은 물은 물론 양자강이겠지만, 우리나라 다도해에서도 그 비슷한 색조와 풍경을 보았다.

또 하나는 화집이라고 할 수도 없는 빈약한 책이지만 그 속에 옹기종기 모여 있는 박수근의 그림들을 보곤 한다. 그의 그림에 나오는 나무들은 계절에 관계 없이 겨울 나무다. 아마 그의 평생은 온통 겨울이었을 것이다. 그 겨울 속에 온통 화강암의 색조와 질감으로 그린 낯익은 사람들이 살고 있다. 가난하고 추운 사람들이 꺾이지 않고 살아가는 마음의 결을 그는 우리나라 도처에 널린, 대부분의 불상이나 탑의 재료가 돼준, 화강암의 결에서 찾은 것 같다.

그러나 정작 내 거실에 걸려 있는 그림 두 점은 서양 것이다. 하나는 사 년 전 세잔 회고전이 열리고 있는 파리에 갔을 때 전람회장에서 사온 세잔의 〈사과와 귤이 있는 정물화〉 복사품이다. 표구가 되어 있는 것을 가져오느라 조금 힘들었던 일이 생각난다. 세잔 정물화들이 대개 그렇듯이 이 그림에도 정물들이 정물임을 거부하고 막 밑으로 쏟아져 내릴 태세가 들어 있다. 아마 19세기 후반 서양 정신의 일면일 것이다. 어떻게 보면 가장 특징적인 일면일 것이다.

또하나의 그림은 1998년 풀브라이트 장학생으로 우리나라에 와 일 년 동안 내 '지도학생'으로 있었던 영어로 시를 쓰는 뛰어난 미국 교포 시인 수잔 곽(Susan Kwack)이 샌프란시스코 현대미술관에서 구해 선물로 준 두루말이를 내가 표구한 것이다. 러시아 출신 미국 표현주의 화가 마크 로스코(Mark Rothko)의 〈무제, 1960〉로 그가 늘 즐겨 그린 아래 위로 사변형 두 개의 배치 대신 위의 둘은 같은 검붉은색이지만 사변형 셋을 배치한 그림이다. 원래 나는 그의 사변형 둘 사이의 신비한 선을 지평선으로 떠올리며 종교적인 느낌을 받곤 했었다. 그런데 이번엔 그런 지평선이 두 개라니. 그는 뉴욕의 무명화가로 고생하다가 명성을 얻으며 돈을 벌기 시작하자 목매 자살한 화가이다. 지난 이 년 반 전 미국 캘리포니아 버클리대학에서 반 년을 보낼 때, 바다의 수평선과 사막의 지평선을 자주 보았기 때문일까, '죽음의 골〔Death Valley〕'을 찾아 본 체험을 형상화한 「죽음의 골을 찾아서」를 쓸 때 그와 그의 그림이 등장했다. 일곱 토막으로 된 꽤 긴 시여서 짧은 두번째 토막 하나만 읽어보자.

> 평생 지평선 수평선을 그린 러시아 출생 미국 화가 마크 로스코는
> 그림 팔리기 시작하자 목매어 자살하고
> 나는 그의 지평선 하나를 얻기 위해 버클리를 헤맸다.

지평선, 신과 인간이 만나던 금,
다가서면 늘 뒷걸음치던 금,
때로 인간의 마음속에 간신히 그것만 간직되던 금,
그 금이 완성돼
인간의 목을 맬 올가미가 만들어진다면?
아 인간의 발이 바닥에 채 닿지 않는 외로움!
전철 속이 너무 환해 그만
애써 구한 복사화를 놓고 내린다.

다른 것은 몰라도 내가 지금 좋아하는 그림만 가지고도 나의 정신이 순수하지 못하고 동서양 복합체인 것이 확실할 것이다. 표구해 걸어놓은 동양화가 없지만 그것은 표구할 만큼 제대로 된 복사품이 없기 때문일 뿐이다. 언젠가 예찬이나 왕몽(王蒙), 박수근 혹은 이중섭의 그럴듯한 복사품들을 구해 표구해 걸어놓고 즐기고 싶다.

우리나라에 동서양 미술을 둘 다 좋아하는 사람은 많다. 시인이나 작가 가운데 그렇지 않은 사람이 오히려 드물 것이다. 그러나 종교를 생각하면 내 경우는 좀 특이하다. 내가 성장한 곳은 서울이지만 태어난 곳은 평양 부근이다. 조선시대 내내 정치사회적으로 핍박을 받던 곳이라 개화기에 기독교, 특히 장로교가 쉽게 세력을 펼칠 수 있었던 곳이다. 칼빈주의 신교가 평양 근처에 자리잡게 된 것은 아마도 신교 가운데서도 당시 장로교가 그 동안 지긋지긋하게 민중을 괴롭혔던 중앙집권적 제도를 덜 가지고 있었기 때문일 것이다. 나의 부모 양측 모두 장로교에 깊이 관여한 집안이었고 나도 유아세례를 받았다. 일본 치하에서 금지된 한글을 배우며 제일 먼저 접한 책이 한국어 『신약성경』이었고, 그때부터 천국과 지옥이 늘 마음 한편에 살고 있게 되었다. 성경을 읽으며 머리에 박힌 구절 가운데는 사도 바울의 「로마서」 제7장 9절이 있다.

> 전에 법을 깨닫지 못할 때에는 내가 오히려 살았더니, 계명이 이르매 죄는 살아나고 나는 죽었도다.

지금도 어디선가 이 구절을 만나면 마음이 섬뜩해지곤 한다. 왜 그럴까? 나도 모르는 사이에 기독교가 내 삶의 첫 계율이 되었던 기억 때문이 아니겠는가.

게다가 한국전쟁 직후에는 참혹했던 전쟁을 겪은 풍토답게 기독교의 열이 높아 부흥회가 여기저기서 열리고 있었고 나도 두어 번 참여한 적이 있다. 그리고 나는 한때 「요한 계시록」을 주로 읽으며 최후의 심판과 천년 왕국이 오기를 기다리는, 가정집에서 예배보는 소집단 교회에 나가기도 했다. 거기서는 「요한 계시록」뿐만 아니라 「다니엘서」 「이사야서」 「예레미야서」 등 구약의 예언서도 중점적으로 다루고 있었다. 당시의 절망적인 정치 · 경제 · 사회적인 상황을 고려할 때 아마 그런 종류의 조그맣고 심각했던 교회는 내가 다닌 곳 이외에도 여럿 있었을 것이다.

고등학교 고학년이 되어 시를 쓰면서부터 점차 '냉담자(indifferent)'가 되었다. 그러나 장로교의 엄격한 세계관은 늘 나를 따라다녔다. 대학을 졸업하고 낸 첫번째 시집과 사 년 후에 낸 두번째 시집에는 이사야나 예레미야가 당시 한글 성경의 번역 어투뿐 아니라 예언자적인 자세 자체로 시적 자아의 목소리 속에 들어 있는 것이다. 그때는 이미, 비록 깊이 들어가보지는 못했지만, 스피노자와 니체 속으로 들어가본 후였다. 그 기독교적 세계관은 삼십대 말 사십대 초 선(禪) 맛을 보면서 해체되게 되었다. 선은 그때까지 소문으로만 듣고 있었으나 막상 들어가보니 전혀 새로운 세계였다. 처음에 나는 선의 어떻게 보면 허무주의적인 '무(無)'에 본능적으로 저항했다. 선에 비할 때 니체조차도 '반(反)기독교적' 일망정 기독교 정신을 가지고 있는 것이었다. 그러나 점차 선의 매력에 빨려들어갔다. 예를 들어 '지옥' 화두를 꺼내보자. 선승들은 제자들이 깨우치지 못하고 머뭇대면 흔히 '지옥에 가라' 고 소리치곤 했다. 『벽암록』 『운문록』들을 읽으며 나는 그 '지옥' 이 그때까지 내 마음속에 자리잡고 있는 지옥과 다르다는 것을 곧 알게 되었다. 지옥에 가라기보다는, 제자를 사랑하는 마음에서 내뱉은 감이 다분히 끼어 있었던 것이다. 다시 말해 그들의 '지옥' 은 '부처의 자비가 없는 곳' 정도의 구조를 가지고 있었다. 지난해에 가톨릭 교황 요한 바오로 2세가 지옥은 "섭씨 몇천 도의 뜨거운 곳이 아니라 하느님이 안 계신 곳"이라고 새로 정의하는 것을 보고, 이 점에 있어서만은 동양이 서양보다 천몇백 년 앞섰다고 생각했다. 그러나 무한을 다루는 종교에서 천 년 앞서고 뒤서고가 무슨 문제가 되랴. 아마 기독교에도 천몇백 년 전에 선(禪)적인 지옥관을 가진 종파도 있었을 것이고, 그 종파는 이단이 따로 없는 불교와는 달리 아마 이단으로 배척을 받아 사라졌을 것이다. 여하튼 오늘날 기독교 가운데 적어도 가톨릭에서는 이제 천국과 지옥의 도그마에서 사람들이 저으기 해방되었구나 하고 생각한다. 그러나 앞으로 인류의 과제는 종교가 없이도 어떻게 종교적으로 사는가가 문제라고 생각하는 것을 보면 나에게 역시 강한 기독교 흔적이 남아 있는 증거가 아닐까.

선과 만나면서 준비하기 시작해서 십칠 년쯤 걸려 완성한 연작시 『풍장(*Wind Burial*)』 70편은 (정작 쓴 기간은 십사 년이 채 못 될 것이다) 진짜 삶의 생생함과 절실함을 맛보려면 죽음을 통해서 삶을 보아야 한다는 명제가 넓은 의미에서 주제이겠지만, 한 인간이 개신교의 천국과 지옥 도그마에서 놓여나는 기록이라고 볼 수도 있을 것이다. 그렇다고 해서 앞서 인용한 「로마서」 구절을,

> 전에 내가 계율을 알았을 때는 내가 오히려 죽었더니 법을 버리매 죄는 사라지고 나는 살았도다.

로 바꾸었다는 뜻은 아니다. 보다는 바울의 고백에 강조된 '나'를 덜 강조된 상태로 지니게 되었고, 법과 계율을 도그마가 아닌 좀더 '인간적인 참됨'의 뜻으로 풀이하게 되었다는 것을 말하고 싶을 뿐이다.

미술처럼 종교에 있어서도 나는 서양과 동양이 싸운 장소이다. 지금 나는 기독교도도 아니고 불교도도 아니다. 그렇다고 딱히 무신론자도 아니다. 좀더 정확히 말하면 두 종교가 부딪치고 버린 장소인 것이다. 내가 앞으로 어떻게 변하게 될는지는 모르지만, 비록 팻말이 없을망정 적어도 기억할 만한 한 싸움터로 남고 싶다. 그 '터'는 최근에 「수련(睡蓮)」을 낳기도 했다.

> 예수는 갈릴리 호수 위를 맨발로 걸었다지만
> 갈릴리 물이 건너편까지 카펫을 깔았다지만
> (그는 발 밑을 내려다보았을까)
> 그날 물의 알갱이들은 촘촘히 모여
> 생전 못 해본 일을 했을 것이다.
>
> 이적(異蹟) 앞의 놀람 또한
> 살아 있는 것의 속뜻이 아니겠는가.

방금 물위에 펼쳐논 카펫 위에 결가부좌하고 앉아
황홀히 속을 여는 꽃 한 송이.

예수와 부처가 — 불교의 연(蓮)도 수련과 식물이다 — 한 자리에 들어서는 조그만 만남이 이루어진 것이다. 예수가 걸어서 건너간 물위에 결가부좌하고 앉는 부처, 이것은 나처럼 동서의 경계 사이에 살아온 자의 조그맣지만 끊을 수 없는 한 꿈의 이미지인지도 모른다.

2

내가 시를 쓰기 시작한 1950년대 중반은 한국전쟁이 막 끝나고 프랑스의 실존주의가 도입되어 1930년대 후반에 일본을 통해 들어온 모더니즘과 함께 우리 문학을 휩쓸던 때였다. 잘 모르지만 '실존이 본질에 앞선다'는 뜻을 끼워넣지 않으면 대화가 잘 되지 않고, 엘리엇의 『황무지』의 몇 구절을 인용하지 않으면 문학 청년들의 술좌석에 끼기 힘든 때였다. 지금 보면 좀 우스운 것들이지만, 당시 소설은 지금 보면 당시 경박한 세태를 그린 전후 풍조(après-guerre)에 지나지 않았지만 '당당하게' 실존주의라는 딱지를 달고 있었고, 잡지에 실리는 시들은 지금 보면 초현실주의와 모더니즘의 흉내에 불과했지만 상당수가 '당당한' 모더니즘 시였다.

고등학교에 다니던 시절 나도 잘 모르면서도 엘리엇의 흉내를 냈었다. 우선 전후의 서울이 '황무지'였던 것이다. 그리고 특히 그의 여러 장면을 병치시켜서 효과를 얻는 기법은 황홀한 것이었다. 지금 생각해보면 당시 프랑스 회화의 콜라주(collage) 기법과 큰 차이가 없는 것이었지만, 시든 소설이든 일관된 시점(視点, perspective)에 익숙해 있던 나에게는 곧 새로운 세계의 도래(到來)였다. 그러나 차차 그것이 아니란 생각이 들기 시작했다. 우선 엘리엇처럼 현재의 황무지에 대비되는 영광스런 과거가 나에겐 없었고, 또 시점 해체의 핵심이 되는 해체되고 있던 대영제국이 나에겐 없었기 때문에 그의 비관적인 정신이 가슴에 오지 않았던 것이다. 이 점에 있어서 우리의 모더니즘은 일본의 모더니즘과도 차이가 있으리라고 생각된다. 그들에게는 해체되는 일본제국이 있었던 것이다. 내가 알기에 일본의 모더니스트들은 일관성 있게 모더니스트였으나 한국의 진정한 모더니스트들은 오히려 모더니즘을 버리고 나서야 진정한 시인들이 되었다. 서정주와 김수영이 우선 그렇다. 그들은 한국 모더니즘의 선구자로 되어 있는 김기림보다도 더 과격한 모더니스트로 출발했으나 어느 순간 모더니즘을 벗어버리고 자신들이 된 시인들이다.

고등학교 3학년이 되자 나는 우리 시에 모더니즘이 아닌 전통이 있다는 것을 알게 되었다. 고려가요부터 내려오는 시의 전통이었고 이십세기에 들어와 김소월과 한용운에게서 부활된 전통이었다. 넓은 의미에서 한(恨)의 전통이었다. 처음 그 전통에 귀를 기울일 때 본능적으로 전통의 단순한 답습은 의미가 없다는 느낌을 갖고 있었다. 그리고 얼마 지나서부터 한은 극복의 대상이라고 생각하기 시작한 것도 사실이다. 그러나 그 당시는 단순한 답습이 아닌 전통적인 시를 쓰고 싶을 뿐이었다. 모더니즘 습작들을 다 태워버리고도 문제는 해결되지 않았다. 그러다가 당시 연상의 여자에 대한 짝사랑에서 해결책이 나왔다. 고3때 씌어진 「즐거운 편지」가 한 예인데, 전통적인 서정시의 형식을 따르면서도 지금 볼 때 실존주의적인 정신이 수혈된 작품이다.

즐거운 편지

1

내 그대를 생각함은 항상 그대가 앉아 있는 배경(背景)에서 해가 지고 바람이 부는 일처럼 사소한 일일 것이나 언젠가 그대가 한없이 괴로움 속을 헤매일 때에 오랫동안 전해오던 그 사소함으로 그대를 불러보리라.

2

진실로 진실로 내가 그대를 사랑하는 까닭은 내 나의 사랑을 한없이 잇닿은 그 기다림으로 바꾸어버린 데 있었다. 밤이 들면서 골짜기엔 눈이 퍼붓기 시작했다. 내 사랑도 어디쯤에선 반드시 그칠 것을 믿는다. 다만 그때 내 기다림의 자세를 생각하는 것뿐이다. 그 동안에 눈이 그치고 꽃이 피어나고 낙엽이 떨어지고 또 눈이 퍼붓고 할 것을 믿는다.

애인이 떠나갈 때 언젠가 자신의 마음을 알아주어 되돌아올 것을 한없이 기다리겠다고 노래하는 한국의 전통 연애시에는 "내 사랑도 어디쯤에선 반드시 그칠 것을 믿는다" 같은 구절은 들어갈 틈이 없다. 그 구절 속에는 사랑을 비롯한 모든 것의 본질은 원래부터 있어온 것이 아니고 우리 삶의 선택 속에서 끊임없이 새로 만들어지는 것이라는 실존주의의 명제가 들어 있는 것이다. 본질이 미리 주어지지 않는다면 인간에게 영원한 것은 이미 있을 수 없다. 당시에 내가 이런 생각을 논리적으로 하지는 못했을 것이다. 그러나 혹독한 전쟁을 겪고 황무지나 다름없는 서울에 살고 있던 나에게 실존주의적인 요소가 스며든 것은 아마 자연스러웠을 것이다. 여하튼 이렇게 새로운 정신을 새로 가미하면서 나는 김소월 한용운 서정주로 흘러오는 우리 전통시의 흐름에 합류할 수 있었던 것이다.

원래 나는 시각적인 즐거움이 배제된 폐허 서울에 살면서 청각적인 즐거움을 주는 음악을 공부하기 위해 음악대학 작곡과를 택하고 싶었으나 우연한 기회에 자신이 약간의 발성 음치인 것을 발견하고 포기하고 대신에 영문과를 택했다. 발성 음치는 작곡에는 문제가 안 된다는 사실을 알게 된 것은 훨씬 후의 일이다. 펜데레키(Penderecki)가 파리 음악학원 입학시험에서 청음에 떨어진 것은 유명한 사실이 아닌가.

국문과를 택하고도 싶었으나 당시는 외국 작품들이 거의 번역되지 않은 상태여서 일본말을 모르는 세대에 태어난 나는 그나마 중고등학교에서 육 년 동안 배운 영어로 책을 읽을 수밖에 없었고, 그러기 위해서는 영문과가 가장 적합한 학과라고 판단했다. 고3때부터 영어로 주로 읽은 것은 도스토예프스키와 체호프였다. 그러나 얼마 지나자 셰익스피어에 몰두하게 되었고 드디어 번역이 아닌 원어로 엘리엇과 만나게 되었다. 번역으로 읽을 때보다 그가 훨씬 치밀하다는 것을 알게 되었다. 그리고 그가 대량으로 인용한 전거들도 서양 문화를 좀더 이해하게 됨에 따라 그만큼 더 편안하게 읽을 수 있었다. 그리고 넓은 의미의 정신적인 죽음과 재생 가능성을 제시하는, 그러면서도 그 재생이 인간의 이해를 초월하는 어떤 초월적인 존재의 '은혜'에 의존하는 『황무지』는 결국 기독교적인 것이었다. 『네 편의 4중주』는 말할 것도 없다. 아마 기독교의 도그마가 당시의 나에겐 지나친 비관주의로 보였을 것이다. 예를 들어 시에서 남녀간의 사랑을 엘리엇처럼 재미없는 것으로 그린 시인이 어디 따로 있겠는가.

대신 니체의 체취를 가지고 있는 예이츠에 심취하게 되었다. 그러나 예이츠도 당시 전통적인 한국시와는 거리가 멀었다. 학교에서는 영미 모더니즘을 배우고 정작 시는 내 식으로 변형시킨 한국시 전통을 따르려니 문제가 생기기도 했다. 서양화를 보는 눈으로 동양화를 보는 것이 아닌가 하는 생각도 했다. 그래도 형식의 자유로움을 응당 주어진 것으로 생각하게 된 것은 서양의 현대시 덕분이었다. 그때 만난 시인이 릴케였을 것이다. 두번째 시집이 되는 연작시를 시작할 때 제목을 무엇으로 붙일까 고민하게 되었으나 번역으로나마 방금 릴케의 『두이노 비가』를 읽은 때여서 『비가』로 정하기로 했다. 그 제목을 피할까도 생각했으나 오기(傲氣)로 『비가』라는 표제를 달고 열두 편의 시를 쓰게 되었고, 대부분이 군복무 기간에 씌어졌다. 후에 브람스가 베토벤과 슈베르트가 완성한 피아노 소나타와 현악 사중주 형식을 극력 피하려고 노력한 사실을 발견하고 당시의 오기는 역시 오기였다고 생각하게 되었으나, 그래도 후회는 없다. 내 『비가』는 릴케처럼 중재자 천사가 없는 더 어둡고 치사한 삶의 비가였고, 어디 한 군데 의지할 곳 없는 젊은이의 정열적인 삶 찾아나서기였다.

그러나 당시 우리나라 상황은 편안하게 시를 쓸 수 있는 상황이 아니었다. 독재에 항거해 일어난 4 · 19 혁명은 일 년여 만에 끝나고 군사정권이 들어서게 되고 나는 군에 입대하게 되었다. 조금 전 『비가』가 주로 군에 있는 동안 씌어졌다고 했으나, 4 · 19 후 사 년여 동안에 씌어졌다고 해야 더 적절한 것이다. 영문과 대학원 학생으로 입대했으니 주로 번역병으로 일했으나 군대 생활이 나에게 그처럼 맞지 않는다는 것을 새삼 깨닫게 되었다. 모욕적인 삶이었다. 제대하고 한 십 년 동안 악몽은 거의 모두가 군대로 되돌아간 꿈이었다. 그 체험이 『비가』를 낳았다고 생각된다. 『비가』에 실린 열두 편이 모두 길기 때문에 「序詩」만 인용하기로 한다.

꽃나무여 꽃나무여
적은 열매의 약속으로
수많은 꽃을 밖으로 내어민
어둡고 어두운 우수(憂愁)여
그 어둠 속에
벌떼 울 듯
수많은 봄이 오래
집중된다.

하지만 동시에 사십여 명의 젊은이들이 한 방에서 몇 달씩 같이 살며 서로 도와주고 기합받고 잠드는 희한한 체험은 귀중했다고 생각된다. 제대 후에 내 시에 나타나는 공동체 의식은 거기서 싹텄을 것이다. 여하튼 정작 군대 생활 하고 있을 때는 군대 체험이 억압받고 잠복해 있다가 제대하자부터 시로 바뀌기 시작했다. 내가 흔히 그랬듯이 체험의 형상화가 시간적으로 거리를 두고 이루어졌기 때문만은 아니었을 것이다. 사회로 돌아와보니 사회도 군사 통치였고 그것이 다시 군대 체험 쪽으로 내 상상력을 내밀었을 것이다. 그리고 그것이 서양 강대국들이 하고 있는 냉전의 한 고리라는 인식도 점차 생겨났을 것이다. 「태평가」를 읽어보자.

말을 들어보니
우리는 약소 민족이라드군.
낮에도 문 잠그고 연탄불을 쬐고
유신안약(有信眼藥)을 넣고
에세이를 읽는다드군.

몸 한구석에 감출 수 없는 고민을 지니고
병장 이하의 계급으로 돌아다녀보라
김해에서 화천까지
방한복 외피(外皮)에 수통을 달고.
도처철조망(到處鐵條網)
개유검문소(皆有檢問所)
그건 난해한 사랑이다
난해한 사랑이다
전피수갑(全皮手匣) 낀 손을 내밀면
언제부터인가
눈보다 더 차가운 눈이 내리고 있다.

그러고 얼마 있다가 영국 에딘버러 대학으로 일 년간 유학 가게 되었다. 가는 길에 들른 로마와 파리와 런던이 얼마나 내 혼을 빼놓았던가. 그 가운데서도 로마 바티칸 시스티나 성당 전면에 그린 미켈란젤로의 벽화 〈최후의 심판〉은 나를 압도했다. 최후의 심판이 오면 예수의 우편에 서서 영생을 누릴 예수의 제자와 순교자들이 심판을 거부하는 얼굴들을 하고 둘러서 있는 것이었다. 십자가에 매어달리든가 피부를 벗김당해 순교한, 다시 말해 인간으로 최악의 고통을 겪고 의를 위해 기꺼이 목숨을 바친 이들은, 구원이라든가 영생이라든가에 도대체 관심이 없는 것이었다. 오히려 인간의 최후의 심판을 인간으로서 거부하는 얼굴과 자세로 서 있는 것이었다. 니체의 뿌리가 바로 여기 있었구나, 하고 생각했다. 나는 지금도 서구 문화의 극치는 시스티나 성당에 있다고 생각한다.

극치는 아니더라도 서양 정신의 뿌리 하나는 파리에서 만난 로댕의 〈발자크 상(像)〉에도 있었다. 파자마 바람으로 대지 위에 당당히 뿌리박고 서 있는 발자크! 그것은 런던 필하모닉의 연주에도 있었고 조그만 에딘버러 박물관에서 만난 고흐의 그림에도 있었다. 그보다도 더 부러운 것은 서양식 공간이었다. 당시 전통 가옥과 수상한 서양식 집들이 무질서하게 뒤섞인 서울에서 살던 나는 오랜 세월을 두고 돌로 만든 건물과 다리와 공원이 적절히 배치된 도시들에 압도되었다. 아무리 관광객이 넘쳐도 로마와 파리는 서울보다 덜 붐비는 것이었다. 동시에 속으로 반감도 생겨났다. 이 세상에 좋은 것들은 이들이 다 갖고 있구나. 그러나 얼마 지나지 않아 종로의 깡패들마저 그리워하는 상태로 되돌아가고 말았다.

영국에서 돌아와 서울대학교 교양과정부 교수가 되자 곧 대통령의 1차 중임만을 인정하는 헌법을 고쳐 계속 통치하려는 박정희 정권과 그것에 반대하는 사람들, 특히 대학생 사이의 투쟁을 맞게 되었다. 그때부터 지식인의 삶은 준(準) 계엄령 속에서의 삶이었고, 계엄령 혹은 계엄령의 유피미즘(euphemism)인 위수령(quarantine)이 몇 번 내려지기도 했다. 그때의 작품 가운데 하나 「계엄령 속의 눈」을 읽어보자.

> 아아 병든 말〔言〕이다.
> 발바닥이 식었다.

단순한 남자가 되려고 결심한다.
마른 바람이
하루종일 이리저리
눈을 몰고 다닐 때
저녁에는 눈마다 흙이 묻고
해 형상(形象)의 해가 구르듯 빨리 질 때
꿈판도 깨고
찬 땅에 엎드려
눈도 코도 입도 아조아조 비벼버리고
내가 보아도 내가 무서워지는
몰려다니며 거듭 밟히는
흙빛 눈이 될까 안 될까.

이 시가 당시 신문에 발표되었을 때는 계엄 때라 제목을 그대로 달지 못하고 「흙빛 눈」으로 표제를 바꾸었었다. 이름을 바꾸어 발표하고도 주위에서, 진담 겸 반농담으로, 그 작품이 불온한 시라는 말을 들었다. 그러나 그 당시 계엄령 상황은 한국뿐이 아니라 지리적으로 혹은 정신적으로 동서양 틈새에 있는 나라들에서 흔히 지속적으로 발생하던 일상의 일이 아닌가 하는 생각도 든다.

3

대통령 박정희가 1979년 끝무렵에 암살당하고 반짝 자유가 찾아왔었다. 그러나 다음해 5월 광주사태가 일어났고 새 군부가 들어섰다.

그 자유 속에서 나는 박정희 정권 말기에 유행한 '노래 데모'에 대한 긴 시 「겨울의 빛」을 썼다. 노래 데모는 정상적인 데모가 원천적으로 불가능하게 되자 학생들 사이에 새로 등장한 시위 형대였다. 학생들이 음성적인 조직의 계획으로, 혹은 우발적으로, 무리로 모였을 때 선창자가 드러나지 않도록 누군가 반독재 운동권 노래의 운을 떼면 모여 있던 학생들이 따라 합창하는 그런 데모였다. 사복경찰과 전경이 달려오면 그 무리는 흩어지고 조금 있다가 다른 건물 모퉁이에서 다시 귀에 익은 합창이 터지곤 했다. 이들 속에서 나는 두려워 입만 어색하게 벌리며 노래 부르는 흉내만 내는 학생도 보았고 형사들이 다가왔을 때 도망마저 잘 못 하는 학생도 보았다. 나는 이 시에서 '감춤'과 '들킴'의 문제를 생각했고, 그때는 들켜서, 그것도 감추려고 애를 쓰다 들켜서 불꽃처럼 노래 부르고 자기 자신이 되는 게 자유의 길임을 느낄 수 있었다. 너무 길어 몇 행만 인용하기로 한다.

노래하지 못하는 자신이 들킬 때
혹은 들켜서 도주하지 못하고 노래 부를 때
비로소 우리는 우리가 되는 것이 아닌 것인가?

'자유주의자(liberalist)'라고 낙인만 찍혀도 경찰의 관찰 대상이 되는 시대를 산 체험에서 나온 시였다. 다시 말해 기독교 식의 고해나 고백보다는 좀더 본능적인 '감춤'이 강조된 것이고 후에 가능성이 있는 고문까지 생각한다면 그것은 전신(全身)적인 것이었다. 그렇기 때문에 그 시는 다음과 같은 끝을 가질 수 있었다

다시 가보아야 하리.

가는 길은 사람 사이에서 자신에 들켜 숨쉬며
자신이 되는 길이리.
우선은 마음의 관리인을 집으로 돌려보내고
새벽 눈 위에 찍힌 그의 발자국을 따라가보리.
모든 마을의 맨 처음 입구(入口)를 만나리.

화자는 '마음의 관리인' 즉 당대의 지배 이데올로기를 해고하고 그의 뒤를 밟아가 그 이데올로기의 거처를 해명하고 싶은 것이다. 어느 이데올로기를 말하는가는 지금 보면 모호할 수도 있지만 다시 생각해보면 우리 정신을 억누르는 이데올로기는 그 무엇이든 뒤를 밟아가 근원을 밝힐 필요가 있다는 말로 들린다. 그리고 약 십 년 전 내 시 해설서 『나의 시의 빛과 그늘』을 쓸 때 이 부분을 해설하며 '지배 이데올로기가 있기 전의 삶 혹은 모든 마을의 맨 처음 입구를 찾아가려고 한다' 고 썼지만, 지금 생각해보면 오히려 이데올로기는 인간이 마을을 만들기 시작했을 때부터 존재한 것이 아닌가, 라는 비판이 마지막 구절을 만들지 않았는가라는 생각도 든다. 그 비판에서 차츰 '극서정시(drama lyric)' 이론이 형성되어 나왔을 것이다.

'극서정시' 는 거듭남의 시학이다. 시적 자아가 변하는 장소를 시가 제공하는 시학이다. 변화 속에만 인간의 자유는 있는 것이다. 적절한 예는 아닐지 모르나 길이를 생각해서 예 하나를 뽑아보자.

오미자 술

오미자 한줌에 보해소주 30도를 빈 델몬트 병에 붓고
익기를 기다린다.

아, 차츰차츰 더 바알간 색,
예쁘다.
막소주 분자(分子)가
설악산 오미자 기개에 눌려 하나씩 분자 구조 바꾸는 광경.
매일 색깔 보며 더 익기를 기다린다.
내가 술 분자 하나가 되어
그냥 남을까 말까 주저하다가
부서지기로 마음먹는다.
가볍게 떫고 맑은 맛!

욕을 해야 할 친구 만나려다
전화 걸기 전에
내가 갑자기 환해진다.

색깔 지극히 아름답고 맛이 맑은 과일 술이 제대로 익기를 기다리는 마음은 인간을 변화시킬 수가 있는 것이다. 전과는 조금 다른 사람으로 만들 수 있는 것이다. 자신의 과거에서 해방된 사람으로 만들 수 있는 것이다. 이 시의 화자는 그 기다림의 체험을 통해 전과는 달리 용서하는 사람이 되는 것이다. '조금'이라고 했지만 인간의 변화는 그 '조금'이 사실 중요한 것일지도 모른다. 전신적(全身的)인 변화는 종교나 이데올로기의 가까운 친척이고 도그마에 빠지는 단초일 수도 있는 것이다. 예를 또하나 들자면 조금 긴 시 「외계인 1」에서 시적 화자는 식수를 뜨러 친구 농장으로 차를 몰다가 도로에 들어온 개를 피하며 욕설을 퍼붓는다. 눈 쌓인 농장에 와서는 새에 한눈 팔며 걷다가 뒤로 벌렁 넘어지고 새로 온 눈 위에 찍힌 그 넘어진 자취가 싱싱하고 보기가 좋아 일부러 몇 번 더 넘어진다. 그리고 다음날 친구가 와서 그 넘어진 자리를 '외계인'이 놀다 간 자취로 보기를 바란다. 돌아오는 길에도 개 한 마리가 길에 들어온다. 그러나 이번엔 차를 멈추고 개가 지나가기를 기다려주며 개의 특징을 살필 만큼 시적 자아가 변해 있는 것이다.

그러나 지금 생각해보면 그 변화의 공간은 인간의 혼의 상태(état d'âme)를 보여주려고 했던 상징주의자들이 들어가려고 했으나 자신들이 방금 빠져나온 낭만주의의 유혹에 빠지지 않으려는 결의 때문에 들어가지 않았고 그렇기 때문에 현대시 속에 남게 된 빈 터라고 생각한다. 사실 릴케나 엘리엇의 후기시에서도 느낄 수 있지만 감춰진 빈 터인 것이다. 그 작은 공간을 내가 만일 서구 시인이었다면 발견하지 못했을지도 모른다. 거듭남이라고 했지만 그 말은 내가 기독교도였을 때 귀가 닳도록 들은 말이기 때문에 무의식적으로 쓴 것이고, 사실 그 변화는 논리적이 아닌 깨달음의 구조, 선(禪)의 구조도 갖고 있는 것이다.

4

1990년대에 들어와 한국은 '민주화' 되었고, 세계의 냉전은 동구권의 몰락과 함께 끝났다. 그러나 무자비한 시장경제 체제와 비인간적인 무한 경쟁의 시대가 열렸다. 한국이 IMF의 철퇴를 맞은 것은 좀 후지만 한국의 삶은 1990년대 초부터 그쪽으로 가고 있었다. 삶이 얕아지고 기계적이 되어가고 있었던 것이다. 「비린 사랑노래」 연작은 연애시 형식을 띤 당시의 삶 비판이다. 예로 「비린 사랑노래 6」을 보자.

가을 들면서 잔 비가 뿌려도
무지개가 제대로 떠지지 않았습니다.
저녁 안개 가끔 낄 뿐
햇빛 속에서도
보이지 않게 걸을 수 있었습니다.
모르는 새 마음이 조금씩 식더군요.
지하철에서 석간을 읽고
읽던 기사 좌석에 논 채 일어서
마을버스를 타고 아파트로 돌아왔습니다.
꽃가게의 꽃들이 풀죽어 웃고 있고,
아무 일도 없었습니다.

((사람 살려!))

'아무 일도 없는' 삶을 다행스럽게 받아들여야 하는 삶, 그것이야말로 바로 '사람 살려!'의 삶이 아니겠는가? 그러나 그 부르짖음은 삶의 관성에 눌려 괄호를 두 개나 치고 내는 소리, 들리지 않는 소리가 되었다. 밖에는 들리지 않는 그 비명은 그러나 IMF와 함께 시각적으로 눈앞에 다가왔고 지하철역에 노숙자들이 진을 치게 되고 드디어는 아버지가 아이들을 직접 고아원에 맡기고 떠나는 장면이 텔레비 화면에 나타나기에 이르렀다. 그 화면을 보고 쓴 시 「1998년 5월의 문답」은,

간밤에 승용차 오디오 뜯긴 것은?
IMF 후 욕망 줄여주기.

로 시작해서, 다시 말해서 좀도둑이 득실대는 사회의 삶의 상태를 그래도 마음 다스리는 심정으로 보려는 자세에서 출발하여,

다 알고 있어 표정의 두 아들 형제를 아버지가 고아원에 맡긴다.
돌아서는 순간
사람 속을 걸어
사람 밖으로 나간다.

로 끝난다. 두 아들에게 손을 흔들어 인사를 하고 고아원 문까지 걸어 나오는 그 아버지의 얼굴 표정을 더이상 볼 수 없었던 것이다. 이제 IMF의 고비는 넘겼다고 한다. 그러나 무자비한 자본 경쟁은 더욱더 치열해갈 뿐이고 그 속도가 늦춰질 전망이 없어 보인다. 내 평가가 틀리기를 바라고 있을 뿐이다.

이제 경계들이 무너져가고 있다. 문학의 장르도 무너졌고, 미술의 회화 조각 사이의 경계도 무너졌다. 인터넷에는 국경이 없고 경제와 범죄도 범세계적이다. 인간의 복제도 이론상 가능하게 되었다. 그것을 오히려 기회라고 보는 낙관주의자도 있을 것이다. 그러나 '같음'보다는 '다름'에 아름다움이 있는 것이다. 나는 고통스럽지만 동서양의 틈새에서 살게 된 것을, 적어도 동서양의 전형적인 삶들과 다른 삶을 살 수 있었기 때문에 다행으로 생각하고 있다. 현대 서양인이 아니었기 때문에 내 시에는 지나친 자의식이 없고, 전통적인 동양인이 아니었기 때문에 내 시에는 거듭남의 의지가 있는 것이다.

지금 이 글의 갈무리를 하며 나는 얀손스(Mariss Jansons)가 지휘하는 오슬로 교향악단 연주의 차이코프스키 교향곡을 듣고 있다. 같은

서구라파 권에 들면서도 북구라파의 분위기는 다른 것이다. 헤르베르트 폰 카라얀과 베르나르트 하이팅크를 비롯한 명지휘자들과 독일 미국 영국 명교향악단의 연주를 많이 들어보았으나 역시 북구라파의 음악은 므라빈스키(Evgeni Mravinsky)나 얀손스의 지휘와 상트페테르부르크나 오슬로 교향악단의 연주가 분위기가 있고 깊이가 있다. 물론 이건 내 개인적인 평가지만, 가만히 생각해보시라. 무언가 아끼고 좋아해온 것이 대체로 남과 다르고 독특한 것들이 아니었는가. 생각해보시라. 다름에 아름다움이 있지 않은가.

문학동네 산문집
시가 태어나는 자리

1판 1쇄 | 2001년 5월 9일
1판 2쇄 | 2007년 9월 3일

지 은 이 | 황동규
펴 낸 이 | 강병선
책임편집 | 김현정 이수은
펴 낸 곳 | (주)문학동네
출판등록 | 1993년 10월 22일 제406-2003-000045호

주 소 | 413-756 경기도 파주시 교하읍 문발리 파주출판도시 513-8
전자우편 | editor@munhak.com
전화번호 | 031) 955-8888
팩 스 | 031) 955-8855

ISBN 89-8281-387-X 03810

* 이 도서의 국립중앙도서관 출판시도서목록(CIP)은 e-CIP홈페이지(http://www.nl.go.kr/cip.php)에서
이용하실 수 있습니다. (CIP제어번호 : CIP2007002672)

www.munhak.com